Martin Schüller, Jahrgang 1960, kam über die Musik zum Schreiben. Im Emons Verlag erschienen von ihm bisher sieben Kriminalromane, darunter die erste Ausgabe von »Kunstblut«, allerdings unter dem Pseudonym Jagomir Krohm. In dem Roman »Die Seherin von Garmisch«, mit dem Martin Schüller erstmals eine Geschichte in Oberbayern ansiedelte, spielt Jo Kant, die Hauptperson aus »Kunstblut«, eine nicht unwichtige Rolle. Neben seinen Romanen verfasste Schüller bisher vier Bücher der Emons-TATORT-Reihe.
www.schuellerschreibt.de

MARTIN SCHÜLLER

Kunstblut

DÜSSELDORF KRIMI

emons:

Mix
Produktgruppe aus vorbildlich bewirtschafteten Wäldern und anderen kontrollierten Herkünften
www.fsc.org Zert.-Nr. GFA-COC-001223
© 1996 Forest Stewardship Council
FSC

Umschlaggestaltung: Tobias Doetsch, Berlin
Druck und Bindung: CPI – Clausen & Bosse, Leck
Printed in Germany 2010
Erstausgabe 2003
ISBN 978-3-89705-289-5
Düsseldorf Krimi
Originalausgabe

Ernst ist das Leben, heiter die Kunst.
Schiller

EINS

Es war sechzehn Uhr sieben an einem sonnigen Februarmontag. Ich parkte vor einem Büroblock an der Moskauer Straße, und die Scheibe der Eingangstür wurde plötzlich undurchsichtig.

Mir blieb nur eine halbe Sekunde, um meine Waffe zu ziehen, bevor sich die graue Glasfläche in Myriaden einzelner Teilchen auflöste und in einen Hagel aus Glas verwandelte.

Die Splitter prasselten die breite Treppe herab und funkelten in der Sonne, als ein Mann in einem schwarzen Anzug durch die Tür geflogen oder gesprungen kam. Er rollte einigermaßen elegant ab und kam schnell wieder auf die Füße. Nach einem kurzen Blick über die Schulter sprintete er auf meinen Wagen zu, riss die Beifahrertür auf und glitt auf den Sitz neben mich.

»Los«, sagte er. Seine Halbautomatik zielte direkt zwischen meine Augen; der Ausdruck in seinem Gesicht sollte als Grinsen gemeint sein.

Die Kimber 1911 in der Rechten, glotzte ich zurück. Abzudrücken schien nicht wirklich ratsam.

»Gib die mal mir, bevor sich jemand wehtut.« Er entwand mir die Pistole, ohne dass seine Miene sich einen Deut verändert hätte. »Und jetzt gib verdammt noch mal Gas, Schwachkopf!«

Ich drehte den Zündschlüssel und begann, den Quattroporte aus der Parklücke zu manövrieren. Der Mann drehte sich zu dem zerfallenen Glasportal um.

Ich warf einen Blick in den Rückspiegel. Drei kurzhaarige Gorillas in dunkelblauen Anzügen und mit länglichen, schwarzen Gegenständen in den Fäusten kamen aus dem Gebäude gestürmt. Ich gab Gas und rammte mir den Weg frei, indem ich einem französischen Kleinwagen den in Wagenfarbe lackierten Stoßfänger abriss.

»Na also«, sagte der Mann, während er den Scheibenheber betätigte, um dann ein paar mäßig gezielte Schüsse in Richtung seiner Verfolger abzugeben.

»Ich habe keine Ahnung, wer dich bezahlt, Schwachkopf«, sagte er, nachdem er die Scheibe wieder hochgefahren hatte, »aber du bist verdammt noch mal zu langsam.«

Ohne mich anzusehen steckte er meine 1911er in die Tasche. Der Quattroporte rollte leise über die Moskauer Straße. Als wir den kurzen Rückstau an der Kreuzung erreichten, griff er mir lässig ins Lenkrad und zwang den Wagen auf die Gegenfahrbahn.

»Linksrum«, kommandierte er und überließ es mir, irgendwie die Werdener Straße zu überqueren. Wildes Hupen umgab uns.

»Rechts in die Erkrather«, sagte er. »Und vergiss die Ampeln.«

Ich tat, wie mir geheißen, ohne übermäßigen Ehrgeiz zu entwickeln.

»He, Schwachkopf! Kannst du auch sprechen?«, fragte er, ohne mich eines Blickes zu würdigen. »Wer bezahlt dich, hm?«

»Ich rede nicht mit bewaffneten Leuten, solange ich fahre«, sagte ich, während ich bei Rot die Ronsdorfer querte.

»Du solltest dir deine Wumme aber auch nicht so einfach abnehmen lassen, Schwachkopf.«

Ich fuhr weiter, ohne zu antworten.

»Wer bezahlt dich, Schwachkopf?«

»Ich glaube, Sie brauchen ein Synonym-Lexikon«, sagte ich.

»Aha, ein Schlauberger!« Immer noch grinste er die Frontscheibe an. »Du hast doch nicht zufällig da auf mich gewartet.«

Ich antwortete nicht.

»Meine Alte, stimmt's?«, fragte er. »Du sollst auf mich aufpassen.«

»Ich hatte dort zu tun. Tatsächlich zufällig.«

»Das glaubst du doch selbst nicht.«

Ich an seiner Stelle hätte es auch nicht geglaubt. Für ein paar entspannende Minuten sagte er nichts. Ich fuhr weiter geradeaus. Die ersten Worte, die er wieder von sich gab, waren: »Da links Richtung Köln.«

Als ich uns auf die 59 eingefädelt hatte, fragte er wieder: »Meine Alte, stimmt's?«

Immer noch gab ich keine Antwort. Ich spürte, wie er neben mir ungehalten wurde.

»Ich kann dich auch abknallen«, sagte er.

»Klar«, sagte ich.

»Jetzt spiel mal nicht den Coolen, Schwachkopf.«

»Wir fahren hundertvierzig, und *Sie* sind nicht angeschnallt. Schießen Sie nur, Herr Schlau.«

Er brummte anerkennend. »Spätestens, wenn der Tank leer ist, reden wir weiter.« Er sah sich im Wagen um. »Was ist das eigentlich für'n Schlitten?«

»Maserati.«

»Ist ja richtig schick.«

»Ja. Hoffentlich bleibt's so.«

»Dann fahr mal schön vorsichtig.« Er zündete sich eine Zigarette an.

»Wie wär's mit ein paar Informationen für mich?«, fragte ich.

»Zuerst bist *du* dran. Wer bezahlt dich?«

»Niemand, den Sie kennen.«

»Woher willst du das wissen, Schwachkopf? Kennst du denn *mich*?«

»Kennen wäre zu viel gesagt. Ich weiß, wer Sie sind.«

»So? Wer bin ich denn?«

»Egon Wolter«, antwortete ich. »Halbwelt-Halbgröße, aus Duisburg zugewandert, weil Sie sich da mit Leuten angelegt hatten, die eine Nummer zu groß für Sie sind.«

»Was? Zu groß? Für mich? Arschloch!« Seine Waffe zuckte hoch.

»Sie sind immer noch nicht angeschnallt«, sagte ich. »Bis vor sechs Monaten waren Sie Kompagnon von Ferrari-Freddy in seinem Laden in der Mintropstraße. Und jetzt scheinen Sie mit irgendjemandem Ärger zu haben.«

»Schau an …« Sein Blick wanderte zu seinem Schießeisen und wieder zurück zu mir. »Wohl doch kein Schwachkopf. Woher weißt du das alles?«

»Es gehört zu meinem Job, in der Stadt Bescheid zu wissen.«

»Aha? Und wer bezahlt dich?«

Ich antwortete nicht. Wir passierten die Ausfahrt Garath, und ich entdeckte einige hundert Meter vor uns einen Wagen der Autobahnpolizei. Egon Wolter entdeckte ihn auch.

»Jetzt bin ich aber gespannt, ob die deine Kiste schon zur Fahndung rausgegeben haben«, sagte er und richtete die Waffe auf meine Eier. Ich entschloss mich, auf jedes Experiment zu verzichten, solange meine Allerwertesten von der Geistesgegenwart zweier gelangweilter Autobahnbullen abhingen. Wir überholten den Vectra, ohne dass einer der beiden Insassen auch nur den Kopf gedreht hätte.

»Also noch mal: Wer bezahlt dich?«

»Sie würden mir sowieso nicht glauben. Wo geht's eigentlich hin?«

Er sah aus dem Fenster, wo es nichts zu sehen gab außer vorbeifliegenden Büschen.

»Gute Frage«, murmelte er schließlich. »Fahr mal Richtung Frankfurt.«

»Was hatten die drei denn gegen Sie, dass Sie so spektakulär das Haus verlassen mussten?«, fragte ich.

»Die glauben, ich wollte ihren Chef umlegen«, sagte er, den Kopf immer noch zur Seite gewandt.

»Und? Wollten Sie?«

»Klar.«

Ich zog die Brauen hoch. »Und haben Sie?«

Er sah wieder nach vorn und zog den Aschenbecher auf.

»Vergessen Sie's«, sagte ich, »das ist ein Nichtraucherauto, und das bleibt auch so.«

»Schon gut«, brummte er. Er fuhr die Scheibe runter und warf den Zigarettenstummel hinaus. »Du redest wie meine Alte. Guter Trick, dann gehorch ich meistens.« Er lachte heiser, bevor er einen ausgiebigen Versuch startete, den Ruß aus seinen Bronchien zu husten.

»Also was war?«, fragte ich, als er dabei Pause machte. »Haben Sie den Mann kalt gemacht?«

»Nein.«

»Und wo ist dann Ihr Problem?«

»Jemand ist mir zuvorgekommen. Und zwar knapp. Als ich in das Büro dieses Arschlochs kam, lag er in seinem verkackten blauen Angeber-Anzug auf diesem beschissenen schwarzen Angeber-Schreibtisch und hatte ein Loch im Hinterkopf, groß genug zum Putten. Ich steh da mit meiner Wumme in der Hand und glotze blöd, als auf einmal diese drei Schwachmaten die Tür eintreten. Eintreten! Dabei war gar nicht abgeschlossen! Die fingen sofort an zu ballern wie geisteskrank. Ich kann froh sein, dass ich überhaupt lebend da rausgekommen bin.«

»Warum wollten Sie ihn denn umlegen?«

»Warum! Warum legt man Leute um? Wegen Geld natürlich. Der hat mich abgezockt, wie es noch keiner bei mir gewagt hat. Mann, mein Leben lang versuchen irgendwelche Wichser, mich abzuziehen, und ich hab verdammt Lehrgeld bezahlt, aber was *der* mit mir gemacht hat, das schlägt dem Fass die Krone ins Gesicht. Scheiße!«

»Mit was habt ihr denn gedealt?«, fragte ich.

»Gedealt? Scheiß Aktien! Todsichere Tipps! Dreck. Wär ich mal auf die Rennbahn gegangen.«

»He, Mann, Sie können doch nicht Ihren Anlageberater umlegen, nur weil es einen Börsencrash gegeben hat!«

»Kann ich nicht? Wie säh die Welt aus, wenn alle, die von diesen Typen verarscht worden sind, das tun würden? Besser oder schlechter?«

Ich antwortete vorsichtshalber nicht.

»Außerdem hab ich es ja gar nicht getan«, setzte er beleidigt hinzu.

»Wer war es dann?«

»›Il Tuffo‹, wahrscheinlich«, sagte er und stieß ein schnaubendes Lachen aus.

»›Il Tuffo‹? Wer soll denn das sein?«

»Keine Ahnung. Aber der Name stand auf der Schreibtischplatte. In Blut.«

»In Blut? Sie meinen, mit dem Blut des Toten geschrieben?«

»Was weiß ich, vielleicht hat da ja noch jemand geblutet, da musst du schon die Bullen fragen. Mit *dem* Loch im Kopf hat er es zumindest nicht mehr selbst geschrieben. Ich hatte auch keine Zeit, darüber nachzudenken.«

»Wie wären Sie denn eigentlich da weggekommen, wenn ich nicht zufällig vor der Tür gestanden hätte?«

»Ich hätt' mir einfach 'ne Droschke genommen. Schließlich hatte ich nicht vor, so schnell abhauen zu müssen. Ich dachte, ich erledige ihn, verwisch meine Spuren und geh dann gemütlich 'n Alt trinken. Außerdem glaub ich dir noch lange nicht, dass du nur zufällig da warst, Schwachkopf. Wer bezahlt dich?«

Ich sah geradeaus und schwieg.

»Das krieg ich schon noch aus dir raus«, sagte er und zündete sich eine neue Zigarette an. »Keine Angst, ich asch aus dem Fenster.«

»Sehr liebenswürdig«, sagte ich.

Wieder gönnte er mir ein paar Minuten Ruhe, bis kurz vor Leverkusen-West eine Baustelle auftauchte, die den Verkehr fast zum Stehen brachte.

Er grinste mich an und hielt seine Pistole hoch. »Das sind jetzt aber keine hundertvierzig mehr. Wenn ich dir jetzt die Klötze wegschieße, gibt's höchstens Blechschaden. Also: Wer bezahlt dich?«

»Sie werden's nicht glauben.«

»Na, dann kannstes ja auch sagen.«

»Cornelia Freifrau zu Spee-Lörickendorff«, sagte ich. »Mit zwei f.«

»Willst du mich verarschen?«

»Ich sagte doch, dass Sie's nicht glauben werden.«

Es war die verdammte Wahrheit, und ich war kein bisschen stolz darauf.

Ich hatte sie nicht gesehen etwa seit dem Tag, an dem sie zum zweiten Mal geheiratet hatte. Jetzt trug sie stolz ihren dritten, sogar adligen Namen und hatte außerdem einen Liebhaber: Doktor Tokohiro, Japaner. Und vorletzte Woche hatte sie auf einmal ein *Gefühl* entwickelt.

Nicht, dass es Missverständnisse gibt: Ich bin kein jämmerlicher, kleiner Pflastertreter, der es nötig hat, jedem Fünfziger nachzuhecheln, um dafür irgendwelchen johannisgetriebenen alten Säcken hinterherzuschnüffeln. Ich bin Profi. Ich schlage Menschen mit der Faust. Manchmal schieße ich sogar für Geld. Und genau das habe ich ihr gesagt. Genützt hat es nichts.

»Bitte, Jo! Ich habe dich doch noch nie um einen Gefallen gebeten …«

Das Hinterhältige daran war: Es stimmte, sie hatte nie. Aber sie hatte auch noch nie einen Detektiv gebraucht.

Leider gehörte Cornelia zu den sehr wenigen Menschen, denen ich etwas schuldete. Sie hatte mich das Einzige gelehrt, das mir wirklich etwas bedeutete. Zwar hatten wir auch ein Verhältnis gehabt, ein kurzes, heftiges; das war, als sie noch auf jüngere Männer stand – aber für mich war sie vor allem eins: meine Harfelehrerin.

Seit ihren Erfahrungen mit ihrem ersten Ehemann, einem hübschen Squashprofi aus gutem Haus, der leider keinen Satz unfallfrei zu Ende bringen konnte, tendierte sie mehr zu reiferen Männern. Tokohiro war schon Mitte sechzig, mehr als zwanzig Jahre älter als sie.

»Er ist nicht mehr der Mann, den ich kennen gelernt habe. Etwas bedrückt ihn. Er bekommt seltsame Anrufe. Er ist nachts oft nicht zu erreichen, ich weiß nicht, was er dann macht. Er erzählt mir nichts. Ich glaube nicht, dass es mit seiner Arbeit zusammenhängt, aber seit zwei Wochen ist er so … anders.«

Mein Vorschlag, dass er möglicherweise Damenbekanntschaften suche, wurde zurückgewiesen.

»Tokohiro ist ein Gentleman. Wie du, Jo.«

Ich bekam den Job.

Tokohiro arbeitete in einem der Glasbürokästen des IHZ. Leider war es derselbe Kasten, in dem Egon Wolter seine Rachephantasien wahr werden lassen wollte, und so hatte ich jetzt einen abgehalfterten Loddel mit schwachen Nerven und starken Problemen im Auto.

Wolter sah mich an und blies mir Rauch in die Augen. »Was für einen Job kriegt man von einer Freifrau, für den man 'ne Knarre braucht?«

»Die hab ich immer dabei, wenn ich arbeite. Alte Gewohnheit.«

»Was bist du für einer?«

Ich öffnete die Mittelkonsole und nahm eine Visitenkarte heraus.

»Ein Privatschnüffler, na so was. Jo Kant? Was ist das denn für ein Name? Für was steht Jo?«

Der Stau vor mir begann sich aufzulösen, und ich gab Gas. »Für was steht Egon?«, fragte ich.

Er hustete unfreundlich. »Wie wär's, wenn *ich* dich bezahle? Was kostest du?«

»Für Sie drei Tausender am Tag. Plus Spesen.«

»Euro?«

»Nee, Ostmark. Klar, Euro, was denken *Sie* denn?«

»Du hast'se wohl nicht alle, Schwachkopf! Ich geb dir zweihundertfünfzig, und zwar *all inclusive*!«

»Dann vergessen Sie's, Wolter.«

Er machte »Pfffh« und sah aus dem Fenster. Ich fuhr die Auffahrt zur A 1 hoch.

»Was wollen Sie denn in Frankfurt?«, fragte ich.

»Ich hab da Freunde. In Düsseldorf muss ich mich erst mal unsichtbar machen.« Wieder quälte er einen verzweifelten Raucherhusten heraus. »Warum bist du so teuer, Jo?«

»Das ist mein Satz. Ich koste normalerweise siebenhundertfünfzig. Plus dasselbe, wenn's nicht koscher ist. Davon das Doppelte, wenn geschossen wird.«

»Und wer bezahlt das?«

»Leute, die es nötig haben. Und die es sich leisten können, Herr Wolter.«

Er verfiel in düsteres Schweigen, während ich mich in die Schlange auf der Spur Richtung Frankfurt drängelte. Erst irgendwo im Siebengebirge fand er seine Stimme wieder.

»Wirst du mich verpfeifen, Jo?«, fragte er.

»Verpfeifen ist nicht meine Art. Aber was erwarten Sie von mir? Sie entführen mich, und ich soll brav die Klappe halten?«

»Hum.« Er zog seine Brieftasche und zählte die Scheine darin. »Ich hab dreihundert hier drin. Reicht das bis Frankfurt?«

»Dreihundert! Ich kriege Ärger bis über beide Achseln, wenn ich Sie laufen lasse. Die Bullen werden eine Menge Fragen stellen.«

Das stimmte, aber das würden sie auch ohne die Dreihundert. Auf das Geld kam es nicht an. Es kam darauf an, ob ich ihm glaubte.

»Vergessen Sie das Geld«, sagte ich. »Geben Sie mir einfach meine Kanone wieder, und ich fahr Sie hin.«

Er starrte mir in die Augen und versuchte einen abgebrühten Blick, aber selbst ein Sozialpädagogikstudent hätte gemerkt, dass er Angst hatte. Er zog meine Kimber am Lauf aus der Tasche und hielt sie mir hin. Ich steckte sie ein, und er sank mit einem entkräfteten Stöhnen in seinen Sitz zurück.

»Halt mal an der Raststätte da, ich brauch Zigaretten«, sagte er heiser.

Ich hielt an der Super-Zapfsäule. Er öffnete halb die Tür und sah mich an. Sein breites Kinn mahlte hin und her.

»Lass mich nicht hängen, Mann«, sagte er.

Ich wies auf meine Achselhöhle. »Sie haben sich schon entschieden, mir zu vertrauen.«

Er nickte und stieg aus. »Willst du auch irgendwas?«, fragte er noch. Als ich abwinkte, ging er langsam auf den Kassenraum zu. Sein Gang wirkte unsicher.

Ich tankte voll und folgte ihm. Ich erreichte die Kasse, gerade als er eine Kreditkarte zückte. Ich stellte mich neben ihn und hielt seine Hand fest.

»Tun Sie mir einen Gefallen und zahlen Sie bar«, sagte ich leise.

Er sah mich fragend an, schließlich hob er die Schultern, zahlte und folgte mir hinaus.

»Ich werde den Bullen ein paar Sachen erklären müssen, wenn ich Sie abgesetzt habe, Wolter. Und je weniger das sind, umso besser für uns beide.«

»Den Bullen? Du lässt mich also *doch* hängen?«

»Nein. Aber überlegen Sie doch mal. Mein Wagen ist nicht gerade unauffällig, und das Kennzeichen ist vielleicht notiert worden. Die suchen wahrscheinlich nach mir. Haben Sie übrigens ein Handy dabei?«

»Ja. Klar.«

»Schalten Sie es ab. Sie werden es sonst anpeilen.«

Er sah das Gerät zweifelnd an, doch er schaltete es aus. Wir stiegen in den Wagen, und ich fuhr los.

»Ich werde Sie in Frankfurt an einem belebten Platz absetzen, und Sie verschwinden einfach. Ich muss dann sofort zu den Bullen, wenn ich meine Lizenz behalten will. Und ich muss denen eine gute Geschichte erzählen. Zum Beispiel, dass Sie mich gezwungen haben, Sie herzubringen. Das stimmt zwar, aber das heißt noch lange nicht, dass die mir auch glauben.«

Er sagte nichts mehr. Je näher wir Frankfurt kamen, umso grauer wurde er im Gesicht. Er rauchte ununterbrochen.

Ich fuhr zum Haupteingang der Messe und hielt auf der Taxispur. Er zog seine Brieftasche und hielt mir die Scheine hin. Ich nahm sie nicht. Er nickte mir noch einmal zu und stieg aus. Ohne sich umzudrehen ging er über die Straße und verschwand in der Menschenmenge.

***

Der Bulle hing in seinem Drehstuhl und hielt den Telefonhörer mit der Schulter ans Ohr geklemmt, während er mit beiden Händen zum fünfzehnten Mal meine Papiere durchblätterte.

»Kant von Eschenbach, Tiberius Josephus, genau«, sagte er in den Hörer. »Ausweis, Lizenz, alles in Ordnung. Waffenschein auch. Ja …« Er sah mich missmutig-zweifelnd an. »Schwer zu sagen … Kann sein … Moment.« Er reichte mir den Hörer. »Der Kollege aus Düsseldorf möchte mit Ihnen sprechen.«

Ich meldete mich und hielt den Hörer dabei etwas vom Ohr weg.

»KANT!«, brüllte Hauptkommissar Fahrenbach. »Was ist das wieder für eine gottverdammte Scheißgeschichte?«

»Glauben Sie wirklich, ich würde mir so einen Quatsch *ausdenken*, Fahrenbach? Der Mann ist mit gezogener Waffe in mein Auto gesprungen, das ist mehr oder weniger die ganze Story. Ich hab ihn nach Frankfurt gefahren, er ist ausgestiegen, und ich habe mich sofort bei Ihren Kollegen gemeldet. Was hätte ich sonst tun sollen?«

»Erzählen Sie keinen Blödsinn! Sie haben doch vor dem Haus auf ihn gewartet!«

»Ich war in einer andern Sache da. Zufällig.«

»Wenn das stimmt, warum haben Sie ihn dann nicht hopp genommen? Wolter ist doch ein Schlappschwanz! Mit dem wären Sie mit links fertig geworden!«

»Warum soll ich mich mit einem Bewaffneten anlegen, nur weil der nach Frankfurt gefahren werden will? Das wäre doch eher *Ihr* Job, Fahrenbach, oder? Für mich würde ich das ein unnötiges Risiko nennen.«

»Unnötig! Er ist ein verdammter Mörder, Kant! Ich habe hier eine Leiche ohne Hinterkopf, und *Sie* lassen den einfach laufen!

»Wolter war es nicht«, sagte ich.

»Woher wollen Sie das denn wissen?«

»Er hat's mir gesagt. Der Mann war schon tot, als Wolter in das Büro kam.«

»Verarschen Sie mich nicht, Kant! Wolter hat ein Motiv. Er hat dem Opfer mehrfach gedroht – vor Zeugen. Er hatte eine Waffe dabei. Und Sie glauben ihm einfach, dass er's nicht war!«

»Sie haben es doch selbst gesagt, Fahrenbach. Wolter ist ein Schlappschwanz. Der Mann war fertig. Er hätte mich nicht belügen können, wenn er's versucht hätte.«

Fahrenbach schnaufte in den Hörer. »Bewegen Sie Ihren Arsch hierher, Kant. Zügig. Ich warte auf Sie.« Er legte auf.

»Sie scheinen ja ein alter Bekannter zu sein«, sagte der Bulle.

»Kann man so sagen.« Ich reichte ihm den Hörer. »Aber es gibt noch keine Akte über mich.«

»Kann ganz schnell kommen.«

Ich stand auf und ging zur Tür.

»›Auf Wiedersehen‹ sage ich lieber nicht«, sagte ich freundlich.

»Dann passen Sie mal gut auf.« Er nickte mir zu. Ich trat auf den trostlosen Behördengang und machte mich auf die Suche nach einem Ausgang zum Parkplatz.

***

Fahrenbachs letzte Diät hatte so wenig angeschlagen wie ihre Vorgängerinnen. Er füllte seinen Bürostuhl vollständig aus. Seine winzigen, blassen Augen verschwanden fast hinter dem Speck auf seinen Jochbeinen. Er sah mich wütend an, nachdem ich mich auf den Stuhl vor seinem Schreibtisch gesetzt hatte.

»Also?«, schnaufte er.

»Ich kann Ihnen nicht mehr erzählen als am Telefon, Fahrenbach.«

»Was für eine Waffe hatte er?«

»Eine 38er-Colt Halbautomatik. Passt das?«

»Nein«, brummte er. »Für das Loch hat es schon eine 44er gebraucht.« Mit einem karierten Taschentuch wischte er den Schweiß von Stirn und Nacken.

»Ich kann eine Parabellum von einer Magnum unterscheiden. Zumindest aus zwanzig Zentimetern Entfernung«, sagte ich.

»Jaja. Ich weiß.«

»Haben Sie einen Kaffee für mich?«

Er drückte einen Knopf auf seinem futuristischen Telefon. »Können wir Kaffee kriegen?«, brüllte er den Apparat an. Aus dem Lautsprecher kam ein unverständliches Krächzen, das er mit einem befriedigten Nicken quittierte. Er sah auf seine Armbanduhr. »Eigentlich zu spät für Kaffee. Aber ich komme heute sowieso erst nach Mitternacht ins Bett.«

»Erzählen Sie mir was über das Opfer«, sagte ich.

»Yves Schwarzenberger. Siebenunddreißig. Anlageberater, Lobbyist im Landtag, Makler von allem, was Geld bringt, vor allem von Kunst. Sein Name tauchte ständig in irgendwelchen Ermittlungsakten vom OK oder RD auf, aber nicht der Schatten eines Hauches eines Verdachtes konnte bewiesen werden. So ehrenhaft wie ein Politiker. Scheiße. Eigentlich sollte man froh sein, dass der so elegant entsorgt worden ist.« Ein fetter Arm stieß mit ausgestrecktem Finger auf mich zu. »Das hab ich nie gesagt, klar?«

»Logisch.«

Die Tür öffnete sich, und ein junger Beamter mit Aknenarben und dünnem, blondem Haar balancierte ein Tablett mit einer Thermoskanne und zwei Tassen herein.

»Danke, Klövermann«, flötete Fahrenbach liebenswürdig, als das Tablett auf dem Schreibtisch stand. »Gibt's was Neues?«

»Ich habe eine Liste seiner Konten. Vierzehn bei vier Banken. Die richterliche Erlaubnis, die einsehen zu dürfen –«

»Was ist mit seiner Frau?«, fiel Fahrenbach ihm ins Wort.

»Wir haben sie noch nicht finden können.«

Fahrenbachs Augen schossen Blitze, doch er sprach unverändert freundlich. »Machen Sie Feierabend, Klövermann.«

»Danke, Chef.« Klövermann verzog sich eilig aus dem Büro.

Fahrenbach wartete, bis sich die Tür hinter ihm geschlossen hatte. »Er ist ein Trottel. Aber ich habe keinen anderen«, sagte er mit leidendem Ausdruck.

»Wo ist denn Pollack?«, fragte ich.

»Krank. Schon seit sechs Wochen. Fällt mindestens ein halbes Jahr aus. Scheiße.«

»Was hat er denn?«

»Üble Geschichte, hat sich fast den Fuß abgehackt.«

»Wie denn das?«

»Beim Kleinholzmachen für seinen Kamin. Mit der Axt.«

»Mein Beileid«, sagte ich. Dass Pollack nicht da war, erschwerte die Sache. Er war nicht gerade ein Freund, aber mein Verhältnis zu ihm litt nicht unter permanenten Spannungen wie das zu Fahrenbach. Wir respektierten uns.

»Was waren das eigentlich für Gorillas, die hinter Wolter her waren?«, fragte ich.

»Haus-Sicherheitsdienst.«

»Die Burschen sahen mir ziemlich hart aus. Diese Sicherheitsdienste beschäftigen doch sonst nur Rentner.«

»In dem Haus legt man auf Sicherheit gesteigerten Wert. Ich wundere mich, dass Wolter es überhaupt bis in das Büro geschafft, ob er jetzt geschossen hat oder nicht.«

»Gibt es keine Angestellten?«

»Nur eine Geschäftsführerin. Aber die war außer Haus.«

»Wieso waren die Sicherheitsleute so schnell am Tatort?«

»Die haben einen anonymen Anruf erhalten, dass in Schwarzenbergers Büro ein Mord passiert sei.«

»Kam der Anruf von außerhalb oder aus dem Haus?«

»Aus dem Haus, aber von einem öffentlich zugänglichen Apparat.«

»Also«, ich schenkte Kaffee in die Tassen und nahm einen Schluck, »glauben wir Wolter einfach mal. Er marschiert unbehelligt von Security und Angestellten in das Büro, wo er die Leiche des Mannes vorfindet, den er eigentlich umlegen wollte. Gleichzeitig werden die Gorillas informiert.«

Fahrenbach griff nach seiner Tasse und nippte daran. »Klingt nicht sehr wahrscheinlich.«

»Die 38er spricht für Wolters Version.«

»Aber sonst nichts.«

Ich nahm noch einen Schluck Kaffee. »Wie lange haben die Gorillas nach dem Anruf bis ins Büro gebraucht?«, fragte ich.

»Nach ihren Angaben sechzig Sekunden. Die sitzen im Erdgeschoss.«

Ich zielte über Daumen und Zeigefinger auf Fahrenbach.

»Bang!«, sagte ich und sah dann auf meine Uhr. Der Sekundenzeiger kroch vorwärts. Nach zehn Sekunden bewegte sich Fahrenbach unbehaglich in seinem Stuhl. Nach zwanzig winkte er ab.

»Schon gut, ich verstehe, was Sie meinen. Er ist eben nicht sofort weg.«

»Sie meinen, er hat noch ›Il Tuffo‹ auf den Schreibtisch geschrieben?«

»Hat er Ihnen davon erzählt?« Fahrenbachs fette Rechte massierte seine Augen. »Die Spur ist noch nicht ausgewertet.«

»Italienisch. Heißt ›der Kopfsprung‹, ist aber auch eine Verkürzung von ›Tartuffo‹, also ›Trüffel‹, wenn ich mich nicht irre. Kann ich für Sie nachgucken.«

»Vielen Dank, einen Übersetzer können wir uns schon noch leisten.« Er trank seine Tasse leer. »Kant, tun Sie mir den Gefallen und behalten das für sich, ja? Die Presse macht sonst gleich einen ›Autogramm-Mörder‹ draus. Ersparen Sie mir das bitte.«

»Natürlich, Fahrenbach. Aber sagen Sie mir eines: Warum hätte Wolter das schreiben sollen?«

»Was weiß ich.« Wieder wischten seine fetten Finger durch sein Gesicht. Dann sah er ärgerlich in seine Tasse. »Bezahlt Wolter Sie?«, fragte er schließlich.

»Nein. Aber wenn er tatsächlich der Mörder war, werdet ihr versuchen, mich wegen Beihilfe dranzukriegen, richtig?«

»Richtig.« Er sah mir für fünf Sekunden in die Augen. »Sie glauben ihm wirklich, was?«

Ich nickte.

»Hauen Sie ab, Kant«, sagte er. »Aber bleiben Sie in der Stadt.«

***

Ich schloss die Tür auf. In der Diele streifte ich gähnend die Artioli-Schuhe von den Füßen und deponierte sie in meinem Mahagoni-Schuhschrank. Ich durchquerte den Wohnraum; in der Küche warf ich zwei Aspirin in ein Glas Wasser und ging damit zurück. An meiner Bar füllte ich ein anderes Glas mit dem achtzehn Jahre alten Calvados, den mir ein dankbarer Klient vor zwei Wochen als Sonderbonus überreicht hatte. Ich kippte das Aspirin in mich hinein, sobald es sich aufgelöst hatte, und spülte mit Perrier nach. Dann roch ich an dem Apfelbrand und ließ ihn zärtlich meine Stirnhöhle kitzeln. Ich nahm einen kleinen Schluck und schlenderte zum Anrufbeantworter, der auf dem kleinen Flötotto-Regal neben der Wendeltreppe zum Büro stand. Fünf neue Nachrichten. Dreimal die Nummer der Freifrau, ein Anruf kam aus Frankfurt, der fünfte von einer anonymen Nummer. Ich nahm ich einen zweiten, größeren Schluck und drückte die Abspieltaste.

Cornelia Freifrau zu Spee-Lörickendorff teilte mir mit tränenerstickter Stimme mit, dass mein Verdacht wohl doch nicht so grundlos gewesen sei, wie sie geglaubt hatte; sie sei mittlerweile zweifelsfrei sicher, dass Tokohiro sie mit einem Schulmädchen betrüge. Welche Beweise sie gefunden hatte, verschwieg sie mir diskret.

Ich nahm noch einen Schluck und freute mich auf die nächste Nachricht. Es war Wolter.

»Hier ist Siewissenschon. Meine Freunde hier haben mich hängen lassen. Ich brauche Ihre Hilfe. Ich zahle Ihren Satz … irgendwie. Sie hören von mir.«

Der Anruf war um halb neun gekommen, etwa zu dem Zeitpunkt, als ich Fahrenbachs Büro betreten hatte. Ich drückte die Rücklauftaste und hörte die Nachricht ein zweites und drittes Mal ab. Wolter klang nervös, gehetzt fast. Die Hintergrundgeräusche ließen auf ein Telefon in einer Hotelhalle schließen. Ich war nicht überrascht. Wer kann sich schon auf seine Freunde verlassen, wenn er auf einmal überraschend vorbeigeschneit kommt mit der Bitte, ihn vor den Bullen zu verstecken, weil die ihn dummerweise wegen Mordes suchen?

Ich war mir keineswegs sicher, was zu tun war. Von Rechts wegen musste ich sofort Fahrenbach informieren. Von Rechts wegen. Meine Überlegungen wurden von der letzten Nachricht unterbrochen.

»Wolter hat keine Chance, und du auch nicht, wenn du dummes Zeug redest«, sagte eine Stimme, die klang, als sei sie elektronisch erzeugt. Das war alles. Ich hörte auch diese Aufnahme mehrfach an, aber sie gab nichts weiter her als die Gewissheit, dass Wolter unschuldig war. Der Anruf war gekommen wenige Minuten bevor ich die Wohnung betreten hatte.

Ich ging zum CD-Spieler und legte Ulla van Daelens »Surprise« ein. Dann holte ich die Flasche Calvados aus der Bar, ließ mich ins Sofa sinken, platzierte die Füße auf dem Acryltisch und zog das Telefon zu mir heran. Die Harfe perlte aus den Lautsprechern und bewies einmal mehr, wie gewaltig der Unterschied zwischen Schönheit und Kitsch ist. Ich legte den Kopf in den Nacken und sah zu den Sternen hinauf, die hinter dem Atelierfenster in der Dachschräge hoch über mir funkelten. Gemeinsam warteten der Calvados und ich auf den nächsten Anruf.

Er kam von der Freifrau. Ich ließ den Anrufbeantworter anspringen, aber sie sprach nicht drauf. Ich suchte nach einer möglichst bequemen Position, das Rolf-Benz-Sofa gab mir die Qual der Wahl.

Ich begann gerade ein wenig einzuduseln, als das Telefon erneut Laut gab. Die angezeigte Nummer war aus Düsseldorf, mir aber unbekannt.

Ich nahm ab.

Am anderen Ende herrschte Schweigen, untermalt von nervösem Atmen.

»Nur Mut«, sagte ich.

»Herr Kant?«, fragte eine unsichere Frauenstimme. »Jo Kant?«

»Genau der. Frau Wolter?«

»Wie kommen Sie darauf?«

»Tut nichts zur Sache. Wir sollten es kurz machen. Wo sind Sie?«

Sie zögerte. »Zu Hause.«

»Wo ist das?«

»In Benrath.«

Ich sah kurz zur Uhr. »Kommen Sie ins ›Mühlhaus‹. In dreißig Minuten«, sagte ich und legte auf.

***

Ich schob die Vorhänge ein wenig beiseite und warf einen Blick auf die Straße. Gegenüber stand ein Mondeo in zweiter Reihe. Durch die Windschutzscheibe sah ich zwei Zigaretten glühen. Fahrenbach ließ auf mich aufpassen. Hoffentlich war es Fahrenbach. Ich rief mir ein Taxi in die Markgrafenstraße, ließ das Licht an und verließ das Haus auf dem üblichen Weg hinten raus: Es war nur eine niedrige Mauer zwischen dem kleinen Garten unseres Hauses und dem des benachbarten, dessen Gittertür zur Parallelstraße ging. Ich musste nur dreißig Sekunden auf das Taxi warten. Am Steuer saß ein vielleicht fünfzigjähriger Asiate, Koreaner vermutlich.

»Nach Benrath«, sagte ich.

Er stieß den Wagen zügig und geschickt zurück in die Wildenbruchstraße und fuhr den besten Weg durch die Stadt.

»Interesse an 'nem bisschen was extra?«, fragte ich.

Er sah mich mäßig begeistert an. »Worum geht's?«

»Taxi fahren und weghören.«

»Sind meine beiden Hobbys«, sagte er.

Wir kamen frühzeitig am »Mühlhaus« an. Ich zog einen Fünfziger heraus, riss ihn in der Mitte durch und gab ihm eine Hälfte. »Fahren Sie um die Ecke in die Sackgasse und warten Sie da«, sagte ich und stieg aus. Ich stellte mich in den Schatten unter einen Baum, schräg gegenüber dem Lokal. Nach fünf Minuten hielt ein weiteres Taxi, und eine goldmähnige Frau in einem Pelzmantel stieg aus. Ihre Absätze klickerten eilig über den Bürgersteig, und sie verschwand in der Tür des »Mühlhaus«. Ein silbergrauer Vectra rollte vorüber und hielt etwa zwanzig Meter entfernt in zweiter Reihe. Niemand stieg aus.

Ich legte eine unbenutzte Pre-Paid-Karte in mein Handy ein. Sie gab ihm eine neue, anonyme Rufnummer, die nicht ohne weiteres mir zuzuordnen war. In Fällen mit einem so wenig absehbaren Verlauf wie diesem ist es gut, nicht dauernd von den Bullen gefragt zu werden, wen man warum angerufen hat.

Ich wählte die Nummer des »Mühlhaus«.

»Hey, Katja«, sagte ich, als sie sich meldete.

»Jo! Du verdammter Schuft! Seit Wochen warte ich auf deinen Anruf, und jetzt rufst du mich ausgerechnet auf der Arbeit an!«

»Tut mir Leid, mein Engel, wir gehen nächste Woche zusammen essen, das verspreche ich. Tu mir einen kleinen Gefallen, bitte.«

Sie holte Luft für eine längere Antwort, also redete ich weiter. »Eben ist eine blonde Frau bei euch reingekommen. Kannst du ihr was ausrichten? Sie soll nichts bestellen. In ein paar Minuten kommt ein Taxi sie abholen.«

»Ich denk verdammt noch mal nicht –«

»Ich danke dir, mein Engel«, sagte ich und schaltete das Handy aus. Ich hielt mich im Schatten, während ich zum Taxi ging. Als ich in den Fond stieg, faltete der Fahrer seinen Express zusammen und drehte sich mit hochgezogenen Brauen zu mir um.

»Wie heißen Sie?«, fragte ich.

»Kim«, antwortete er.

»Ist das Ihr Nachname?«

»Ja.«

»Gut, Herr Kim. Mein Name ist Kant. Fahren Sie bitte zu dem Lokal dort drüben und melden Sie sich drinnen. Eine blonde Dame wird auf Sie warten. Sie soll bitte hinten einsteigen. Und wundern Sie sich nicht über mich.«

Ich rutschte in den Fußraum und quetschte mich hinter den Fahrersitz. Herr Kim gab keinen Kommentar. Er bog in die Tellerringstraße, wendete vor dem »Mühlhaus« und stieg aus. Nach einer Minute öffnete er die Tür, und Frau Wolter stieg ein. Sie starrte verständnislos auf mich herab.

»Warum liegen Sie da unten?«, fragte sie.

Sie war Ende vierzig, und das war ihr erkennbar zu viel. Die Haarfarbe war nicht echt, aber beeindruckend, das Gleiche galt für ihre Fingernägel. Ihre Figur war umwerfend, jedenfalls aus meiner momentanen Perspektive, und ich hatte keine Ahnung, ob sie echt war. Unter ihrem offenen Pelzmantel trug sie ein ziemlich kurzes schwarzes Kleid. Für die Situation war sie entschieden overdressed.

Herr Kim hatte sich wieder hinters Steuer geklemmt. »Wohin?«, fragte er.

»Fahren Sie uns bitte ein bisschen spazieren.«

Ohne ein Wort ließ er den Wagen an und fuhr los.

»Sehen Sie doch bitte mal in den Rückspiegel. Folgt uns jemand?«

»Ein silbergrauer Vectra ist hinter uns.«

»Bitte verlieren Sie ihn nicht.«

Frau Wolter drehte sich um. »Oh Gott, die Bullen.« Ihre Stimme war rauchig und überraschend angenehm.

»Die sind im Moment kein Problem. Wo steckt Ihr Mann?«

»Ich weiß es nicht!« Sie kniff die Lippen zusammen.

»Er hat Sie doch angerufen, oder?«

»Ja.«

»Und was sollen Sie mir ausrichten?«

Sie wühlte in ihrer übergroßen gelben Prada-Handtasche und zog einen braunen DIN-A5-Umschlag hervor.

»Was ist da drin?«

»Ich weiß es nicht. Er hat gesagt, ich dürfe auf gar keinen Fall reinsehen. Ich sollte ihn aus dem Tresor holen und Ihnen geben. Er hat mir sogar die Kombination gesagt, das hat er noch nie gemacht.«

»Darf *ich* ihn denn aufmachen?«

»Nein. Sie sollen nur darauf aufpassen. Er meldet sich bei Ihnen.«

Ich nahm ihr den Umschlag ab. Er schien nicht mehr als ein paar Blätter zu enthalten.

»Sonst hat er nichts gesagt?«

»Er käme bald zurück nach Düsseldorf. Er muss nur vorher noch was erledigen. Ich weiß nicht, was.«

»Warum darf niemand hineinsehen?«

»Er sagte, es sei besser für mich, nicht zu wissen, was drin ist. Und ich dürfe absolut niemandem erzählen, wem ich ihn gegeben hätte.«

Ich sah auf den Umschlag. »Was will er *noch* von mir?«

»Nichts. Sie bekommen Ihr Geld, soll ich Ihnen sagen.« Sie klang gereizt.

»Sie haben keinen Grund, pikiert zu sein«, sagte ich. »Wenn ich

Ihren Mann richtig interpretiere, ist das eine Bombe, die er nicht in seiner oder Ihrer Nähe haben will.« Ich steckte den Umschlag ein. »Aber in meiner. Da stehen mir ein paar Fragen zu, oder?«

»Darf ich rauchen?«, fragte sie.

»Wenn Sie aus dem Fenster aschen«, sagte Herr Kim.

Sie zündete sich eine schlanke, lange Damenzigarette an und sog den Rauch gierig ein.

»Was wissen Sie über Schwarzenberger?«, fragte ich.

»Über Yves? Nicht viel.«

»Ich weiß fast nichts, außer dass er tot ist.«

»Er war reich.« Sie öffnete das Fenster ein wenig und blies Rauch hinaus.

Mein eingeschränkter Blick ließ mich vermuten, dass Herr Kim mit uns durch das Reisholzer Industriegebiet kreuzte. »Ist der Vectra noch bei uns?«, fragte ich ihn.

»Wie gewünscht«, antwortete er. Seiner Stimme war keine Gefühlsregung anzumerken.

»Um wie viel hat er Ihren Mann betrogen?«

»Ich weiß keine Zahl, aber Egon war schrecklich wütend. Er war so deprimiert in letzter Zeit, ich glaube, er hatte wirklich Angst, Pleite zu sein.«

»Ging es tatsächlich nur um Aktien?«

»Soweit ich weiß, schon.«

»Und was wissen Sie nicht?«

Sie antwortete nicht, gelangweilt sah sie hoch zu den hinter den Scheiben vorbeiwandernden Gasentladungslampen.

»Für wen ist der Umschlag gefährlich?«

»Ich habe keine Ahnung!« Indigniert sah sie weiter aus dem Fenster.

»Was ist mit seinem Ex-Kompagnon? Freddy?«

»Freddy? Was soll mit dem sein?«

»Nun, er ist ein harter Bursche.«

»Die beiden haben geschäftlich nichts mehr miteinander zu tun. Egon hat sich weitgehend aus dem Milieu zurückgezogen. Nein, nicht Freddy. Freddy ist in Ordnung.« Sie schüttelte ernsthaft und entschieden den Kopf.

»Sie können mir also keinerlei Tipp geben und erwarten von mir, dass ich mir eine Bombe in den Safe lege, ohne etwas über ihre Sprengkraft und ihren Zünder zu wissen?«

»Ich kann Ihnen die Entscheidung nicht abnehmen. Ich kann Sie nur um Hilfe für meinen Mann bitten.«

»Ich habe ihm schon mehr geholfen, als legal war.«

»Warum?«, fragte sie. Es war die Frage, die ich mir selbst nicht beantworten konnte.

»Jetzt ist es halb zwölf«, entgegnete ich. »Wenn ich bis morgen Mittag nichts von ihm gehört habe, werde ich eine Briefmarke draufkleben und Ihnen Ihre Bombe zurückschicken. Per Post.«

Sie zog noch einmal an ihrer Zigarette, dann warf sie sie aus dem Fenster. »Gut«, sagte sie »Würden Sie mich dann bitte nach Hause bringen.«

»Natürlich.«

Sie nannte Herrn Kim die Adresse, er brummte irgendwas und bog ab. Ich zog mein Notizbuch, schrieb die Nummer der neuen Pre-Paid-Karte auf und riss das Blatt raus.

»Ich glaube zwar nicht, dass Ihr Telefon heute schon abgehört wird, aber morgen sind die bestimmt so weit. Rufen Sie mich nur unter dieser Nummer und nur von der Telefonzelle aus an, hören Sie?«

Sie nahm den Zettel und nickte, ohne mich anzusehen. Herr Kim hielt an, offensichtlich vor ihrem Haus, denn sie öffnete die Tür, bevor der Wagen stand. Sie sah noch einmal zu mir herunter. »Tut mir Leid«, sagte sie, »aber ich kann Sie nicht leiden.«

»Tja«, sagte ich, »es gibt Zeiten, da kann man sich seine Freunde nicht aussuchen.«

Ohne ein weiteres Wort stieg sie aus und warf die Tür zu.

»Wohin jetzt?«, fragte Herr Kim.

»Oberkassel. Wo Sie mich abgeholt haben.«

Er fuhr an. »Der Vectra bleibt bei dem Haus stehen«, sagte er nach einigen Sekunden, und ich schälte mich aus dem Fußraum. Aufatmend sank ich auf die Rückbank und rieb mir die Kniekehlen. Dann zog ich meine Brieftasche und reichte ihm den halben Fünfziger und einen weiteren ganzen. Er steckte ihn ein, ohne sich zu bedanken, und bog auf die B8 ab.

»Haben Sie eine Karte?«, fragte ich.

Er reichte mir eine billige Visitenkarte aus dem Automaten über die Schulter. »Ab sechzehn Uhr«, sagte er. »Außer sonntags.«

»Es ist wichtig, dass Sie alles vergessen, was Sie eben gehört haben. Zu Ihrem Besten, Herr Kim.«

»Ich habe keine Ahnung, wovon Sie reden«, sagte er, ohne den Kopf auch nur einen Millimeter zu bewegen.

Ich grinste. »Sie hören von mir«, sagte ich.

***

Als sich die Aufzugtür öffnete, schlug mir ein aufdringliches Herrenparfum entgegen, es roch teuer. Ich hatte es schon mal gerochen, und meine Erinnerung verband nichts Angenehmes damit. Ich drehte mich um und nahm die Treppe. Hinter einer Tür im zweiten Stock hörte man den Fernseher, sonst war das Treppenhaus still. Im dritten Stock deponierte ich Wolters Umschlag unter der Terrakotta-Schale auf der Fensterbank. Dann zog ich meine Pistole und ging zum vierten Stock hoch. Meine Tür war nur angelehnt, was mir wenig Wunder schien, als ich das Schloss betrachtete: Es war aufgebohrt.

Ich leide unter zwei Schwächen, einer berufsbedingten und einer angeborenen. Die berufsbedingte: Ich misstraue Alarmanlagen. Wenn ein neues Alarmsystem im Handel ist, ist es *immer* einen Schritt hinter professionellen Knackern zurück. Deren Quellen sitzen meistens in derselben shanghaianischen – oder wie das heißt – Werkstatt, in der die Anlage zusammengelötet wird. Der ganze Aufwand kann also immer nur Leute abschrecken, die langsamer sind als man selbst – eine Klientel, von der ich mich prinzipiell weigere, beeindruckt zu sein.

Es gibt eine wirkungsvolle Alternative zu Alarmanlagen,

schwierig auszuschalten und – je nach Modell – wirklich angsteinflößend. Aber leider macht mir meine angeborene Schwäche die Anschaffung eines solchen Wunderdings unmöglich: Ich bin allergisch gegen Hundehaare.

Ich klappte den Sicherungshebel der Kimber um und drückte mit der Linken vorsichtig die Tür auf. Das Licht in der Diele war an, wie ich es zurückgelassen hatte. So leise wie möglich trat ich ein. Zu sehen war nichts Auffälliges. Als ich mich der Tür des Wohnraums näherte, bemerkte ich wieder das Parfum. Ich zögerte eine Sekunde, dann hob ich den Fuß und stieß die angelehnte Tür auf.

»Du solltest mal das Rasierwasser wechseln, Arnie«, sagte ich. »Du kannst rauskommen, ich bin da.«

Arnie Koppmann trat langsam und grinsend in mein Blickfeld. Der hellbraune Mantel spannte um seine Schultern. Er trug keine sichtbare Waffe.

»Hallo, Jo«, sagte er, »wie schön. Lange nicht gesehen.«

»Stimmt. Du hast seitdem gelernt, wie man Schlösser aufbohrt. Ist das dein neuer Stil?«

Er grinste nachsichtig. »Mittlerweile haben manche Leute Türen, da kommt man mit meiner Methode gar nicht mehr durch. Da braucht man Unterstützung.«

In diesem Moment hörte ich gleichzeitig zwei leise Geräusche hinter mir. Es war zum einen die Tür des Gästeklos und zum anderen die des Abstellraums, die geöffnet wurde. Mir blieben etwa nullkommazwei Sekunden, um mich zu entscheiden, in welche Richtung ich mich umdrehen sollte.

Bevor ich mich entschieden hatte, wurde es sehr hell.

Und dann sehr dunkel.

***

Nach irgendwas zwischen zwei Minuten und fünfzehn Jahren begann es langsam wieder hell zu werden, was kein Trost war.

In dem Maße, in dem die Dunkelheit wich, nahm der Schmerz unter meiner Schädeldecke zu. Meine Gedanken versuchten, das Wort »reziprok« zu buchstabieren, und ich versprach mir, zur Belohnung die Augen zu öffnen, wenn ich es schaffte. Ich war sehr stolz, als es endlich hinhaute, aber es half nicht wirklich.

Das Licht der Deckenstrahler war nur deshalb auszuhalten, weil eine Art Kürbis davor hing, der sich mit zunehmenden Schmerzen als Arnies Rübe entpuppte. Er grinste blöd wie immer.

»Schöne Grüße«, flötete er.

Ich versuchte etwas zu erwidern, aber ich schaffte es nicht, meinen Unterkiefer zu bewegen.

»Pssst«, sagte Arnie zärtlich. »Du brauchst nicht zu sprechen. Jetzt nicht, und am besten nie mehr. Du weißt nichts, du denkst nichts, und du sagst nichts. Mit einer Ausnahme ...«, wie ein Kran zerrte mich seine Hand am Hemd in die Senkrechte, »außer einer Sache: *Was* ... hat Wolter dir gesteckt?«

»Er war's nicht«, nuschelte ich.

»Tss-tss-tss«, sagte Arnie griemelnd. »Da hat er dich angelogen, Jo.«

»Na klar, Arnie. Ist mir gerade aufgegangen.«

»Das ist schön, Jo. Und sonst hat er nichts gesagt? Irgendwelche Namen zum Beispiel?«

»Keinen einzigen.«

Er ließ mich auf den Boden zurückfallen, was meinem Kopf nicht gut tat. Als ich die Augen wieder aufmachte, sah ich ihn auf die offene Tür zum Nachbarzimmer zugehen. Es war der Raum, in dem ich trainierte – und übte. Links und rechts der Tür standen zwei langhaarige stumme Gorillas in Lederjacken. Sie sahen aus, als könnten sie zusammen bis sechs zählen. Arnie wies in das Zimmer und sah zweifelnd auf mich herab.

»Sag mal, Jo ... was ist eigentlich *das* da?«, fragte er.

Ich schloss die Augen. Es war klar, was jetzt kommen würde.

»Da hängt auch ein Sandsack, konzentrier dich doch *da*rauf«, nuschelte ich.

»Jo, ich erkenne einen Sandsack, wenn ich ihn sehe. Aber *das* da ... Ehrlich, Jo, wir drei hier haben lange hin und her überlegt, und wir sind zu dem Schluss gekommen, dass dieses Ding da eine *Harfe* ist. Spielst du etwa *Harfe*?«

»Was dagegen?«, fragte ich, aber er war noch nicht fertig.

»Jo, welcher *Mann* spielt denn Harfe?«

»Lee van Cleef«, antwortete ich, was ihn kurz aus dem Konzept brachte.

»*Der* Lee van Cleef? Naja ... Aber *du*, Jo? Ich meine, ich hatte dich für einen harten Burschen gehalten. Die Sache damals mit Clemens, ich sag dir, der hat immer noch Schiss vor dir, aber eine *Harfe*? Das ist doch was für Schwanzlutscher! Bist du ein Schwanzlutscher, Jo?«

»Keine Angst, Arnie. Deinen würde ich nicht mal für Geld lutschen.«

Einer der Gorillas machte einen schnellen Schritt nach vorn und trat mir in die Seite. Ich schaffte es, nicht zu stöhnen.

»Tss-tss-tss«, sagte Arnie wieder. Er ging in das Zimmer hinein auf meine Lyon & Healy zu. »Was kost'n so'n Ding?«, fragte er.

Ich antwortete nicht. Sie war mit vierzigtausend Euro versichert, aber dieses Modell würde mir niemand wiederbeschaffen können.

Er klopfte mit seinen feisten Knöcheln gegen den Resonanzkörper.

»Scheint nicht sehr stabil zu sein«, sagte er.

Ich zwang mich hoch, wenigstens auf die Ellbogen.

»Zwei Sachen, Arnie, bevor du irgendwelchen Scheiß machst: Das Ding hat siebenundvierzig Saiten, das macht ein paar Tonnen Zug. Wenn da was bricht, solltest du lieber nicht in der Nähe sein. Und zweitens: Wenn du sie anrührst, musst du mich umlegen. Sonst leg ich nämlich *dich* um.«

Keine Ahnung, ob ich damit die Wahrheit sagte, aber Arnie war beeindruckt. Er war ein Schläger, ein ziemlich brutaler sogar, aber er hatte soweit ich wusste noch nie jemanden getötet. Ein paarmal wanderte sein Blick unschlüssig zwischen mir und dem Instrument hin und her, dann kam er aus dem Zimmer und auf mich zu.

»Okay, Jo, hör zu. *Ich* mag dich, ehrlich. Aber mein Chef, der mag dich *nicht* …« Er trat an meine Seite. Sein rechter Fuß hing neben meinem Brustkorb und tippte mir mit der stumpfen Spitze eines mexikanischen Stiefels in die Rippen. »Sei also brav, Jo. Ist doch ganz einfach.« Er sah auf mich herab. Das Angenehmste daran war, dass er meinen Augen Schatten gab.

»Wer ist denn zurzeit dein Chef, Arnie?«, fragte ich, und aus dem Tippen wurde ein heftiger Tritt. Dieses Mal stöhnte ich.

»*Das* … darfst du nicht fragen, Jo. Nie mehr, hörst du?«

»Ich habe verstanden«, röchelte ich, als ich dazu wieder in der Lage war.

»Das ist schön, Jo.« Mit einer Geste kommandierte er die Gorillas hinaus. »Und verlass dich nicht auf die Bullen. Die stehen immer noch unten und glauben, es wär nichts.«

»Super-Tipp, Arnie. Ich danke dir.«

»Halt einfach die Schnauze, und alles ist gut. Rede, und alles ist scheiße.« Er verabschiedete sich mit einem letzten Tritt. An der Tür drehte er sich noch mal um.

»Und Harfe spielen ist *doch* was für Schwanzlutscher«, sagte er und verließ die Wohnung.

Ich blieb so lange regungslos liegen, bis ich eine vage Vorstellung davon hatte, wie es mir ging. Dann richtete ich mich langsam auf und schleppte mich zur Bar. Ich öffnete ein Perrier aus dem Kühlschrank und goss es mir über den Nacken. Dann schenkte ich mir einen dreifachen Lagavulin ein und wankte mit Glas und Flasche zu meiner Harfe.

Ich setzte mich und lehnte vorsichtig meine Stirn an das kühle Holz des Resonanzkörpers. Meine Hände zitterten noch zu sehr, um zu spielen. Aber es war an der Zeit, nachzudenken.

ZWEI

Ich wachte auf und war mir nicht sicher, wo ich mich befand und was mich geweckt hatte, aber die Sonne war zu hell. Nacken und Kopf fühlten sich an, als ob ich drei Runden gegen beide Klitschkos gleichzeitig gestanden hätte. Ich stellte fest, dass ich auf meinem Sofa lag; ein anhaltendes, schmerzhaftes Geräusch entpuppte sich als das Klingeln meines Telefons. Ich schleppte mich zum Apparat. Das Display zeigte die Nummer der Freifrau. Dankbar für die Errungenschaften der modernen Telekommunikationstechnik ließ ich den Anrufbeantworter anspringen und ging vorsichtig ins Bad. Ein misstrauischer Blick in den Spiegel hatte ein halbwegs beruhigendes Ergebnis: Sie hatten mich nicht ins Gesicht geschlagen. Ich hasste es, mit einem Veilchen durch die Gegend zu rennen. Außerdem war meine Nase noch nie gebrochen, und mir lag daran, dass das so blieb. Ich duschte, bis ich mich halbwegs wieder als Mensch fühlte.

Die Uhr über der Bar zeigte halb neun, als ich, mir vorsichtig den Kopf frottierend, wieder ins Wohnzimmer trat. In den zwanzig Minuten unter der Dusche war die Anzahl der Nachrichten auf dem Anrufbeantworter auf drei angewachsen.

Die erste war die von der Freifrau, die mir einen verdächtigen Mittagstermin Tokohiros durchgab und dabei deutlich zu verstehen gab, dass sie besser einen Profi engagiert hätte. Die zweite kam von einer anonymen Nummer; eine fast noch junge, laszive Frauenstimme kündigte einen weiteren Anruf an, ohne einen Namen zu nennen. Die nächste Stimme war in ihrem ganzen Leben nicht lasziv gewesen: Fahrenbach befahl einen Rückruf.

Ich zog den leinenen Hausanzug über und fuhr mit dem Aufzug runter, um die Zeitungen aus dem Briefkasten zu holen. Auf dem Rückweg machte ich einen Zwischenstopp im dritten Stock und zog Wolters Umschlag unter dem Blumentopf hervor. In der Küche warf ich die Espresso-Maschine an und braute mir einen Dreifachen, während ich die Lokalteile von RP, NRZ und Express überflog. Der Mord an Schwarzenberger und die anschließende Schießerei waren Tagesthema. Egon Wolter wurde mit Namen und Foto als Hauptverdächtiger genannt, auf eine Art, die dem unbefangenen Leser keinen Zweifel an seiner Täterschaft erlaubte. Laut dem Artikel hatte Wolter einen zufällig am Tatort parkenden Autofahrer als Geisel genommen – Fahrenbach hatte gnädigerweise meinen Namen aus dem Spiel gelassen.

Ich trank den Espresso und rief ihn an.

Er verzichtete auf eine Begrüßung. »Wir haben Wolter gefunden«, sagte er.

»Wo?«

»Hier in Düsseldorf. In Eller.«

»Und? Was sagt er?«

»Bis zur nächsten Ewigkeit nichts mehr.«

»Er ist tot?«

»Toter als die Altstadt am Montag. Ursache noch unklar. Aber wir gehen erst mal nicht von einem natürlichen Ableben aus. Er lag nämlich in einer Baugrube. Fundort wahrscheinlich nicht gleich Tatort.«

»Mal davon abgesehen, dass es ihm egal sein dürfte, aber das entlastet Wolter doch entschieden, oder?«

»Kann ich nicht finden. Da wollte uns nur einer von Schwarzenbergers Freunden die Arbeit abnehmen.«

»Wer? ›Il Tuffo‹?«

»Kein Kommentar«, bellte Fahrenbach.

Seine Antwort hatte einen winzigen Moment auf sich warten lassen. »Oder hat dieses Mal jemand anders unterschrieben?«, fragte ich.

»Das werde ich Ihnen nicht sagen! Aber selbst, wenn es so wäre! Jeder Täter kann schließlich hinschreiben, was er will. Das beweist nichts. Außer, dass er davon wusste. So wie Sie, Kant.«

»Und was schließen Sie daraus? Bin ich verdächtig?«

»Vorerst nicht. Der Todeszeitpunkt war gegen dreiundzwanzig Uhr. Da waren Sie zu Hause.«

»Woher wissen Sie *das* denn? Lassen Sie mich etwa überwachen?«

»Genau. Kommen Sie also bloß nicht auf dumme Gedanken, Kant. Aus der Nummer sind Sie noch lange nicht raus, vergessen Sie das nicht. Solange Wolters Unschuld nicht bewiesen ist, sind Sie auf jeden Fall der Beihilfe verdächtig. Also halten Sie sich bedeckt!«

»Selbstverständlich, Herr Hauptkommissar«, sagte ich und legte auf. Ich rieb mir den Nacken; immer noch brummte mein Schädel mehr, als er sollte. Nachdenklich sah ich auf Wolters Umschlag, der vor mir auf dem Tisch lag. Eigentlich fühlte ich mich noch nicht fit genug, um eine Bombe zu zünden.

***

Es wurde elf, bevor ich genug Espresso intus hatte, um eine Entscheidung über den Umschlag zu treffen. Zwischendurch kamen der Schlüsseldienst, um die Tür zu reparieren, und Mohay, meine laotische Putzfrau. Ihre Nationalität mag zu nahe liegenden Kalauern einladen, aber gegenüber der Italienerin war sie ein echter Schritt nach vorn. Heute schickte ich sie nach Hause.

Abgesehen von den wenigen Unterbrechungen saß ich die ganze Zeit an meiner Harfe. Ich stimmte so sorgfältig, wie mein Schädel es zuließ, und zupfte gedankenverloren ein paar Skalen. »Gerade sitzen, Schultern hängen lassen«, sagte jemand in meinem Hinterkopf. Es war Cornelias Stimme, deren rigide Anweisungen mich immer noch zur Ordnung riefen, sobald ich zu unkonzentriert spielte, aber heute verfehlte sie ihre Wirkung.

Vor mir auf dem Notenständer lag Wolters verdammter Umschlag. Ich weiß mit einem schlechten Blatt umzugehen, und ich weiß auch, dass man eine Karo-Sieben nicht in ein Pik-Ass verwandeln kann, in dem man draufstarrt. Aber hier musste ich auf Karten setzen, die ich nie zuvor gesehen hatte. Es gab drei simple Möglichkeiten: wegschmeißen – Fahrenbach geben – aufmachen.

Fahrenbach war definitiv die schlechteste Lösung. Wenn ich ihm erklärte, woher der Umschlag kam, wäre ich wegen Beihilfe dran. Außerdem schienen Arnie und sein Chef gut über mich informiert zu sein. Arnie selbst machte mir nicht allzu viele Sorgen, aber es gibt keinen unangenehmeren Feind als einen Unbekannten. Es war schwer zu sagen, wie sein Chef reagieren würde, wenn ich die Polizei einschaltete. Wegschmeißen klang verlockend, aber ich konnte in tödliche Schwierigkeiten kommen, wenn Wolters Frau im Laufe ihres Lebens einmal dem Falschen irgendwelchen Bullshit erzählte, und dieser Hammer würde verdammt lange über mir hängen.

Okay, dachte ich, Karo-Sieben.

Ich zupfte ein letztes tiefes G und machte ihn auf.

Als sinnliches Erlebnis war es enttäuschend, nach so langem Grübeln nichts als ein Blatt mit drei sechsstelligen Zahlen vorzufinden. Aber Zahlen sind der Schlüssel zu allem, wenn es um Geld geht, und hier ging es um Geld, wenn Wolter die Wahrheit gesagt hatte.

Ich scannte das Blatt ein und speicherte es im PC unter »Steuererklärung« ab. Dann schrieb ich mit der Hand eine Erklärung, in der das Wenige stand, das ich über das Blatt und seine Herkunft wusste, und steckte sie gemeinsam mit dem Original in einen Umschlag und verließ die Wohnung.

Als ich den Quattroporte aus der Tiefgarage steuerte, folgte mir ein bordeauxroter Passat, der gegenüber am Straßenrand geparkt hatte. Ich fuhr über die Oberkasseler Brücke in die City. An der Westseite der Kö hielt ich vor dem Haus, in dem mein Notar residierte. Auf mein Hupen winkte mir der Pförtner freundlich zu und öffnete das Rolltor zur Tiefgarage. Ich fuhr hinein, während der Passat etwas verloren auf der Fahrbahn stehen blieb, wo er nach wenigen Augenblicken von einem Müllwagen verjagt wurde.

Die Dame vom Empfang geleitete mich zu einem Sozius der Kanzlei, und zwölf Minuten später lag der Umschlag in seinem

Safe, auszuhändigen ausschließlich an Kant von Eschenbach, Tiberius Josephus, persönlich bekannt. Sollte diesem etwas zustoßen, ginge der Umschlag an die Staatsanwaltschaft.

Als ich wieder aus der Tiefgarage fuhr, entdeckte ich den Passat einen halben Bock weiter rechts. Ich wartete, bis die Straße leer war, fuhr dann nach links gegen die Einbahnstraße. Nach einer kurzen, aber sehr heftigen Beschimpfung durch eine jung gebliebene Kinderwagenlenkerin bog ich in die Benrather Straße ab. Der Passat blieb verschwunden. Sorgfältig die Verkehrsregeln beachtend fuhr ich zu dem Bürohaus in der Moskauer Straße. Doktor Tokohiro würde bald zu seinem Termin aufbrechen.

***

Er verließ das Haus um zwölf Uhr neun durch die mittlerweile von Spanplatten abgedichtete Eingangstür. Mit für sein Alter erstaunlicher Spannkraft kam er die Treppe heruntergefedert. Am Straßenrand blieb er stehen und sah sich desinteressiert um, dann zog er aus der Tasche seines rehbraunen Kamelhaarmantels eine rosafarbene Zeitung, die Financial Times, wie ich vermutete, und begann zu lesen. Nach einer halben Minute rollte ein Taxi heran, und er stieg ein.

Ich fluchte durch die Zähne und startete den Motor. Allein ein Taxi zu verfolgen ist ein Job, bei dem man fast immer verliert. Die Jungs kennen den Verkehr besser als jeder andere, sie wissen, von welcher Spur man sich im letzten Moment noch auf die andere drängen kann und bei welcher Geschwindigkeit man die nächste Ampel noch bei Dunkelgelb erwischt. Wenn man sich an sie dranhängt, entwickeln sie meist den Ehrgeiz, einen abzuschütteln. Schafft man's trotzdem irgendwie, halten sie an der Heinrich-Heine-Allee oder sonst wo, der Fahrgast verschwindet zu Fuß in der Altstadt, und man kann sehen, wo man da einen gottverdammten Parkplatz kriegt.

Doch diesmal hatte ich Glück. Der Mann fuhr brav die Kruppstraße hinunter und bog in die Oberbilker Allee ein. Bis in den Hafen konnte ich locker dranbleiben. Ich sah mich schon nach einer Parkmöglichkeit in der Nähe des Zollhofs um, doch das Taxi fuhr an den leichtmetallkaschierten Rigipspalästen der Medienwirtschaft vorbei und weiter in den Hafen hinein. Ab der Holzstraße ließ der Verkehr schlagartig nach, nur ein einzelner Silotransporter kam uns entgegen.

Es gibt nur wenige Stellen in Düsseldorf, an denen ich mich so in der Großstadt fühle wie hier. Wie herrenlos abgestellte Trailer; große, wirklich nach Arbeit aussehende Backsteingebäude; die leeren Straßenzüge endlos.

Als das Taxi in Richtung Lausward abbog, ging ich vom Gas und ließ es etwas Vorsprung gewinnen. Am Straßenrand, hinter Metallzäunen, lag ein riesiges Trümmergrundstück, auf dem ein Wohnwagen neben Müllhaufen stand. Weiter ging es am Kraftwerk mit seinen grauen und weißen Schloten vorbei, unter der niedrigen Schräge des Kohletransportbandes hindurch zum Golfplatz. Hier hielt das Taxi. Tokohiro stieg aus und verabschiedete sich freundlich von seinem Fahrer. Suchend sah er um sich, warf einen Blick auf die Uhr und setzte sich auf eine der kleinen Metallgitterbänke, die direkt an den Driving-Ranges standen. Er entfaltete seine Zeitung und begann zu lesen. Ich stellte den Quattroporte im Halteverbot ab und stieg aus.

Tokohiro saß entspannt, mit einem leichten Lächeln, auf der Bank, versunken in seine Zeitung. Eine französische Jugendgruppe spielte auf den Ranges. Die »Flapps« und »Klicks« der Eisen und Hölzer erfüllten die Luft und waren die lautesten Geräusche, bis auf der Straße ein Linienbus herandröhnte und an der Endhaltestelle hielt.

Ich näherte mich langsam der Bank; als ich mich neben ihn an eine der Kastanien lehnte, sah Tokohiro kurz zu mir herüber, grüßte mit einem freundlichen Kopfnicken und las weiter. Es war nicht die Financial Times. Es war die Gazetto dello Sport. Unter dem Mantel trug Tokohiro einen eleganten und gleichzeitig sportlichen Tweedzweiteiler, ich tippte auf Strellson. Seine

Haare waren grau, von weißen Strähnen durchzogen, und auf der Oberlippe trug er einen britischen Rennfahrerschnäuzer.

»Tokohiro San, wenn ich richtig informiert bin?«, sagte ich.

Er sah mich milde überrascht an. »Mit wem habe ich das Vergnügen?«, antwortete er in beinahe akzentfreiem Deutsch.

Ich reichte ihm meine Karte.

»Ein Privatdetektiv? Ich bin beeindruckt. Ich habe noch nie einen deutschen Detektiv kennen gelernt. Für was steht Jo?«

»Für was steht San?«, fragte ich etwas lahm.

Er lächelte unbefangen. Ich musste mir eingestehen, dass er mir sympathisch war.

»Für Maki, Herr Kant. Es scheint mir, als hätte ich Ihren Namen schon einmal gehört.«

»Es gibt da einen halbwegs prominenten Vorfahren väterlicherseits.«

»Nein, es war mehr im privaten Bereich. Kennen Sie eine Cornelia Freifrau zu Spee-Lörickendorff? Sie ist Harfenistin. Unter anderem.«

Er lachte, ich nicht. Cornelia hatte mir hoch und heilig geschworen, er kenne meinen Namen nicht.

»Ich hätte ein paar Fragen zu dem Zwischenfall gestern Nachmittag«, sagte ich statt einer Antwort.

Eine Falte erschien auf seiner Stirn, das Lächeln blieb. »Nicht einmal die Polizei hat mich dazu befragt. Was sollte ich Ihnen auch erzählen können? Ich saß in meinem Büro im vierten Stock. Ich habe *gar* nichts mitbekommen.«

»Es geht mir auch mehr um Hintergrundinformationen. Können Sie mir etwas über das Haus erzählen, in dem Sie arbeiten?«

Die Falte blieb, das Lächeln verschwand. »Es ist ein Bürohaus«, sagte er.

»Ich war schon in vielen Bürohäusern, aber eine so schwer bewaffnete Securitytruppe habe ich selten gesehen.«

»Für wen arbeiten Sie, Herr Kant?« Sein Blick war jetzt unverhohlen misstrauisch. Unsympathisch machte ihn das nicht.

»Mein Klient wird zu Unrecht beschuldigt, an dem Vorfall

beteiligt gewesen zu sein. Ich hoffe auf Ihr Verständnis, dass ich Ihnen seinen Namen nicht nennen kann.«

»Dafür habe ich durchaus Verständnis. Aber könnten Sie mir wenigstens erklären, wie Sie ausgerechnet auf mich kommen? Woher kennen Sie mich?«

»Ich habe bereits eine ganze Reihe von Leuten befragt, die in diesem Haus arbeiten. Einer Ihrer Kollegen hat mir Ihren Namen genannt.«

»Wer?«

Ich zog mein Notizbuch und suchte in den Aufzeichnungen von Cornelias Monolog nach einem passenden Namen.

»Tsokuhara San«, sagte ich.

Schweigend und säuberlich faltete er seine Zeitung zusammen. Dann bedachte er mich mit einem Blick, der mir klar machte, dass mir mindestens ein Fehler zu viel unterlaufen war.

Hinter uns auf der Straße hupte ein Auto, wir drehten uns um. Hinter meinem Quattroporte hielt ein gelber Fiat Punto. Eine sehr junge Frau sprang heraus, Eurasierin, sie sah bezaubernd aus, ihre jugendliche Energie war geradezu greifbar. Sie strahlte Tokohiro aus der Entfernung an, dann zerrte sie eine Golftasche aus dem Kofferraum, hängte sie über die Schulter und schleppte sie auf unsere Bank zu. Ohne ein Wort der Begrüßung küsste sie ihn auf die Wange.

Er sagte etwas auf Japanisch, zumindest nahm ich an, es sei Japanisch, und sie ging mit dezentem Schmollen im Gesicht zum Kassencontainer. Tokohiro sah mich bekümmert an.

»Was wollen Sie wirklich von mir, Herr Kant?«

»Genau das, was ich Ihnen gesagt habe. Auskünfte über das Haus.«

»Und warum belügen Sie mich dann, Herr Kant? Tsokuhara San ist seit zwei Wochen wieder in Japan.« Er zog meine Karte heraus und reichte sie mir zurück. »So wird das nichts mit unserer Zusammenarbeit.« Er lächelte bedauernd.

Ich nahm ihm die Karte nicht ab. »Vielleicht können wir noch mal neu beginnen.«

»Was sollte ich mir davon versprechen?«

Das Mädchen kehrte mit einem grünen Drahtkorb voller Bälle von der Kasse zurück und trug sie zu einem freien Abschlag. Ich sah sie an, er folgte meinem Blick.

»Aha«, sagte er dann. »Ich verstehe.« Langsam stand er auf und steckte meine Karte zusammen mit der Gazetto dello Sport in die Jacketttasche. »Sie hören von mir.«

Ohne mich eines weiteren Blickes zu würdigen, ging er zu seinem kleinen Engel, der sich mit einem mittleren Eisen hinter dem Rücken warm machte. Er gab ihr einen Klaps auf die Schultern, und sie lächelte ihn an. Er nickte und führte ihr einen Schwung vor, korrigierte mehrfach ihre Haltung, wobei er sie ohne jede Scheu berührte. Sie schwang sauber durch, ich versuchte den Ball zu verfolgen und sah ihn in der Nähe der Hundert-Meter-Marke zwischen vielen hundert Artgenossen aufspringen. Ich selbst spiele kein Golf, aber der Schlag kam mir respektabel vor. Nach ihrem Drive ließ sie sich rückwärts in Tokohiros Arme fallen. Er küsste sie auf den Scheitel, und sie bugsierte den nächsten Ball aus dem Korb. Sie sagte etwas, ich verstand nur das Wort »Backspin«. Er wählte einen anderen Schläger aus ihrer Tasche.

Ich beschloss, die beiden allein zu lassen, und notierte mir die Nummer des Fiat. Die Besitzerin des Wagens zu ermitteln war das Mindeste, was ich der Freifrau bieten musste. Langsam stieg ich in meinen Quattroporte. Ich fühlte mich mies wie ziemlich lange nicht mehr in meinem Job. Es war kurz nach halb eins, entschieden zu früh für einen Drink. Oder zumindest zu früh für zwei.

***

Carlos Bar in der Kaistraße war mäßig gefüllt mit gut, aber auffällig gekleideten Menschen, die aussahen, als ob sie nicht älter als dreißig werden dürften. Carlo grinste sein als Grinsen getarntes Lächeln, als ich hereinkam. Ich grinste zurück, und er drehte sich zu seinem Flaschenregal. Ohne zu fragen schenkte er einen ansehnlich dimensionierten Springbank und ein kleines Glas stilles Wasser ein. Er spielte gern den Coolen, in Wahrheit hatte er ein zu weiches Herz für einen Barkeeper. Aber seine Drinks waren klasse, und seine Informationen gehörten zu den zuverlässigeren.

»Du bist früh dran heute«, sagte er, als er die beiden Gläser vor mich hinstellte.

Ich nahm einen Schluck Wasser und nippte dann an dem Scotch.

»Hast du Arnie in letzter Zeit gesehen?«

»Koppmann? Seit ein paar Tagen nicht. Man sagt, er müsse jetzt ernsthaft arbeiten.«

»*Wer* sagt das?«

»Die Leute, die ihn kennen. Seine Freunde sind etwas verwundert über seinen Eifer.«

»Für wen arbeitet er denn?«

»Es gibt Gerüchte.« Er warf das blütenweiße Tuch, mit dem er die vollkommen saubere Oberfläche des Tresens poliert hatte, hinter die Theke. Er wirkte etwas beunruhigt und sah zur Tür.

»Vor wem hast du Angst, Carlo?«

»Ich hab keine Angst. Aber Arnie kommt in letzter Zeit immer mit diesen beiden Affen. Das sind unangenehme Burschen, und ich will absolut keinen Ärger mit denen.«

Ich sah in mein Glas und roch an dem Springbank. »Ich will nur wissen, für wen er arbeitet. Erzähl mir von den Gerüchten.«

»Davon gibt's verschiedene: Kolumbianer, Serben, Albaner. Auf jeden Fall Ausländer. Aber es gibt noch eine Version ...«, wieder sah er zur Tür, »... Japaner.«

Ich zog eine Braue hoch. Kolumbianer, Serben und Albaner tauchten in jedem Gerücht aus der Unterwelt auf, aber dass die Japaner Deutsche anheuerten, war mir neu, besonders, wenn es sich dabei um solche Schwachköpfe wie Arnie und seine Schläger handelte.

»Von wem stammt das mit den Japanern?«

Wieder sah er zur Tür, bevor er antwortete. »Pollack«, sagte er dann.

»*Kommissar* Pollack?«

»Ja. Er lässt sich manchmal von seiner Tochter herbringen. Im Rollstuhl. Ist ja eine üble Geschichte mit seinem Bein.«

Ich nahm einen Schluck Scotch. »Was hat er erzählt?«

»Er ist stinksauer darüber, dass er sich selbst lahm gelegt hat. Sie saßen da drüben, Pollack und ein anderer Bulle, ein total fetter Kerl. Es ging um eine japanische Gruppe, der sie auf der Spur sind. Das Wort Kunstdiebstahl habe ich aufgefangen und Arnies Namen. Gleich mehrfach. Mehr weiß ich nicht.«

»Treffen die beiden sich öfter hier?«

»Den Fetten habe ich hier nur dieses eine Mal gesehen, aber Pollack kommt jetzt wieder häufiger.«

Ich schrieb meine neue Handynummer auf einen Zettel, nahm einen Zwanziger und zwei Fünfer aus der Brieftasche und legte alles vor ihn auf die Theke.

»Ich höre dann von dir«, sagte ich und trank den Whisky aus.

Er legte die zwei Fünfer in die Kasse, den Rest steckte er ein. Als ich schon fast aus der Tür war, rief er mich noch einmal zurück.

»Die beiden Bullen schienen ziemlich besorgt wegen der Sache. So ernst kenne ich Pollack sonst gar nicht«, sagte er leise.

»Danke für den Hinweis«, sagte ich.

Er nickte mir zu. »Pass auf dich auf, Jo«, sagte er.

***

Der Passat stand wieder in der Brend'amourstraße, als ich in die Tiefgarage bog. Ich lächelte dem Fahrer zu, aber er wollte es nicht wahrnehmen. Mit dem Aufzug fuhr ich zu meiner Wohnung hoch, und als ich ihn verließ, hatte ich eine Erscheinung.

Ein tizianroter Engel lehnte an meiner Wohnungstür. Auch ohne besonders hohe Schuhe war sie fast so groß wie ich, die

Haare wellten weit über ihre Schultern und flammten auf ihrem hochgeschlossenen schwarzen Mantel, dessen Schnitt es schaffte, ihre Rundungen gleichzeitig hervorzuheben und zu verbergen. Sie lächelte melancholisch.

»Ich wusste nicht, dass es Engel mit grünen Augen gibt«, sagte ich, als ich auf sie zutrat.

»Herr Kant, nehme ich an«, antwortete sie, gnädigerweise ohne auf meinen Spruch einzugehen. »Ich hatte angerufen.«

»Natürlich«, sagte ich. Es war die laszive Stimme ohne Namen, die sich seit heute Morgen auf meinem Anrufbeantworter befand. »Erlauben Sie?« Ich hob meinen Schlüssel, und sie trat zur Seite.

Sie wollte nicht ablegen. Ich bot ihr einen Sessel und einen Drink an – sie nahm nur den Drink.

»Verzeihung, aber ich habe mich noch gar nicht vorgestellt«, sagte sie endlich, als ich meinen Scotch leicht gegen ihren trockenen Manhattan stieß. »Mein Name ist Schwarzenberger, Isabelle Schwarzenberger. Ich bin die Frau …«, sie stieß ein leichtes Seufzen aus, »… die Witwe von Yves.«

Ich versuchte, die Verblüffung aus meinem Gesichtsausdruck zu halten. »Vielleicht gehen wir lieber in mein Arbeitszimmer«, sagte ich.

Sie nickte und folgte mir die Wendeltreppe hinauf. Ich platzierte mich in meinem Vitra-Drehsessel, sie blieb immer noch stehen.

»Darf ich fragen, was Sie von mir wollen? Und warum auf diese Art? Normalerweise macht man vorher einen Termin mit mir aus, statt vor der Tür zu warten. Unter Umständen hätten Sie dort sehr lange stehen können.«

»Ich habe in meinem Wagen gesessen, bis Ihre beiden Aufpasser hinter Ihnen her sind. Dann bin ich ins Haus gegangen. Ich denke, es ist besser, wenn wir uns erst einmal unter Ausschluss der Öffentlichkeit unterhalten.«

»Woher wussten Sie denn, dass ich überwacht werde?«

Ihr melancholischer Ausdruck bekam einen winzigen Zug ins Spitzbübische. »Wenn man mit jemandem wie Yves zusammen ist … war …« Sie sprach den Satz nicht zu Ende, der kleine Funke in ihren Augen verschwand so schnell, wie er gekommen war.

»Schön, Frau Schwarzenberger, aber was *wollen* Sie von mir?«

»Ich will, dass Sie seinen Mörder finden.«

»Wen meinen Sie? Wolter?«

Sie machte eine fahrig-wegwerfende Bewegung. »Ach, Egon«, sagte sie und nahm einen Schluck aus ihrem Glas. »Der würde so was doch gar nicht fertig bringen.«

»Kennen Sie Wolter näher?«

»Natürlich. Er ist mein Bruder.«

Dieses Mal gelang es mir nicht, mein Kinn oben zu halten. Mit halb offenem Mund glotzte ich sie an. Es gab nicht das kleinste Fitzelchen an Familienähnlichkeit zwischen ihr und Egon Wolter. Ich zwang mich, den Mund wieder zu schließen, indem ich einen Schluck Scotch nahm.

»Schön«, sagte ich. »Haben Sie heute schon mit der Polizei gesprochen?«

»Nein. Ich versuche, den Verkehr mit dieser Behörde auf ein Minimum zu beschränken.«

»Verstehe.« Und so hatte ich schon wieder eine Karo-Sieben in der Hand – eine, von der ich gar nicht gewusst hatte, dass sie im Spiel war. »Vielleicht setzen Sie sich doch lieber hin«, sagte ich.

Der Ernst in meiner Stimme veranlasste sie, zu gehorchen.

»Man hat Ihren Bruder heute Morgen tot aufgefunden. Sehr wahrscheinlich ermordet.«

Langsam sank sie gegen die Lehne des Stoll-Sessels – ihr Senfgelb bildete einen herrlichen Hintergrund für den flammrot umrahmten Marmor ihres Gesichtes.

»Dann bin ich also zu spät gekommen«, flüsterte sie.

»Ich glaube kaum, dass ich das hätte verhindern können, Frau Schwarzenberger.«

»Nein …« Ein wenig zitternd stellte sie ihr Glas ab. »Haben Sie vielleicht eine Zigarette für mich?«

Ich drehte mich mit dem Stuhl und nahm den Aschenbecher

und die Kunden-Notfallschachtel Benson & Hedges aus dem schwarzen Lackschrank hinter meinem Schreibtisch. Fahrig riss sie die Zellophanhülle der Packung auf. Für zwei Drittel der Zigarette schwieg sie. Dann sah sie mir erstaunlich kalt in die Augen.

»Das ändert gar nichts. Finden Sie Yves' Mörder, dann haben Sie auch Egons«, sagte sie. Etwas umständlich zog sie eine Brieftasche aus ihrer Escada-Tasche und entnahm ihr einen Stapel Fünfhunderter, von denen sie mir zehn auf den Tisch zählte. »Reicht das?«

Ich nickte. »Trauen Sie der Polizei nicht zu, den Mörder zu finden?«

»Ich traue der Polizei überhaupt nicht«, antwortete sie. Ihr Blick machte deutlich, dass sie dafür sehr persönliche Gründe hatte, die sie mir nicht mitzuteilen gedachte.

»Nun gut«, sagte ich. »Und warum ausgerechnet ich? Weil ich Ihrem Bruder schon mal geholfen habe?«

»Nein.« Sie drückte die Zigarette aus. »Weil man mir gesagt hat, Sie seien der Beste in der Stadt.«

»Da hat man Ihnen durchaus die Wahrheit gesagt. Haben Sie einen bestimmten Verdacht?«

»Nein. Keinen.«

»Dann brauche ich zunächst mal Informationen.«

»Welcher Art?«

»Alles, was ich kriegen kann.«

»Gut.« Sie zündete sich eine neue Zigarette an, lehnte sich zurück und begann zu erzählen. Dabei sah sie aus wie eine einer gotischen Glasmalerei entstiegene Heilige – was ihre Glaubwürdigkeit in meinen Augen nicht stärkte.

Nach der Schilderung seiner Witwe musste Yves Schwarzenberger eine Art Robin Hood auf Düsseldorfer Niveau gewesen sein. Er verdiente an den Stinkreichen und gab es den einfachen Millionären in Form von Kultursponsoring aller Art.

»Kunst war sein Lebensinhalt. Er liebte es, Ausstellungen zu besuchen, die er ermöglicht hatte. Dabei blieb er immer im Hintergrund. Manchmal hatten die Ausstellungsmacher keine Ahnung, von wem das Geld stammte, das sie bekamen. Er war so bescheiden.«

Bescheidenheit schien mir für einen Düsseldorfer Broker und Kultursponsor keine wirklich positiv zu bewertende Eigenschaft, aber er schien erfolgreich gewesen zu sein.

»Und seine Geschäfte waren ausschließlich legal?«, fragte ich, als sie mit der Schilderung von Schwarzenbergers Heiligenleben fertig war.

Sie sah mich an, als hätte ich sie geschlagen. »Das *müssen* Sie wohl fragen, Herr Detektiv«, sagte sie.

»Ja, wenn meine Arbeit irgendeinen Sinn haben soll.«

»Sie sollen Yves' Mörder finden, nicht seinen Ruf ruinieren.«

»Was immer Sie mir erzählen, bleibt absolut vertraulich, Frau Schwarzenberger. Wenn Sie mir Informationen vorenthalten, behindert das meine Arbeit. Das macht die Sache nur teurer.«

»Geld spielt keine Rolle.«

»Das freut mich für Sie.«

»Ich weiß nichts über Yves' Geschäfte«, sagte sie mit gesenktem Blick. »Er handelte mit Aktien und mit Kunst. Mehr kann ich Ihnen nicht sagen.«

»War er denn Galerist?«

»Nein. Eher eine Art Makler. Er erledigte alle seine Geschäfte vom Büro aus.«

»Und er hatte nur eine Angestellte?«

»Ja. Madame Toussaint.«

»Führt sie jetzt die Geschäfte?«

»Sie kümmert sich um alles. Das Büro ist natürlich noch versiegelt. Ich habe keine Ahnung, wie es weitergehen soll.«

Immer noch suchten ihre Augen den Boden ab, doch auf mich machte sie den Eindruck einer Frau, die sich durchaus zu helfen weiß.

»Wenn ich den Mörder gefunden habe, was haben Sie dann mit ihm vor?«, fragte ich.

Ihr Blick hob sich wieder, darin die Kälte von vorhin. »Das hängt davon ab, wer es ist«, sagte sie. »Unter anderem.«

»Soll ich Ihnen nur sagen, wer es war, oder soll ich ihn bei Ihnen abliefern?«

»Macht das einen Unterschied?«

»Das hängt davon ab, wer es ist«, antwortete ich. »Unter anderem.«

»Dann warten wir das also ab.« Sie ließ ein geschmackvoll parfümiertes Kärtchen auf meinen Schreibtisch fallen und stand in der flüssigen Bewegung einer Tänzerin aus ihrem Sessel auf.

»Melden Sie sich, wenn Sie mehr Geld brauchen.« Ihr Besuch war beendet.

Ich geleitete sie zur Tür, sie verabschiedete sich mit einem huldvollen Nicken. Nachdenklich schenkte ich mir an der Bar noch einen Scotch ein. An dem Auftrag gefielen mir bisher nur die Bezahlung und die Auftraggeberin. Ich hatte Zweifel an ihrem Motiv, mich zu engagieren, aber ein vernünftigeres, als das, was sie mir genannt hatte, fiel mir nicht ein.

Außerdem hatte Arnie mir auf seine charmante Art deutlich gemacht, wie tief ich in der Sache schon drinsteckte. Ich konnte es mir nicht leisten, die Suche nach Schwarzenbergers und Wolters Mörder allein dem kriminalistischen Geschick des Hauptkommissars Fahrenbach zu überlassen.

Wenn es also schon sein musste, konnte ich mich auch dafür bezahlen lassen.

***

Als ich Punkt sechzehn Uhr über die Mauer zum Nachbarhaus sprang, sah ich das Taxi bereits vor die Gittertür rollen. Herr Kim schätzte Pünktlichkeit genauso wie ich.

Ich nannte ihm Madame Toussaints Adresse in Golzheim, die ich im Telefonbuch gefunden hatte. Herr Kim nickte nur und fuhr los. Sechs Minuten später hielt er vor einem aufwendig restaurierten Altbau in der Reeser Straße. Er versprach mir, zu warten. Als ich die Eingangstreppe hinaufging, wurde die Haustür geöffnet. Sobald der Spalt die Breite von zehn Zentimetern erreicht hatte, kam ein schrill jaulendes weißes Etwas daraus hervorgeschossen, das ich nur mit einem energischen Tritt davon abhalten konnte, sich in meine Hose zu verbeißen. Der Pekinese oder was immer die Typenbezeichnung dieser Zwergenbestie sein mochte, kugelte die Treppe hinunter. Eine ältere Dame kam aus der Tür und schrie dem Hund hinterher. Kopfschüttelnd warf sie mir giftige Blicke zu, während ich die Gelegenheit nutzte und durch die offene Tür ins Treppenhaus trat.

Madame Toussaint wohnte im zweiten Stock. Als sie auf mein Klingeln hin ihre Wohnungstür öffnete, erwartete sie jemand anderen, was man an ihrem schnell verlöschenden Lächeln und der überaus reizvollen violetten Spitzenwäsche sehen konnte, die sie trug. Sie knallte die Tür wieder zu, hängte die Kette vor und öffnete wieder.

»Was wollen Sie?« Ihr Vorname war Natalie, und sie pflegte ihren Akzent sorgfältig, was gut zu ihrer anmutigen Figur und ihrer hübschen kleinen Nase passte. Das war auch schon das Positivste an unserer ersten Begegnung. Ihre Augen funkelten unfreundlich durch den Türspalt.

Ich reichte ihr meine Visitenkarte. Nach einem kurzen Blick darauf fauchte sie etwas, das mein Französisch überforderte, und versuchte, die Tür erneut zuzuknallen, was nur durch meine Schuhspitze verhindert wurde. Mir gelang es anzumerken, dass ich nur ein paar Fragen hätte, aber sie kreischte:

»Nehmen Sie die Fuß weg oder isch ruf die Polizei!«

»Ich arbeite für Frau Schwarzenberger«, schaffte ich einzuwerfen – sie war nicht beeindruckt.

»Gehen Sie weg! Isch 'abe die Polizei schon alles erzählt, isch 'abe nichts zu tun mit *cretins* wie Sie!«

Ich muss gestehen, dass mich die Heftigkeit ihrer Reaktion überraschte.

»Gehen Sie!«

»Aber Madame ...«

»Was ist hier los?«, unterbrach mich eine seltsam hohe Stimme hinter mir.

Ein Mann von Mitte fünfzig stand vor der geöffneten Aufzugtür und starrte mich mit leicht schräg gelegtem Kopf an. Die kleinen, blassgrauen Augen blickten von der Welt im Allgemeinen und der Situation im Besonderen angewidert. Auf seinem kahl rasierten Schädel spiegelten sich die Deckenlampen des Flurs. Er war schlank. Ich schätzte ihn auf durchtrainierte Einsneunzig, aber er war nicht der Mann, der es nötig hatte, sich zu schlagen. Er ging nicht, er schritt auf mich zu. Sein Dreiteiler war aus dickem, fliederfarbenem Wollstoff. Aus dem Brokathemd quoll ein großes, blutrotes Seidenhalstuch. Ein taubenblauer Mantel mit persianerbesetztem Kragen hing über seinen Schultern. Seine Hände, an deren Mittel- und Ringfinger mächtige Goldringe prangten, hingen locker herab. Die Rechte hielt einen Ebenholzstock mit stählerner Spitze und einem Wolfskopf aus Messing als Knauf. Er war einer der unangenehmsten Menschen, die in Düsseldorf frei herumliefen. Eine Zeitschrift hatte seinen Namen einmal in die Liste ekliger Wörter aufgenommen.

Professor Lothar van Wygan.

Künstler.

»Beantworten Sie meine Frage, junger Mann.« Keine zwanzig Zentimeter vor mir blieb er stehen und klopfte mit dem Messingwolf gegen meinen Solarplexus.

Ohne zu grinsen griff ich nach dem Stock und hielt ihn fest. Er hob die Brauen, aber seine Lider zuckten nicht. Seine Lider zuckten nie. Ein Mann mit Macht.

»Ich bin erstaunt, Sie in solcher Umgebung vorzufinden, Herr Professor«, sagte ich.

Er sah sich mit gespielter Verwunderung um. »Die Umgebung scheint mir wenig Anlass zur Kritik zu bieten. Lassen Sie jetzt den Stock los und lösen Sie sich in Luft auf, wer oder was immer Sie sein mögen. Ich wünsche, dass Sie verschwinden, ohne erneut das Wort an mich zu richten, Herr.«

»Den Gefallen kann ich Ihnen nicht tun, Herr Professor. Es geht um Mord.«

»Immerhin«, antwortete er.

»Isch 'abe die Polizei alles gesagt«, ließ sich Madame Toussaint in meinem Rücken vernehmen.

Immer noch starrten van Wygan und ich uns in die Augen. »Vielleicht können *Sie* mir erklären, warum Madame sich so unkooperativ zeigt, Herr Professor.«

»Ich vermute, sie findet Sie abstoßend. Ihre Aura ist irgendwie ... negativ.« Seine fleischigen Lippen verzogen sich angewidert. »Sie riecht streng.«

»Dann passen Sie auf Ihre Nase auf, damit Sie sie weiter ungehindert genießen können.«

Er stieß einige Male Luft aus, was man mit gutem Willen als Lachen interpretieren konnte.

»Achten Sie auf Ihre Worte, junger Mann. Ich könnte sonst glauben, Sie versuchten mir zu drohen. Sollte das so sein, muss ich Sie darauf hinweisen, dass ich professionell trainierter Boxer bin. Und jetzt gehen Sie mir *bitte* aus dem Weg, bevor die Situation völlig ins Lächerliche abgleitet.«

Ich ließ den Stock los und trat beiseite. Madame Toussaint öffnete die Tür, und er rauschte hindurch, ohne mich eines weiteren Blickes zu würdigen.

Ich kaute auf meiner Unterlippe und starrte die Tür an, die von Madame Toussaint zu meiner Überraschung fast geräuschlos geschlossen wurde.

Die Sache begann, mir Spaß zu machen.

***

Herr Kim setzte mich ab, wo ich eingestiegen war, und verabschiedete sich mit freundlichem Kopfnicken. Dieses Mal wartete weder vor noch in der Wohnung jemand auf mich. Auf dem Anrufbeantworter erkundigte sich die Freifrau nach Doktor Tokohiros Lolita und drängte auf Rückruf. Die nächste Nachricht begann mit einem energischen »Hey, Jo!«

Dies war die Begrüßungsformel von Friedel Hausmann, Journalist. Freelancer, mit Betonung auf Free. Der fähigste Kopf, den ich in seiner Branche kannte. Leider bekam er immer wieder oder immer noch oder schon wieder Schwierigkeiten, aus dem einfachen Grund, weil er aussah wie Gerald Asamoah. Er war ein deutscher Schwarzer, oder umgekehrt von mir aus. Immer wieder hatte ich mit angehört, wie er für sein akzentfreies Deutsch gelobt wurde. Er bedankte sich meist damit, sein Gegenüber nur noch »Massa« zu nennen.

»In was für einer Geschichte steckst du denn *da* drin, Jo? Zwei Tote in zwei Tagen, mein lieber Herr Gesangsverein. Wir sollten reden. Ich bin gegen sechs bei Gianni.«

Ich warf einen Blick auf die Uhr und verließ die Wohnung in Richtung Tiefgarage.

Momentan war der Passat gegenüber ein weißer. Er folgte mir mühsam durch den Abendverkehr, und ich achtete darauf, ihn nicht zu verlieren.

In der Bachstraße fand ich tatsächlich einen Parkplatz. Der Passat hielt in zweiter Reihe, zwanzig Meter hinter mir. Ich ging auf den Wagen zu und blieb neben der Tür des Fahrers stehen. Missmutig drehte er sein Fenster runter.

»Ich geh da in die Pizzeria«, sagte ich. »Soll ich euch was mitbringen?«

»Eine mit Thunfisch«, sagte der Beifahrer.

Der Fahrer verzog wütend den Mund. »Danke, für mich nichts«, sagte er. Er war noch jung, er würde noch lernen, den Job nicht persönlich zu nehmen. Ich klopfte freundlich aufs Dach und trollte mich in Richtung Martinstraße.

Wie immer wurde ich von Gianni und seiner Frau begrüßt wie ein lang vermisster Freund. Das Zerogradi war winzig, eine Mischung aus Selbstbedienungsrestaurant und Imbiss. Die Einrichtung bestand aus Tischen und Stühlen, anders konnte man es nicht ausdrücken, an der Wand hing der übliche Italien-Schnickschnack. Geöffnet war bis elf, Bier gab's nur aus Flaschen. Der Laden war schlicht eine Frechheit. Es sei denn, man kam wegen der Pizza. Früher hatte ich geglaubt, es wäre die Beste in Düsseldorf, doch mit wachsender Erfahrung hatte ich bemerkt, dass Gianni nicht nur in NRW konkurrenzlos war. Einmal in New York City war ich mir nicht ganz sicher gewesen.

***

Friedel Hausmann saß am Tisch direkt neben der Tür, vor sich eine Spinatpizza und eine Flasche Flensburger. Ich bestellte ein Wasser und eine Pizza mit Schinken und Sardellen und setzte mich neben ihn.

Er sah mich mit einem halben Grinsen an und nahm einen Schluck Bier.

»Ich nehme an, ich soll dich aus der Geschichte raushalten«, sagte er statt einer Begrüßung.

»Das würde mich freuen.«

»Ich tu, was ich kann.« Er säbelte an seiner Pizza herum. »Aber ich bin natürlich nicht der Einzige, der an der Story dran ist. Für die Kollegen kann ich nicht sprechen.«

»Schon klar. Wissen die denn von mir?«

»Hängt von Fahrenbach ab. Solange er dicht hält, bist du sicher.«

Die Frage, wieso er dann auf mich gekommen war, wäre Zeitverschwendung gewesen.

»Was ist denn dein Stand im Moment?«, fragte ich stattdessen.

»Wolter ist immer noch der einzige Verdächtige für Mord *numero uno*. Fahrenbach hätte aus seinem Ableben am liebsten einen Selbstmord gemacht, aber das ging wohl beim besten Willen nicht. Die Leiche muss furchtbar ausgesehen haben.«

»Was heißt das?«

»Details weiß ich noch nicht.« Er trank aus seiner Flasche. »Aber ich krieg nachher Fotos. Sie haben eine Sonderkommission eingesetzt. Wenn Wolter es nicht war, haben sie bis jetzt keinen anderen.«

»War es ›Il Tuffo‹?«, fragte ich.

Seine Brauen hoben sich einen Millimeter. »Nein«, antwortete er und steckte ein Stück Pizza in den Mund. Kauend sah er mir in die Augen, er ließ sich Zeit. »Diesmal stand da ein anderer Name.«

»In Blut?«

»Großflächig.«

»Kein Wunder, dass Fahrenbach das unter der Decke hält«, sagte ich. »Welcher Name?«

»Weiß ich noch nicht. Irgendeine Idee, was das bedeutet?«, fragte er vor dem nächsten Bissen.

»Nein, nicht die geringste. Wolter hatte auch keine.«

»Wie war er?«

»Nervös, hilflos. Er war es nicht.«

»Er hatte ein Motiv, eine Waffe, und er war am Tatort. Es kann eigentlich keinen vernünftigen Zweifel geben.«

»Vernünftig! Welchen vernünftigen Grund kann es geben, Namen neben Leichen zu schmieren?«

Er zuckte die Achseln.

»Was denkst du, wie lange Fahrenbach das aus der Presse halten kann?«, fragte ich.

»Spätestens morgen Abend kann einer seiner Leute den Rand nicht mehr halten. Also geb ich es morgen Nachmittag raus. Früher geht nicht, ich muss meinen Informanten schützen. Um kurz vor sieben kommt's in der Aktuellen Stunde, ab sieben in Antenne Düsseldorf und so weiter.«

»Weißt du was über Schwarzenberger?«, fragte ich.

»Jede Menge«, sagte er mit halb vollem Mund. »Ich hab in meinem Archiv bestimmt zwanzig Einzelpersonen und ein halbes Dutzend Organisationen, die Grund hätten, ihm ans Leder zu wollen. Aber natürlich würde ihn nicht jeder von denen gleich umlegen.«

»Und wer steckt deiner Meinung nach dahinter?«

»Kolumbianer, Serben oder Albaner.« Er lachte und wischte sich den Mund mit der dünnen Papierserviette ab. »Ich weiß es nicht. Ich weiß nur, dass Schwarzenberger versuchte, in den Markt mit Ostasiatika zu kommen. Das scheint mir der interessanteste Ansatz.«

»Ich würde gern mal einen Blick in dein Archiv werfen«, sagte ich.

Er steckte sein letztes Stück Pizza in den Mund. »Was ist eigentlich *deine* Rolle in dieser Sache, Jo?«, fragte er kauend.

Gianni brachte meine Pizza und strahlte uns an. Ich begann sie zu zerteilen und bestellte noch eine Tonno zum Mitnehmen.

»Ich kann dir nicht alles sagen, was ich weiß, aber ich verspreche dir, dich exklusiv mit allem zu versorgen, was geht«, sagte ich zu Friedel.

Er musterte mich skeptisch. »Das ist keine Antwort auf meine Frage.«

»Das ist mir klar. Ich weiß selbst noch nicht genau, was meine Rolle ist und mit wem genau ich spiele. Ich bin da nur reingerutscht und häng jetzt mit drin.«

Friedels Zunge beulte seine Wange auf der Suche nach Spinatresten. Er schnalzte vernehmlich. »Wenn du an mein Archiv willst, musst du mir wenigstens einen Appetithappen bieten«, sagte er.

»Van Wygan«, antwortete ich und schob mir ein Stück der hauchdünnen, knusprigen Pizza in den Mund.

Diesmal hoben sich seine Brauen deutlicher. Gianni brachte ihm ungefragt einen Ramazotti, den er ansatzlos in sich hineinkippte.

»Wann willst du kommen?«, fragte er dann.

Ein Blick auf meine Chopard zeigte, dass es ungefähr zehn vor sieben war. »Heute noch?«

»Bei mir kann's spät werden«, sagte er.

»Kein Problem.« Ich schrieb meine Handynummer auf einen Bierdeckel und schob ihn über den Tisch. Er steckte ihn ein, prüfte, ob sein Glas leer war, und stand auf. »Ich ruf dich an, wenn ich zu Hause bin«, sagte er noch und ging hinaus.

Ich konzentrierte mich auf meine Pizza. Als mein Blick aus dem Fenster fiel, sah ich gegenüber, vor dem Eingang zum Park an der alten Bilker Kirche, einen schwarzen 5er BMW mit getönten Scheiben stehen. Der Fahrer war nicht zu erkennen, aber aus dem Spalt der leicht geöffneten Seitenscheibe stiegen Rauchschwaden.

Ich beendete mein Mahl und ging zur Theke, um zu zahlen und die Thunfischpizza für Fahrenbachs Aufpasser abzuholen. Draußen überquerte ich vor dem BMW die Straße. Durch die Frontscheibe erkannte ich einen von Arnies Gorillas. Er grinste, als ich ihn ansah, und zielte mit ausgestrecktem Zeigefinger auf mich. »Bäng«, las ich von seinen Lippen ab.

Ich beugte mich zur Beifahrertür herunter, und er öffnete die Scheibe ein Stück.

»Deinen würde ich auch nicht lutschen«, sagte ich und ließ ihn sitzen. An dem Passat reichte ich dem Beifahrer die Pizza hinein. Er wühlte nach Geld, aber ich winkte ab.

»Ich fahr nach Hause, ihr braucht also nicht hektisch zu werden.«

Ich ging zu meinem Quattroporte. Solange ich Fahrenbachs Leute hinter mir hatte, konnte sogar Arnies Schwachkopf mir folgen, aber im Moment musste ich damit leben.

In meiner Wohnung schaffte ich es gerade bis zur Bar, als das Telefon zu klingeln begann. Ich schenkte mir einen kleinen Calvados ein, bevor ich dranging, doch als ich die Nummer auf dem Display erkannte, knallte ich das Glas ärgerlich auf den Tisch: Der Anruf kam von Wolters Anschluss. Ich wartete, bis der Anrufbeantworter ansprang; aber es war nicht Frau Wolter, wie ich erwartet hatte.

Es war Fahrenbach.

»Was so eine Wahlwiederholungstaste alles hergibt, Kant«, krähte seine Stimme aus dem Lautsprecher. »Ich bin einigermaßen erstaunt, dass Wolter Sie angerufen hat, wo Sie ihn doch nur rein zufällig nach Frankfurt gefahren haben. Ich erwarte Sie morgen früh im Präsidium. Und dann sollten Sie eine gute Erklärung parat haben. Sonst krieg ich Sie nämlich dran.« Er legte auf.

Missmutig nahm ich das Glas und trank. Ich würde mir schon eine Erklärung einfallen lassen – die Frage blieb, was Frau Wolter ihm erzählte.

Das Glas in der Hand, ging ich zum Fenster. Der Passat stand gegenüber, wo er hingehörte, aber der BMW war außer Sicht. Ich nahm das Handy und rief Herrn Kim an.

»Dieses Mal könnte es ein bisschen heikel werden«, sagte ich, als er sich meldete.

»Ich nehme an, Sie werden den Preis anpassen«, antwortete er. »Der übliche Ort?«

»Nein. Fahren Sie weiter in die Markgrafenstraße hinein und warten Sie gegenüber der Einfahrt zur Tiefgarage, die mit der Tankstelle.«

»Kenn ich.«

»Wann können Sie da sein?«

»In fünfzehn Minuten.«

»Das passt«, sagte ich und legte auf.

***

Ich entdeckte den BMW bereits, bevor ich noch über den Zaun war. Er stand direkt vor der Gittertür. Der Fahrer würde mich nicht sehen, ich war vollständig schwarz gekleidet. Dieses Mal wählte ich den Weg über die Höfe der angrenzenden Grundstücke, für den ich ausnahmsweise und absichtsvoll Sportschuhe trug. Er führte über einen mannshohen Zaun und eine Mauer mit Glassplittern. Ein guter Kontakt zu einem bestimmten Hausmeister hatte mich in Besitz eines Hoftürschlüssels gebracht, der es mir erlaubte, durch ein Treppenhaus auf die Markgrafenstraße zu gelangen, knapp außer Sicht eines an der Ecke wartenden Beobachters. Ich benutzte diesen Weg nur in Sonderfällen. Zum Beispiel bei einer doppelten Beschattung.

Herr Kim wartete bereits auf mich, als ich aus der Haustür trat. Mit stoischer Miene legte er den Express zusammen, als ich mich neben ihn setzte.

»Wir müssen wieder nach Benrath. Da, wo die Dame ausgestiegen ist. Wissen Sie die Adresse noch?«

»Das war Am Mönchgraben.«

»Gut. Haben Sie Erfahrung darin, Verfolger abzuschütteln?«

»Ich stamme aus Pjöngjang, Herr Kant. Da kommt niemand weg, der das nicht kann.«

»Ich glaube nicht, dass die deutsche Kripo so hartnäckig ist wie eine nordkoreanische Grenzstreife«, sagte ich.

Zum ersten Mal sah ich ihn lächeln. Er fuhr los.

Wolters Haus war hell erleuchtet. In der Nähe standen etliche Wagen herum, die der Kripo gehören konnten, doch noch während wir daran vorbeirollten, öffnete sich die Haustür, und Fahrenbach trat gemeinsam mit seinem neuen Assistenten auf die Straße. Herr Kim fuhr langsam weiter; ich drehte mich um. Wie immer wunderte ich mich über die Geschwindigkeit, mit dem sich dieser Fettklops bewegte. Sie stiegen in einen Mondeo. Als sie anfuhren, winkte der junge Inspektor lässig den Insassen eines anderen Mondeos zu, der gegenüber von Wolters Haus parkte.

»Fahren Sie mich zum ›Mühlhaus‹«, sagte ich, und Herr Kim gab wieder Gas. An der Paulsmühlenstraße kam fünfzig Meter vor uns ein Blumenverkäufer mit einem nicht sehr großen Strauß langstieliger Rosen aus einer Eckkneipe.

»Halten Sie bitte«, sagte ich. Herr Kim stoppte den Mercedes neben dem Pakistaner. Ich ließ die Scheibe herunter. »Zwanzig für alle«, sagte ich und hielt ihm einen Schein hin.

Er strahlte und sagte: »Fünfzig.«

Einen Moment starrten wir uns in die Augen, ohne dass sein Lächeln sich verändert hätte, schließlich nahm ich noch zwei Zehner aus der Brieftasche und hielt sie gemeinsam mit ihrem großen Bruder aus dem Fenster.

Er strahlte weiter und sagte: »Fünfzig.«

Ich zog die Hand wieder herein. »Dreißig«, sagte ich.

Sein Strahlen verschwand. »Wir waren bei vierzig«, sagte er.

»Genau, waren. Nehmen Sie die Dreißig, sonst hol ich mir meine Blumen an der Nachttanke.«

Mit verzogenem Mund nahm er das Geld und reichte mir den Strauß.

»Die halten jeden Deutschen, der bei ihnen kauft, für bescheuert«, sagte Herr Kim und fuhr wieder an. »Und in achtundneunzig Prozent der Fälle liegen sie richtig.«

Ich sagte nichts. Es stand anzunehmen, dass Herr Kim wusste, wovon er sprach.

»Wenn Sie mich abgesetzt haben, fahren Sie bitte wieder zurück und holen Frau Wolter ab. Sie weiß nicht, dass Sie kommen, seien Sie also freundlich, akzeptieren Sie aber keine Weigerung. Sagen Sie ihr, ich müsse dringend mit ihr reden. Die Bullen vor der Tür sollten aber möglichst keinen Verdacht schöpfen. Wenn Sie Frau Wolter im Wagen haben, hängen Sie den Mondeo ab und bringen sie zum ›Mühlhaus‹. Dann warten Sie in der Nähe auf meinen Anruf. Aber nicht direkt vor der Tür.«

»Was mache ich, wenn ich es nicht schaffe, die Polizei los zu werden?«

»Sie schaffen das schon. Wenn nicht, rufen Sie mich an. Dann tritt Plan B in Kraft.«

»Und wie geht der?«

»Weiß ich noch nicht.«

Wir erreichten das »Mühlhaus«. Ich zog die Brieftasche und hielt ihm einen Fünfziger hin. Er nahm ihn nicht.

»Zahlen Sie am Ende des Abends«, sagte er. »Wer weiß, was noch dazukommt.«

Ich stieg aus. Herr Kim wendete den Wagen und rollte davon. Während ich meinen Rosenstrauß etwas in Form zupfte, bereitete ich mich mental auf das Zusammentreffen mit Katja vor.

Das »Mühlhaus« war ein Laden, in dem die späten Siebziger nie geendet hatten. Mäßig beleuchtet, viel dunkles Holz, Film- und Jazzplakate, Schallplattencover an der Wand. Aus Stilgründen hätte ich einen solchen Ort ebenso gemieden wie Giannis Pizzeria, aber manchmal war Stil eben nicht alles.

Die späten Siebziger waren seit einiger Zeit wieder angesagt. Der vordere Raum war gut besetzt, ich sah nur einen freien Tisch. Das Wort *groovy* fiel mir ein.

Sie kam, ein Tablett in der Hand, aus den hinteren Räumen. Ihre Augen verengten sich alarmierend, als sie mich eintreten sah. Das Tablett in die Seite gestützt, stellte sie sich an den Tresen.

»Blumen verkaufen unerwünscht«, sagte sie, als ich vor ihr stand.

»Entschuldige bitte, Katja.« Ich hielt ihr den Strauß hin. Sie gehörte zu den Menschen, die in der Lage sind, eine einzelne Braue zu heben; eine Fähigkeit, die ich wirklich bewundere. Sie warf einen Blick auf die Rosen, bevor sie sie ihrem Barkeeper über die Theke reichte.

»Stell die mal feucht, Alfred«, sagte sie, ohne mich aus den Augen zu lassen. »Was willst du diesmal, Jo?«

»Dein Hinterzimmer.«

Sie nickte und strich ihre langen, dunkelblonden Locken aus dem Gesicht. »Erlebe ich noch mal, dass du kommst, wenn du *nichts* willst?«

»Man soll die Hoffnung nie aufgeben.« Ich lächelte, aber es prallte an ihr ab.

»Mann vielleicht«, antwortete sie.

»Ich erwarte noch jemanden. Beruflich.«

»Verstehe. Eine Frau, nehme ich an.«

»Die Dame, die gestern schon mal hier war.«

»Dann glaube ich dir sogar, dass es beruflich ist.« Jetzt lächelte sie doch, und ich wusste wieder, was ich an ihr fand.

Ich ging ins Hinterzimmer und machte es mir bequem. Katja hatte mir gerade einen Dalwhinnie und ein kleines Glas stilles Wasser gebracht, als das Handy klingelte. Es war Friedel Hausmann, der mir mitteilte, nicht vor dreiundzwanzig Uhr zu Hause zu sein.

»Du solltest auf jeden Fall noch kommen, Jo. Ich hab die Fotos von Wolters Leiche. Es lohnt sich.« Er klang zufrieden. Ich sagte ihm zu.

Es dauerte nur eine knappe Viertelstunde, bis Herr Kim Frau Wolter bei mir ablieferte.

»Ich muss schon sagen«, sagte sie, als sie das Hinterzimmer betrat. Sie wirkte blass. »Ihr Chauffeur hat einen sehr ungehobelten Fahrstil.«

»Ist er Ihre Begleiter los geworden?«, fragte ich.

»Ja. Das schon.« Ihre Kleidung war heute angemessen dezent:

ein anthrazitfarbener Strenesse-Mantel über einem dunkelgrauen Kleid in einem klassischen Chanel-Schnitt. Ich bat sie, Platz zu nehmen. Katja kam herein und fragte nach ihren Wünschen. Sie bestellte Sekt, was – nur für mich sichtbar – Katjas linke Braue nach oben schob, und ich fragte mich mal wieder, ob ich mich nicht doch in sie verlieben könnte.

»Das mit Ihrem Mann …«, sagte ich.

»Schon gut«, fiel sie mir ins Wort. Wütend starrte sie auf die Tischplatte. »Den ganzen Tag hatte ich die Bullen auf dem Hals. Die behandeln mich, als ob *ich* Egon umgebracht hätte.«

Ein paar echte Tränen traten in ihre Augen. Sie begann, in ihrer Handtasche zu wühlen. Dieses Mal war sie von Louis Vuitton. Die Zeit, die verstrich, bis sie ein Spitzentuch gefunden hatte, um sich die Augenwinkel zu tupfen, war beachtlich. Ich bemühte mich, ruhig zu bleiben, bis es wieder gefaltet an seinem Platz war.

»Was haben Sie Fahrenbach über mich erzählt?«, fragte ich, als sie mir endlich wieder ihre Aufmerksamkeit zuwandte.

»Nichts!«

Katja kam mit dem Sekt und stellte ihn ab. Frau Wolter bedankte sich nicht.

»Es war schwer genug, das kann ich Ihnen sagen«, fuhr sie fort, als Katja den Raum verlassen hatte – nicht ohne die Augen verdreht zu haben. »Dieser entsetzliche Fleischkloß …« Wieder kam das Spitzentuch zum Einsatz.

»Er hat meine Nummer auf Ihrem Telefon gefunden.«

»*Das* ist ja wohl *nicht* mein Fehler«, zischte sie. »Dieses Ding speichert sechs oder zehn Nummern, ich weiß es nicht. Egon hat das angeschafft.« Sie atmete tief. »Ich habe ihm gesagt, Egon hätte mir Ihren Namen genannt. Aber er hätte auch gesagt, er hätte Sie entführt, er kenne Sie eigentlich gar nicht. Nachdem er mich angerufen hat, habe ich versucht, Sie zu erreichen, um herauszufinden, was passiert ist, aber es war nur der Anrufbeantworter an, und ich habe nicht daraufgesprochen.«

Ich entspannte mich und nahm einen Schluck Scotch. »Das haben Sie sehr gut gemacht, Frau Wolter.«

»Das weiß ich«, fauchte sie. »Halten Sie mich nicht für irgendein blödes Blondchen. Ich kann sehr gut für mich selbst sorgen, Herr Kant. Und nun zum Geschäftlichen …«

Ich war überrascht. Frau Wolters Auftritt vom Vorabend hatte eine derartige Entschlossenheit nicht erwarten lassen. Das Ableben ihres Mannes schien verborgene Energien geweckt zu haben.

»Haben Sie einen Verdacht, wer ihn getötet hat?«, fragte ich.

»Natürlich. Jemand hat einen Zeugen für den Mord an Yves Schwarzenberger beseitigt.«

»Wer?«

»Seine Frau.« Erneut begann sie in ihrer Tasche zu wühlen.

»Ihre Schwägerin Isabelle?«

Ihr Blick zuckte kurz hoch, dann konzentrierte sie sich wieder auf die Tasche, bis sie endlich eine Packung Zigaretten fand und die Suche nach Feuer beginnen konnte.

»Sie ist nur Egons Halbschwester«, sagte sie, als die Zigarette endlich brannte.

»Das scheint mir noch kein Grund für einen Mord.«

»Ich will den Umschlag wiederhaben«, sagte sie unvermittelt.

»Den Umschlag? Ich dachte, wir reden vom Mörder Ihres Mannes, Frau Wolter.«

»Den wird Kommissar Klops schon finden. Ich will den Umschlag zurück. Er gehört mir.«

Es war erstaunlich. Egon Wolter schien von Frauen sehr respektablen Kalibers umgeben gewesen zu sein, was ich von einem Mittelklasseganoven wie ihm nicht erwartet hätte.

»Was haben Sie mit dem Umschlag vor?«, fragte ich.

»Das kann Ihnen egal sein. Seien Sie doch froh, dass Sie die ›Bombe‹ los werden.«

»So einfach ist das durchaus nicht. Niemand, der Interesse an der Sache hat, wird mir glauben, dass ich nicht wüsste, was in dem Umschlag ist.«

»Und? Wissen Sie es?«

»Natürlich.«

»Egon hat Ihnen untersagt, ihn zu öffnen.« Wütend griff sie nach ihrem Sekt. Ihr Gesicht warf hässliche Falten.

»Die Situation hat sich seit gestern grundlegend geändert, Frau Wolter.«

Sie schüttete den Sekt mit einer schnellen Bewegung in sich hinein. »Was haben Sie gefunden?«, zischte sie dann.

»Zahlen.«

»Zahlen. Natürlich. *Was* für Zahlen?«

»Ich habe sie noch nicht analysiert.«

Sie starrte mir in die Augen und versuchte herauszufinden, ob ich log. Es gelang ihr nicht.

»Ich glaube Ihnen nicht«, sagte sie.

»Dann lassen Sie es.«

»Ich will ihn haben. Sofort.«

»Sofort kann ich Ihnen nur eine Kopie geben. An das Original komme ich erst morgen früh.«

»Sie geben ihn mir?«, fragte sie überrascht.

»Natürlich. Wie Sie gesagt haben: Er gehört Ihnen.«

Ein, zwei Sekunden berechnete sie ihre Position. »Ich will das Original und sämtliche Kopien.«

»Machen Sie sich nicht lächerlich, Frau Wolter. Sie können das Original haben. Aber es macht einen erheblichen Unterschied für meine Sicherheit, ob ich eine Kopie besitze oder nicht. Außerdem wären Sie ohnehin auf mein Wort angewiesen, dass ich keine behalte.«

»Und Ihrem Wort kann man nicht trauen, nehme ich an.«

»Nicht in jeder Situation, Frau Wolter. Zum Beispiel, wenn man versucht, mich für dumm zu verkaufen.«

Einen Moment hielt sie meinem Blick stand, dann sah sie zur Tür. »Wo bleibt denn die Bedienung«, sagte sie.

Ein Schweigen breitete sich zwischen uns aus, das sie merklich als ungemütlich empfand.

»Na gut«, sagte sie schließlich. »Das Original. Morgen.«

Mein Handy klingelte, es war Herr Kim.

»Hier ist gerade ein Ford Mondeo aufgetaucht, der mir bekannt vorkommt. Jemand ist ausgestiegen und geht in das ›Mühlhaus‹.«

»Vielen Dank«, sagte ich. »Informieren Sie mich bitte, wenn er wieder weg ist.«

Frau Wolters Aufpasser waren nicht auf den Kopf gefallen. Sie waren ihr gestern hierher gefolgt, also versuchten sie es einfach noch mal hier.

Katja steckte den Kopf in den Raum. »Noch Wünsche?«, fragte sie.

»Nein«, bellte Frau Wolter. Katja sandte mir einen vielsagenden Blick zu und schickte sich an, wieder zu verschwinden.

»Moment noch, Katja«, sagte ich, »vorn wird gleich jemand nach Frau Wolter fragen. Es wäre schön, wenn du sagen könntest, dass sie heute nicht hier war.«

»Gern«, antwortete sie kühl.

Ich lächelte warm zurück. »Ab wann bist du morgen vormittag hier?«

»Ab zehn.« Ihre Tonart ließ darauf schließen, dass sie sich andere Tätigkeiten für diese Uhrzeit denken konnte.

»Frau Wolter wird gegen elf hier einen Kaffee trinken. Könntest du ihr einen Umschlag geben, den ich morgen früh hierher schicken werde?«

Als Antwort erhielt ich ein »Humph« und interpretierte es als Zustimmung. Katja verschwand.

»Ich habe offenbar ein neues Stammrestaurant«, sagte Frau Wolter.

»Die Küche ist durchaus genießbar ... Ich würde Ihnen gern noch ein paar Fragen zu Ihrer Schwägerin stellen.«

Ihre Blicke schossen Giftpfeile. »Warum?«, fragte sie.

»Sie haben sie eben des Mordes an Ihrem Mann verdächtigt.«

»Sie ist eine Schlampe«, sagte sie, als wäre das eine Erklärung, und steckte sich eine neue Zigarette zwischen die verkniffenen Lippen. »Woher kennen Sie sie eigentlich?«

»Ich interessiere mich schon aus Selbsterhaltung für den Fall Schwarzenberger und seine Weiterungen. Immerhin werde ich der Mithilfe verdächtigt«, sagte ich. Ich hatte nicht vor, ihr von Isabelle Schwarzenbergers Auftrag zu erzählen – Frau Wolter zählte definitiv nicht zu meinen Freunden. Ihre möglichen Pläne bezüglich des Umschlags beunruhigten mich schon genug. Trotzdem konnte ich ihn ihr nicht verweigern. Wenn Fahrenbach oder Arnie Koppmanns Chef erfuhren, dass ich ihn besaß, bekam ich Probleme. Ich war erpressbar.

»Haben Sie der Polizei von Ihrem Verdacht erzählt?«, fragte ich.

»Ich geb Bullen keine Tipps. Die werden schon von selbst dahinter kommen.«

»Was macht Sie so sicher, dass es Isabelle Schwarzenberger war?«

»Isabelle weiß für sich zu sorgen. Sie hat immer schon versucht, Kontrolle über Yves' Geschäfte zu bekommen. Jetzt hat sie es geschafft.«

»Gestern haben Sie mir erzählt, Sie wüssten über Schwarzenberger nur, was alle wüssten.«

»Das wissen alle. Und deswegen werden die Bullen Isabelle auch kriegen.«

Das Handy klingelte. Herr Kim berichtete vom Verschwinden des Mondeos. Ich bedankte mich und bat ihn, vorzufahren.

»Wie war denn das Verhältnis Ihres Mannes zu seiner Schwester?«

»Das geht Sie nichts an«, sagte sie. Ihre Augen verengten sich. »Ich weiß gar nicht, warum ich Ihnen das alles erzählt habe. Es geht Sie nichts an. Lassen Sie mich in Ruhe.«

Ich nickte. »Ich hoffe, ich werde nicht gezwungen sein, mich wieder für Sie zu interessieren«, sagte ich und stand auf. »Sie brauchen Ihre Aufpasser morgen früh nicht abzuschütteln, fahren Sie einfach hierher zum Frühstück. Der Umschlag wird da sein. Aber ich bitte Sie: Machen Sie keinen Unfug damit.«

»Zerbrechen Sie sich nicht meinen Kopf, Herr Kant.«

Ich ließ sie sitzen und ging hinaus.

***

Herrn Kims E-Klasse rollte leise auf der B8 in Richtung Innenstadt.

»Brauchen Sie mich heute noch?«, fragte er mich gerade, als mein Handy läutete.

»Warten wir's ab«, antwortete ich. Es war Carlo.

»Pollack ist gerade gekommen. Er ist allein und scheint auch niemanden mehr zu erwarten.«

Ich warf einen kurzen Blick auf meine Chopard. Es war kurz vor zehn.

»Ich komme«, sagte ich zu Carlo und steckte das Handy ein. »Ja, ich brauche Sie noch, Herr Kim.«

»Kein Problem.«

Acht Minuten später stieg ich vor Carlos Bar aus. Herr Kim würde warten, um mich später zu Friedel Hausmann und seinem Archiv zu fahren. Ein fester Fahrer hat eine Menge Vorteile, die man sich schon ein paar Euro kosten lassen muss. Aber die würden selbstverständlich auf der Spesenrechnung für Isabelle Schwarzenberger auftauchen.

Ich trat durch die Glastür. Die Bar, heute Mittag noch halb leer, wies keinen freien Sitzplatz und nur noch eine begrenzte Zahl Stehplätze auf. Carlo und ein zweiter Barkeeper arbeiteten konzentriert, trotzdem sah Carlo mich sofort, als ich durch die Tür trat. Mit dem Kinn wies er auf das Ende des Tresens, wo Kommissar Pollack mit ziemlich verbiesterter Miene vor einem White Russian in der Big-Lebowski-Version saß.

Ich zwängte mich neben ihn, was mir unwillige Blicke seiner Sitznachbarin einbrachte. An der Wand neben Pollack lehnte ein zusammengeklappter Rollstuhl. Ich konnte im Gedränge seine Beine nicht sehen, vermutete aber einen gewaltigen Gips.

Pollack sah weiter geradeaus, als bemerke er mich nicht. Er war von massiger Statur, kräftig – nicht etwa fett wie Fahrenbach. Ich durfte einmal beobachten, wie er bei einer Festnahme einen nicht gerade mageren Burschen mit einer Hand am Gürtel angehoben hatte. Normalerweise war er von einer gewissen Freundlichkeit, aber sein Unfall schien mächtig an seiner guten Grille genagt zu haben. Er griff nach seinem Cocktail und sog kräftig am Strohhalm.

»Na, Kant? Ich hab mich schon gefragt, wann Sie auftauchen«, sagte er, als das Glas wieder vor ihm auf der Bar stand.

»Ich wollte mein Mitgefühl zum Ausdruck bringen und gute Besserung wünschen«, sagte ich.

Jetzt wandte er mir doch den Kopf zu. »Sie sind immer noch der dreisteste Lügner, den ich nicht eingelocht habe, Kant. Seiern Sie nicht so'n Zeug.« Er zog den Strohhalm aus dem Glas, führte es zum Mund und kippte den nicht unerheblichen Rest in sich hinein.

»Darf ich Sie zu einem Drink einladen?«, fragte ich.

»Klar. Neun Euro kostet so'n Humpen. Ich als unbestechlicher Beamter kann mir den Laden hier eigentlich gar nicht leisten. Und *Sie* müssten bei Ihren Tarifen zurzeit doch ein paar Tausender am Tag machen.« Er griente mich auf eine Art an, die mir zeigte, dass es nicht der erste White Russian des Abends gewesen war. Ich bestellte bei Carlo einen weiteren und einen Springbank für mich.

»Mal ernsthaft, wie geht's Ihrem Bein?«, fragte ich.

»Ich bin froh, dass es noch dran ist. Und dann auch noch selber Schuld. Wenn mich einer angeschossen hätte, hätt ich ihn wenigstens drankriegen können. Oder in Notwehr umlegen. Aber nein. Eichne Bleedheid. Beim Holzhacken. Seit Jahren hab ich auf diesen verdammten Kamin gespart und jetzt das. Aber wissen Sie, was das Schlimmste ist, Kant? In drei Wochen fangen die Play-offs an und ich muss auf die Sitzplätze ... Scheiß-Tribüne ... Immer drüber aufgeregt. Jetzt sitz ich selbst da. Und wenn sie dann singen: ›Steht auf, wenn ihr zu uns gehört!‹, muss ich sitzen bleiben! Ich kann nicht mal richtig La Ola machen! ... Ist aber sowieso alles nicht mehr wie früher. Schon der Name: *Metrostars*! So'n Dreck.« Er begann leise zu singen: »Eis – hockey, Eis – hockey, Eis – hockey spielt nur die DEG ... Und jetzt? Machen Sie mal'n Reim auf *Metrostars*. Geht nicht. Hoffentlich nennen sich die Haie auch bald um: in Toyota-Tümmler. Oder Ford-Fucker, noch besser. Aber die kriegen ja auch nichts mehr auf die Reihe.« Wieder begann er, vor sich hin zu singen: »Auf dem Mond, auf dem Mars, überall ein Kölner Aas ...«

»Immerhin können Sie jetzt zum Spiel, ohne dass das Handy geht und Sie zu irgendeiner Leiche müssen«, unterbrach ich ihn.

»Stimmt«, sagte er und war sichtbar kein bisschen glücklich darüber. »Hä-ässliche Kölner überall …«, brachte er sein kleines Lied zu Ende.

Carlo brachte die Drinks. Pollack stieß sein Glas an meines, das noch auf dem Tresen stand, und saugte wieder heftig an seinem Strohhalm.

»Also, Kant. Was wollen Sie? Sie sind wegen der Schwarzenberger-Wolter-Sache hier. Stimmt's oder hab ich Recht?«

»Natürlich, Pollack.«

»Und Carlo hat Ihnen gesteckt, dass ich hier bin, richtig?«

»Ich gebe nie Kommentare über Informanten ab, Herr Inspektor.«

»Na klar, Herr Detektiv.« Er ließ so etwas wie ein Lachen hören.

»Glauben Sie auch, dass Wolter Schwarzenberger erschossen hat?«

»Ach, wissen Sie, was *ich* glaube …« Er winkte ab.

»*Ich* glaube, dass Fahrenbach sich immer noch mächtig für Ihre Meinung interessiert, Pollack. Schließlich denken Sie nicht mit dem Bein.«

Er saugte an der Wodka-Kalua-Milch-Mischung. »Machen Sie nicht den Fehler und halten Sie Fahrenbach für blöd, Kant. Als Leitender muss man schon mal Kompromisse mit der öffentlichen Erwartung eingehen. Aber er hat noch nie den Falschen beim Staatsanwalt abgeliefert.«

»Solange *Sie* dabei waren, nicht wahr, Pollack?«

Er brummte etwas in sich hinein.

»Wolter war's nicht. Darauf setz ich meine Lizenz.«

»Jaja. Das hat Fahrenbach mir schon erzählt.« Er wirkte plötzlich bekümmert, anders als zuvor über sein Bein; ernster.

»Glauben Sie nicht, dass andere bessere Gründe hatten, Schwarzenberger umzulegen?«, fragte ich.

»Natürlich. Jede Menge Leute kommen da in Frage. Kolumbianer, Albaner, Serben …«

»Pollack, nehmen Sie mich nicht auf den Arm. Was ist mit den Japanern? Ich habe gehört, Schwarzenberger wollte in den Markt für Ostasiatika.«

»Und deshalb wird man von Japanern umgebracht? Weil man Kunsthandel betreiben will? Das wäre mir neu.«

Ich sah ihn an. »Sie wissen mehr, Pollack.«

»Da sind wir schon zwei.« Er sog Alkohol aus dem Plastiktrinkhalm, dann sah er forschend zu unserer Nachbarin hinüber, die sich interessiert mit einem älteren Herrn mit einer seltsamen Kappe unterhielt, der wie Trini Trimpop aussah. Als er sicher war, dass sie nicht zuhörte, sprach er leise weiter.

»Hören Sie, Kant ... Ich weiß, Sie geben's nicht an die Presse, und morgen ist es sowieso durchgesickert ... Die Geschichte mit den Namen neben den Leichen ...« Pollack flüsterte jetzt fast. »Für mich sieht das verdammt nach einem Irren aus. Es würde mich wundern, wenn es bei zwei Toten bliebe.«

»Einem Irren? Aber die beiden Opfer standen in Verbindung. Da muss es einen logischen Zusammenhang geben.«

»Reden Sie bitte leiser, Kant. Sie sollten wissen, dass Irre mitunter Freude an logischen Zusammenhängen haben. Wohl noch nie Mankell gelesen?«

»Mankell?« Ich sah ihn entgeistert an.

»War'n Scherz«, sagte er und sah auf die Uhr. »Meine Tochter kommt mich gleich abholen.« Er winkte Carlo zum Zahlen heran.

»Darf ich das übernehmen?«, fragte ich.

»Nein. Nur den einen. Aber Sie können mich zur Tür bringen.«

Wir zahlten. Dann tranken wir synchron unsere Gläser aus. Es war mühsam, ihn in den Rollstuhl zu befördern. Sein verletztes Bein durfte nicht im Geringsten belastet werden. Vorsichtig rangierte ich den Stuhl durchs Gedränge zur Tür. Als wir endlich draußen waren, hielt gerade ein ziemlich alter Astra-Kombi vor der Tür. Eine junge Frau stieg aus und kam auf uns zu. Sie war hübsch, und sie hatte einen Kindersitz im Auto.

»Vielen Dank für Ihre Hilfe«, sagte sie freundlich und übernahm die Griffe des Stuhls.

»Kann ich noch beim Einsteigen behilflich sein?«, fragte ich.

»Nein«, antwortete Pollack scharf. Ich reichte ihm die Hand. Er hielt sie einen Moment fest.

»Haben Sie Fotos von Wolters Leiche gesehen?«, fragte er.

»Noch nicht.«

»Besorgen Sie sich welche. Sie werden sich wundern.«

Mit einem Lächeln verabschiedete seine Tochter sich und rollte ihn zum Wagen. Herrn Kims Taxi parkte gegenüber. Ich überquerte die Straße und stieg ein.

***

Friedel wohnte in einem großen, weiß gekachelten Mietshaus am Unterbilker Ende der Suitbertusstraße. Das Licht im Eingang funktionierte nicht, und der schwache gelbliche Schein der Gaslaternen ließ die Haustür völlig im Dunkeln. Ich holte meine kleine Maglite aus der Jackentasche. Der Alurahmen der Tür hing schief in den Angeln, das Sicherheitsglas war gesplittert. Ich betrat das Treppenhaus, wo ich endlich einen Lichtschalter und den Liftknopf fand. Als sich die Aufzugtür öffnete, schnupperte ich einmal, und beschloss, zu Fuß zu gehen.

Als ich im dritten Stock ankam, stand ein blasser Mensch mit wirren Haaren vor Friedels Tür und klopfte heftig.

»Friedel, bist du da? Ich bin's, Mike«, rief die Gestalt. »Mach doch auf, Mann! … Ach Scheiße«, sagte der Mensch, als er keine Antwort bekam. Er ließ die Schultern sinken, dann fiel sein Blick auf mich. Seine glimmernden Augen fuhren an mir herauf und wieder hinab, und sein mutloser Ausdruck bekam etwas Hinterhältiges. »Was bist du denn für einer? Freier?«, fragte er.

Ich sah ihm in die Augen, und er zuckte zusammen. Ohne ein weiteres Wort verschwand er in der Nachbarwohnung.

Ich klopfte.

»Verdammt, ich *habe* keine Alufolie!«, brüllte Friedel durch die Tür.

»Ich bin's, Jo«, sagte ich.

Es waren nicht weniger als drei Schlösser, die er aufschloss.

»Seit unten die Tür kaputt ist, rennt hier Jan und Mann im Treppenhaus rum«, sagte er.

»Alufolie?«, fragte ich.

»Sorry … Das war gerade mein Junkienachbar. Der klopft hier dauernd.«

Friedels Wohnung bestand aus einer relativ großen Diele, die einen gewaltigen Wandschrank beherbergte, und einem einzigen Zimmer mit einer Pantryküche, einem Bett und einem Schreibtisch, darauf ein Mac mit allem, was dazugehört. Den Rest des Platzes teilten sich Ikea-Regale, vollgestopft mit Aktendeckeln, Ordnern und losen Blättern in Plastikhüllen. Ein Funkscanner, aus dem leise Polizeifunk krächzte, lag auf der Fensterbank.

»Wie lange willst du eigentlich noch in diesem Loch bleiben?«, fragte ich.

»Was Besseres kann ich mir nicht leisten. Und der Blick entschädigt für vieles.« Er zeigte aus dem Fenster, wo blaue und rote Lichter die Silhouette des Fernmeldeturms in den Nachthimmel zeichneten. »Vor allem bei Sonnenuntergang.«

»Wer's mag«, sagte ich. »Ich dachte, du bist gut im Geschäft?«

»Nicht wirklich. Vor allem kosten mich meine Informanten ein Vermögen.«

»Ich glaube, die Nachbarn wären nicht nach meinem Geschmack. Scheint ja ein illustres Völkchen zu sein.«

»Säufer. Junkies. Bei der Griechin im ersten Stock wird jeden Abend gezockt. Außerdem jede Menge Afrikaner …«

Ich grinste.

»Du brauchst gar nicht das Gesicht zu verziehen. Ich habe mit denen genauso wenig zu tun wie du. Die meisten von ihnen kommen aus Ghana. Ich komme aus Oberbilk. Mein Alter war Zeichner bei Mannesmann. Ich bin Düsseldorfer!«

»Jetzt reg dich ab«, sagte ich. »Ich bin nicht gekommen, um mich mit dir um Selbstverständlichkeiten zu streiten.«

Er grummelte etwas Unverständliches, während er eine Flasche Fernet Branca aus dem Kühlschrank der winzigen Küchenzeile nahm. Dann begann er, zwei Schnapsgläser zu spülen.

»Für mich keinen«, sagte ich.

»Wart's ab«, entgegnete er. Er ging mit Flasche und Gläsern zum Schreibtisch und ließ sich in einen vierfüßigen Bürostuhl fallen. Dann nahm er eine CD und schob sie ins Laufwerk des Mac. Eine Liste von acht oder neun JPGs erschien. Er klickte das erste an.

»Viel Spaß«, sagte er und kippte den ersten Fernet.

Das Bild, das sich aufbaute, war grob aufgelöst und schwarzweiß.

Wolters Leiche lag auf einem dreckigen Boden, unwirklich im grellen Leuchten der Morgensonne. Er war nackt – und alles andere als vollständig. Man hatte den Toten geöffnet, mit einem professionell wirkenden »großen Schnitt«. Rund um den Körper lagen dunkle Haufen verschiedener Form und Größe.

»Was ist das?«, fragte ich.

»Seine Organe. So ziemlich alle. Sei froh, dass es nur schwarzweiß ist.«

Er schenkte sich einen zweiten Fernet ein. »Du willst wirklich keinen?«

»Nein, danke.« Ich nahm die Maus und öffnete das nächste Foto. Es erweiterte die Totale. Um den Toten herum lag seine Kleidung – zerstückelt, aber planvoll drapiert, als wäre sie in alle Richtungen heruntergerissen worden. Die gesamte Fundstelle mochte fünf mal fünf Meter einnehmen, der Fotograf musste zum Rand der Baugrube geklettert sein, um das Ganze aufs Bild zu bekommen. Unten rechts war ein Schriftzug zu erkennen, das nächste Bild zeigte ihn groß. »ACE Q« stand da.

»Sagt dir das was?«

»Nein. Hört sich nach irgend'nem Rapper an.«

Die restlichen Fotos zeigten die einzelnen Organe und diverse Details, die im Moment nicht weiterzuhelfen schienen.

»Er hatte eine Kugel im Kopf. Wahrscheinlich war er also schon tot, bevor …« Er zuckte die Schultern.

»Es sei ihm gegönnt«, sagte ich.

»Ich kannte ihn nicht besonders gut, aber …« Friedel hob sein Glas, »… Wolter war ein schon ein ziemliches Arschloch.«

»Das bist du auch. Aber das da«, ich deutete auf den Monitor, »das würde dir trotzdem keiner antun. Keiner, den ich kenne, jedenfalls.«

»Bist du sicher?« Er lachte und versenkte den Fernet. »Zwei Morde mit Signatur in zwei Tagen. Vielleicht ist es eine Botschaft. Von einer Organisation an die andere, zum Beispiel. Obwohl ich noch nie von einer Gruppe gehört habe, die ihre Opfer ausnimmt … also, wörtlich, meine ich jetzt.« Er verzog entschuldigend das Gesicht.

»Ein Serienkiller«, sagte ich.

Er schüttelte den Kopf. »Wer sagt, dass es beide Male der gleiche Täter war? Außer den Signaturen sehe ich keine Gemeinsamkeiten. Außerdem sind zwei keine Serie.«

»Es ist sehr unwahrscheinlich, dass so etwas zweimal passiert«, sagte ich. »Passiert es aber trotzdem zweimal, so wird es auch ein drittes Mal passieren.«

»Wo hast du das denn gelesen?«

»Coelho, ›Der Alchimist‹, glaub ich.«

»Seit wann liest du Mädchen-Bücher?«

»Hat jemand bei mir liegen gelassen.«

Friedel griente. »Na ja. Aber ich hoffe, du hast Recht. Wenn die Morde tatsächlich in dem Tempo weitergehen, kann ich mir vielleicht doch ‘ne größere Wohnung leisten. Mit der Sache mach ich zum ersten Mal seit Monaten wieder richtig Asche.«

»Eigentlich bin ich ja hier, um in deinem Archiv nach Informationen über Schwarzenberger suchen.«

Er wies auf die Ikea-Regale. »Bitte sehr.«

»Wie ist das geordnet?«

Er grinste. »Nach Gefühl. Sag mir, um was es geht, und ich finde was dazu.«

Ich verstand genau. Ein Ein-Mann-Archiv. Kein Archivsystem der Welt – digital oder sonst wie – kann die Querverbindungen herstellen, die ein menschliches Hirn zu speichern in der Lage ist. Leider kann außer diesem Hirn dann kein anderes etwas mit einem solchen Archiv anfangen. Zumindest würde es verdammt lange brauchen.

»Also: Was willst du?«, fragte Friedel.

»Alles, was du über Schwarzenberger hast, über seine Geschäfte, seine Frau, über Wolter und über Madame Toussaint,

Schwarzenbergers Angestellte. Und wo wir dabei sind, über van Wygan.«

»Pfffh«, machte Friedel. »Das ist viel Holz.« Er griff zielsicher nach einem Aktendeckel. »Fangen wir hiermit an, drei Jahre her: Nach anonymen Anschuldigungen Verdacht auf Handel mit Kokain im Umfeld der ›Boot‹: Ermittlungen ohne Ergebnis eingestellt ...« Er warf den Aktendeckel auf den Schreibtisch und wandte sich wieder dem Regal zu. »Was haben wir noch ... auch schön, vor fünf Jahren: Kontakte zu hohen Vertretern der ehemaligen Roten Khmer, mit dem Ziel, illegal Fundstücke aus Angkor Wat zu kaufen: bestritten und unbewiesen ...« Genauso zielgerichtet wie zuvor zog er einen Aktendeckel nach dem anderen heraus und warf sie auf einen Haufen. »Dann haben wir: Erpressung eines weißrussischen Kunsthändlers mit kompromittierenden Fotos: Wenige Tage nach Anzeigeerstattung zieht der Mann alle Anschuldigungen zurück und reist überstürzt ab. Beweise? Njet ... Und das hier vom vorletzten Jahr: Köttinger Werkzeugmaschinen GmbH, Meinerzhagen. Herr Köttinger war Kunst-*Aficionado*. In der Vorstandsetage hingen drei echte Klimts mit einem geschätzten Gesamtwert von deutlich über anderthalb Millionen Euro. Nach der Übernahme der Firma durch die Okinumi Inc. leider spurlos verschwunden. Die Japaner waren *not amused*. Im Sommer letzten Jahres taucht eines der Bilder in Australien auf. Der Käufer behauptet, das Bild über Schwarzenberger gekauft zu haben, Schwarzenberger verklagt ihn wegen übler Nachrede. Und gewinnt. Ende der Geschichte. Fällt mir noch was ein? Ach ja, hier ...« Plötzlich hielt er inne und drehte den Kopf in Richtung des Funkscanners. Die ganze Zeit über hatte der Polizeifunk gleichförmig unsere Unterhaltung begleitet. Aber seit einigen Augenblicken waren die Gespräche auffällig hektisch geworden. Friedel drehte lauter.

»... noch nie gesehen, alles voll Blut. Ungeheure Sauerei.« ... »Ich wiederhole, Düssel 1432: Jan-Wellem-Platz Nord, unter dem Tausendfüßler, richtig?« ... »Korrekt, Düssel.« ... »RTW rollt, Düssel 1432.« ... »Wir brauchen keinen RTW, wir brauchen die Stadtreinigung!«

Wir sahen uns an.

»Bist du mit dem Auto da?«, fragte Friedel und warf die Mappe zu den anderen.

»Ich hab ein Taxi vor der Tür stehen.«

Friedel warf seine Lederjacke über, griff sich den Scanner und einen Alukoffer mit Nikon-Aufkleber. Ich nahm die Mappen vom Schreibtisch.

»Nix da, die bleiben hier«, blaffte Friedel und stürmte aus der Tür.

Widerwillig ließ ich sie liegen und folgte ihm. Er verriegelte hektisch zwei seiner Schlösser hinter uns, und wir stürmten die Treppe hinunter.

***

Herr Kim passte seinen Fahrstil unserer Stimmung an. Er bog mit quietschenden Reifen in die Martinstraße und knallte mit siebzig durch die Tempo-dreißig-Zone. In den Funksprüchen aus dem Scanner war von »zahlreichen Leichenteilen« die Rede. Die Stimmen einiger Beamter klangen belegt. Herr Kim überfuhr eine rote Ampel an der Neusser Straße. Auf der Graf-Adolf-Straße überholte ein Polizeiwagen mit Blaulicht und Martinshorn.

»Ich nehme an, die haben gerade keine Zeit, sich um uns zu kümmern«, sagte Herr Kim und hängte sich dran, als der Streifenwagen nach links auf die Berliner Allee abbog. Er blieb auch dahinter, als er über die rote Ampel an der Steinstraße rollte. Schon in Höhe der Börse war ein Pulk zuckender Blaulichter unter der Hochstraße auszumachen. Herr Kim brachte uns so nahe wie möglich heran, bis ein Bulle mit wütendem Gesicht den Weg versperrte.

»Bleiben Sie in der Nähe«, sagte ich noch zu Herrn Kim, und wir sprangen aus dem Wagen.

Herr Kim lenkte den Bullen mit einer heftigen Diskussion

aus dem Seitenfenster heraus ab, während Friedel und ich auf die Absperrung zuliefen. Friedel hielt einer jungen Beamtin seinen Presseausweis unter die Nase, aber die Dame blieb hart: Am Flatterband war Schluss.

Was immer man gefunden hatte, es lag auf dem kleinen Parkplatz unter dem hintersten Ende der Brücke. Die Bullen hatten einen Scheinwerfer aufgestellt, aber von unserem Standort aus war wenig zu erkennen außer einem Uniformierten, der sich an einem Brückenpfeiler abstützte und sich übergab. Ein übler Geruch wehte zu uns herüber.

Friedel öffnete seinen Koffer und schraubte ein mächtiges Teleobjektiv auf das Kameragehäuse. Er sah kurz hindurch, dann setzte er die Kamera mit einer resignierenden Kopfbewegung wieder ab.

»So wird das nichts«, sagte er.

Er spurtete bei Rot über die Straße in Richtung Busbahnhof, ich folgte ihm durch die hupenden Autos hindurch. Aus dieser Richtung kamen wir etwas näher heran. Der Scheinwerfer beleuchtete einen großen, dunklen – wie ich vermutete: roten – Fleck. Darauf lagen etliche undefinierbare Haufen und Häufchen, alle umrahmt von einem zehn Meter langen, weißlichen, wurstähnlichen Etwas, das in Herzform um die ganze Chose herumdrapiert war. Die Enden dieses Dings trafen sich in einem großen, wiederum dunklen Haufen. Die Leute dort – ein halbes Dutzend Uniformierte und Zivile und drei hilflos gestikulierende Menschen in weißen Kitteln – hielten sich auffällig fern davon. Eine Leiche oder etwas, das man als solche bezeichnen konnte, fand sich nicht in unserem Sichtfeld.

»Schlachtfest«, sagte Friedel und hob seine Kamera.

»Kein Blitz!«, befahl ich.

»Für wie blöd hältst du mich? Restlichtverstärker«, war seine Antwort.

»Siehst du irgendwo ein Autogramm?«, fragte ich.

»Nein. Aber die Bullen sammeln sich da an diesem Brückenpfeiler.« Er schoss ein halbes Dutzend Fotos. »Da kommt Fahrenbach.«

Ich folgte der Richtung des Objektivs. Ein dicker rollender Schatten, gefolgt von einem wuselnden dünnen, kam von der Absperrung her zu der kleinen Ansammlung, die sich um den dunklen Fleck gebildet hatte. Mit ein paar präzisen Gesten sorgte der Schatten für Übersicht.

»*Den* Job möchte ich jetzt nicht haben«, murmelte Friedel.

Ich wollte den Job noch nie, und bevor es so weit käme, hoffte ich es geschafft zu haben, mir die Kugel zu geben.

»Aber immerhin hat er Pensionsberechtigung«, sagte Friedel.

Fahrenbach wandte sich dem Pfeiler zu, um den die meisten der Uniformierten standen. Etwas darauf schien von Bedeutung, leider war es von unserer Warte aus nicht zu erkennen.

Friedel drückte auf den Auslöser »Da steht garantiert das Autogramm«, sagte er, »aber von hier krieg ich's nicht drauf.«

Plötzlich drehte sich der dicke Schatten um, und die weiße Fläche seines Gesichts wandte sich direkt unserem Standort zu. Sein kurzer Arm hob sich. Der Verkehr hinter uns machte es unmöglich zu hören, ob er brüllte, aber ich kannte ihn gut genug, um zu wissen, dass er genau das tat. Die meisten der Uniformierten und auch ein oder zwei Zivile rannten los, auf uns zu.

»Scheiße«, stöhnte Friedel. Er griff nach seinem Kamerakoffer. Wir liefen in Richtung Schadow-Platz. Hinter einem wartenden Linienbus kam ein Taxi hervorgeschossen und hielt direkt neben uns. Ich sprang auf die Rückbank und rutschte durch. Friedel kam hinterher, und Herr Kim gab Gas.

»Kann ich Sie vielleicht irgendwie vertraglich binden?«, fragte ich.

Er antwortete nicht, aber ich sah ihn zum zweiten Mal lächeln.

***

Der Passat parkte noch vor dem Haus, aber seine Insassen standen vor meiner Haustür, als wir vorbeirollten.

Ich bat Herrn Kim, weiterzufahren und am Kiosk auf der Luegallee zu halten. Dort kaufte ich zwei Flaschen irgendwelchen Weins, bevor ich mich zu meinem Hintereingang bringen ließ.

Friedel warf einen Blick auf die Flaschen. »Ich dachte, so was trinke nur ich«, sagte er.

»Ich hoffe im Interesse der Menschheit, dass du Recht hast – aber ich fürchte, du liegst falsch«, entgegnete ich.

Der BMW war verschwunden, wie ich erwartet hatte. Wahrscheinlich war der Fahrer irgendwann doch dahintergekommen, dass er verarscht wurde. Ich verabschiedete mich von Friedel und reichte Herrn Kim drei Fünfziger, die er mit höflichem Nicken quittierte. Dann stieg ich aus, beeilte mich über die Mauer und betrat das Haus durch die Hintertür. Dort legte ich meine Jacke vor die Kellertür, schaltete das Licht an und schlenderte, die Weinflaschen schwenkend, ins Treppenhaus. Durch die schmalen Fenster der Eingangstür sah ich meine beiden Leibwächter aus dem Passat im Licht der Außenbeleuchtung stehen. Der Kleinere der beiden drückte wütend auf einen Klingelknopf – meinen, wie man vermuten durfte.

Ich öffnete. »Möchten die Herren zu mir?«, fragte ich.

»Allerdings«, antwortete der Mann an der Klingel. Es war der junge, der keine Pizza wollte. »Wo kommen Sie jetzt her, Herr Kant? Wir klingeln seit einer halben Stunde.« Sein Ton war unausgeglichen, und die Zeitangabe entschieden übertrieben. Zehn Minuten waren das Äußerste.

»Der Name ist Kant von Eschenbach, wenn es beliebt, junger Mann.« Ich sah ihn irritiert an und hob die beiden Weinflaschen. »Und ich komme aus meinem Keller – falls Sie das etwas angehen sollte, was ich hiermit allerdings ausdrücklich bezweifelt haben möchte.«

Sein Kinn schob sich nach vorn, er gab noch nicht auf. »Man hat mehrfach versucht, Sie anzurufen. Warum gehen Sie nicht ans Telefon?«

Es schien mir angebracht, jetzt selbst ein wenig scharf zu werden.

»Weil es mir so gefällt«, sagte ich. »Man mag ja verstehen, dass *Sie* jedes Gespräch entgegennehmen. Ich dagegen nutze die Möglichkeit – oder, wenn Sie den Scherz gestatten – das Bürgerrecht, das einfach nicht zu tun. Und jetzt verbitte ich mir Ihre Unverschämtheiten. Sagen Sie mir, was Sie wollen. Und dann verschwinden Sie – bitte.«

Er versuchte es damit, mir in die Augen zu starren. Sein Senior-Kollege unternahm einen Vorstoß, ihn aus der Bredouille zu holen.

»Tut uns Leid, Herr Kant. Wir haben unsere Anweisungen.«

»Das dachte ich mir«, antwortete ich, ohne die Augen von dem Jungbullen zu wenden, auf dessen Stirn sich langsam die Schweißperlen mehrten.

»Grrglmmpf«, sagte er endlich und zog ab, ohne sich noch einmal umzudrehen.

Als er weg war, sah mich der ältere Bulle zweifelnd an. »Haben Sie das wirklich nötig, Herr Kant? Kleine Jungs erschrecken? Entspricht nicht Ihrem Ruf.«

Ich zuckte die Schultern. »Irgendwie muss er's ja lernen.«

Er nickte. »Fahrenbach will Sie sprechen«, sagte er dann. »Und zwar pronto.«

»Heute noch?«

»Sie sollen Ihn auf dem Handy anrufen, falls Sie hier sind. Er schien nicht daran zu glauben.«

»Jeder kann sich mal irren.« Ich hielt ihm eine der Flaschen hin. »Mögen Sie?«

Er hob seine Brille und warf einen Blick auf das Etikett. Seine Mundwinkel verzogen sich angewidert. »Dieses Angebot entspricht auch nicht Ihrem Ruf, Herr Kant. *Da*nach haben Sie so lange in Ihrem Keller suchen müssen?«

»Wir unterhalten uns ein anderes Mal über Wein, hoffe ich, Herr ...?«

»Bulle«, antwortete er nur und ging weg. Ich war beeindruckt.

Als das Licht ausging, tastete ich mich zurück zur Kellertür, um meine Jacke aufzusammeln, und fuhr dann mit dem Aufzug nach oben. Befriedigt stellte ich fest, dass diesmal keine Spuren unsachgemäßer Handhabung am Schloss zu finden waren.

Dass ich trotzdem mit einigem Unbehagen meine Wohnung betrat, hing mit dem über etliche Stunden allein gelassenen Anrufbeantworter zusammen. Natürlich waren nicht weniger als drei Anrufe der Freifrau darauf – der letzte drohte mir mit Entzug des Auftrags, leider ohne konkret zu werden –, dann folgte eine neue Nachricht der elektronischen Stimme, kaum zwei Stunden alt:

»Du willst nicht hören, Schnüffler. Das ist schlecht. Ganz schlecht. In Zukunft solltest du nicht einfach fortgehen. Der Zerhacker mag das nicht. Vergiss, was du weißt, und versuche nicht, mehr herauszufinden. Es wäre nicht gut für dich. Er kann, was er will. Niemand ist sicher. Das nächste Mal bist *du* es.«

Mit gespitzten Lippen sah ich auf den AB und drückte die Wiederholungstaste. Die Stimme sprach gefühllos ihren seltsamen Text. *Der Zerhacker*. Noch ein Name.

Dann die nächste Nachricht: ein bekannter, säuselnder französischer Akzent.

»Herr Kant, isch muss misch entschuldigen für mein Auftritt 'eut Nachmittag. Aber isch bin noch ganz dursch-ein-ander wegen die Tod von meine Chef. Vielleicht kann isch Sie ja irgendwie 'elfen. Das Büro ist leider noch versiegält von die Polizei. Können wir uns treffen in die Bar am Kaiserteisch, morgen um Mittag?«

Nachdenklich trommelte ich auf meiner Schreibtischplatte. Madame Toussaints so radikaler Stimmungswechsel machte mich neugierig. Ich notierte den Termin und wartete auf die nächste Nachricht. Es war ein kurzes Gebelle von Fahrenbach. Ich rief ihn zurück. Den Hintergrundgeräuschen nach war er noch auf dem Jan-Wellem-Platz.

»Haben Sie's mal wieder geschafft, Kant? Was glauben Sie, wie lange ich mich von Ihnen noch veräppeln lasse? Wo waren Sie vor dreißig Minuten?«

»Welche Antwort erwarten Sie darauf, Fahrenbach? Lassen Sie uns doch vernünftig miteinander reden.«

»Vernünftig? Wenn Sie weiter versuchen, meine Leute zu verschaukeln, lass ich Sie festnehmen!«

»Ich glaube, Pollack würde Ihnen davon abraten.«

Er murmelte etwas, ich verstand »Mist«.

»Sagt Ihnen ›der Zerhacker‹ was?«, fragte ich.

Er reagierte unvorhergesehen heftig. »Verdammte Scheiße, Kant! Verarschen Sie mich nicht! Sie waren doch eben hier! Glauben Sie bloß nicht, ich hätte Sie nicht erkannt, Sie und Ihren schwarzen Reporter-Freund! Sie wissen doch genau, was hier los ist!«

»Ich weiß nur, dass Sie eine neue Leiche haben.«

»Schön wär's! Bisher habe ich nur einen Haufen Innereien!«

»Und das war ›der Zerhacker‹?«

Er antwortete nicht sofort. Als er wieder sprach, klang seine Stimme, als käme er gerade von einer Fortbildung in Deeskalations-Technik.

»Wir sollten das alles nicht am Telefon besprechen, aus verschiedenen Gründen. Ich schlage vor, Sie kommen morgen früh in mein Büro. Um acht. Darf ich vielleicht noch die Frage stellen, woher Sie diesen Namen kennen?«

»Er hat mich angerufen.«

Seine Fortbildung zeitigte keine sehr nachhaltige Wirkung. »Nehmen Sie mich nicht auf den Arm, Kant«, zischte er.

»Der Anruf kam gegen 22 Uhr 45. Sie hören doch bestimmt mein Telefon ab ...«

»Glauben Sie doch nicht, ich würde Ihnen das sagen!«, brüllte Fahrenbach.

»Natürlich nicht. Aber falls Sie es tun: Hören Sie sich den Anruf mal an. Vielleicht können Sie ja feststellen, woher er kam. Ich tippe aufs Internet.«

Ich legte auf und ging zur Bar. Mit Bedauern diagnostizierte ich galoppierende Schwindsucht bei meinem Calvados, nichtsdestoweniger gab ich mir die Genehmigung für einen Dreifachen. Mit dem Glas zog ich mich ins Sport- und Musikzimmer zurück und setzte mich an meine Harfe. Den Calvados stellte ich nach dem Genuss einer phantastischen Nase und einem entschlossenen Schluck daneben auf dem Boden ab. »La Source« von Alphonse Hasselmans lag auf dem Notenpult. Ich zog die Kimber aus dem Schulterhalfter und legte sie darauf ab, dann nahm ich den Stimmschlüssel auf und stimmte das Instrument durch.

Ich würde es wieder nicht schaffen, das Stück fehlerfrei zu spielen, doch darauf kam es nicht an, nicht am Ende eines solchen Tages. Gedankenverloren strich ich mit dem Handrücken über das geschnitzte Vogelaugenahorn meines alten Mädchens, nahm noch einen Schluck Calvados und begann zu spielen.

DREI

Als ich vor meiner Haustür in das Taxi stieg, waren weder ein Passat noch ein BMW zu sehen. Der Fahrer brachte mich auf einer erstaunlichen Route, die sich sehr negativ auf sein Trinkgeld auswirkte, zum Jürgensplatz.

Fahrenbach sah schrecklich aus. Sein sonst so rosiger Teint war von käsigem Gelb; vor ihm auf dem Schreibtisch stand ein überquellender Ascher neben einer Kaffeetasse. Er schien nicht gut geschlafen zu haben.

»Was genau ist am Jan-Wellem-Platz passiert?«, fragte ich.

»Jemand hat einen großen Haufen lebenswichtiger Organe auf einen Parkplatz gelegt und ein paar Eimer Blut ausgekippt. Nichts weiter.«

»Gab es wieder eine Signatur?«

»Kein Kommentar.«

»Fahrenbach, es wird sowieso heute noch herauskommen.«

»Wenn nicht, sorgen *Sie* dafür, was?«

»Das wird nicht nötig sein, und das wissen Sie genau.«

Er schnaufte. »Na ja. Wenn schon. Dieses Mal war es nicht direkt eine Signatur. ›Quyll für den Zerhacker‹, stand da auf dem Pfeiler. Jetzt fragen Sie mich bitte nicht, was das zu bedeuten hat. Wir arbeiten dran.«

»Haben Sie denn den Rest der Leiche mittlerweile gefunden?«, fragte ich.

»Nein.« Er hustete so etwas wie ein Lachen hervor. »Und ehrlich gesagt suchen wir auch nicht mehr sehr intensiv.«

Ich sah ihn fragend an, aber sein Lachen steigerte sich noch. Der fette Körper wabbelte in seinem Bürostuhl. Fahrenbach fingerte eine West aus der Packung, dabei beruhigte er sich etwas. »Es ist nicht unwahrscheinlich, dass der ursprüngliche Besitzer der Organe, also der Rest von ihm …«, er zündete die Zigarette an, »… auf Dauer unauffindbar bleibt, da er bereits verspeist wurde.«

»Wie bitte?«, entfuhr es mir. »Kannibalismus? Wie kommen Sie *da*rauf?«

»Wer redet denn von Kannibalismus, Kant? Als der Gerichtsmediziner kam, fragt der mich, warum ich keinen Metzger geholt hätte. Das Zeug da kann man so an jedem Schlachthof kriegen. Stammt komplett von einem gemeinen europäischen Hausschwein, den lateinischen Namen hab ich vergessen. Eine riesige Sauerei, strafrechtlich aber allenfalls Vortäuschung einer Straftat. Am Ende wahrscheinlich nur grober Unfug.« Gierig sog er an der West. »Und wegen so was hauen wir uns die Nacht um die Ohren, was, Kant?« Er blies den Rauch über den Tisch in meine Richtung.

»So hat jeder sein Päckchen zu tragen, Herr Hauptkommissar.«

»Ich habe mit Pollack gesprochen. Ich weiß also, dass Sie gestern Abend nicht zu Hause waren. Das hat mir übrigens auch das Überwachungsteam gestanden. Ich habe es abgezogen. Sie brauchen nicht mehr über irgendwelche Zäune zu springen, wenn Sie vor die Tür wollen.«

»Die beiden können nichts dafür.«

»Das weiß ich, Kant. Das sind keine schlechten Leute. Die haben zum Beispiel bemerkt, dass Ihnen von Bilk aus ein schwarzer BMW gefolgt ist, der Arnie Koppmann gehört. Was will *der* denn von Ihnen?«

»Vielleicht arbeitet er für den ›Zerhacker‹.«

Fahrenbach nickte. »Ich hab mir den Anruf angehört. Kam tatsächlich aus dem Netz. Wir wissen noch nicht genau, woher. War das der Erste dieser Art?«

Ich hatte über die Antwort auf diese unvermeidliche Frage nachgedacht, als ich gestern Nacht an meiner Harfe saß und wie immer an dem Zweiunddreißigstel-Lauf in Takt dreiundvierzig hängen geblieben war. Das Verschweigen des ersten Anrufs bedeutete Unterdrückung von Beweismaterial. Anderseits belastete sein Inhalt mich wegen der Hilfe für Wolter. Sie würden feststellen können, dass ich bereits gestern von der Internet-Nummer angerufen worden war, aber es war nicht damit zu rechnen, dass sie zu diesem Zeitpunkt schon abgehört hatten.

»Ich habe gestern einen Anruf erhalten, aber er klang so wirr, dass ich ihm keine Bedeutung zugemessen habe. Ich habe das für einen Dummen-Jungen-Streich gehalten.«

»Und wieso hat Frau Wolter Sie angerufen?«

»Das müssen Sie sie schon selbst fragen. Ich habe nicht mit ihr gesprochen.«

Fahrenbach sah mich traurig an. Mit den zwei Fingern der Rechten, die die Zigarette hielten, massierte er seine Schläfe. »So können wir nicht zusammenarbeiten, Kant. Sie geben immer nur zu, was ich Ihnen nachweisen kann. Sie sollten in die Politik gehen.«

»Es gibt keinen Grund, beleidigend zu werden, Herr Hauptkommissar.«

Er blieb ernst und hob mit spitzen Fingern eine Notiz aus dem Ablagekörbchen. »Das habe ich gerade eben von meinem Chef bekommen, *der* hat es von *seinem* Chef. Der Herr Oberbürgermeister hat gestern Abend unseren Polizeipräsidenten angerufen mit der Bitte, seinen Freund Professor van Wygan vor den Belästigungen durch einen gewissen Privatdetektiv zu schützen. Der Herr Professor fühle sich bedroht. Was ist das wieder für ein Mist, Kant?« Angewidert ließ er die Notiz vor sich auf den Schreibtisch fallen.

»Ich habe nicht den Professor belästigt, sondern seine Freundin. Schwarzenbergers Geschäftsführerin.«

Fahrenbachs Augen verengten sich zu Schlitzen. Einige Sekunden sahen wir uns schweigend an.

»Van Wygan hat was mit der Toussaint?«, fragte er endlich.

Ich nickte.

Seine Finger begannen wieder die rechte Schläfe zu massieren. »*Sie* mischen sich da nicht ein, Kant«, sagte er endlich, »das habe ich Ihnen schon einmal gesagt. Ich kann meinen Job allein machen, und das sogar ziemlich gut. Lassen Sie van Wygan in Ruhe. Und auch die Frau.«

»Sie hat mich aber um ein Treffen gebeten. Wollen Sie mir verbieten, hinzugehen?«

»Natürlich will ich das«, wütend sog er an seiner West und rammte den nur halb gerauchten Rest in den Aschenbecher, »aber wir wissen ja leider beide, dass ich das nicht kann.«

***

Ich trat aus dem Polizeipräsidium und ärgerte mich, keinen Schirm mitgenommen zu haben. Das eben noch helle Grau des Morgens hatte sich verdunkelt, und dicke Regentropfen explodierten auf dem Pflaster vor dem Haupteingang des Präsidiums.

Immer noch konnte ich keinen Wagen entdecken, der zu Arnies Schlägern gepasst hätte. Ich stieg in ein wartendes Taxi und beschloss, im »Il mercato« ein bis drei Kaffee zu trinken, bevor ich zu meinem Notar fuhr.

In Düsseldorf einen Kaffee zu bestellen, ruft beim Personal irritierte Blicke hervor: Kaffee? Einfach so? Kein *macchiato* oder wenigstens *au lait*? Ich habe keine Ahnung, was an mit irgendwas verpanschtem Kaffee besser sein soll als an unverfälschtem purem. Ich kippe ja auch nichts in meinen Malt, außer gelegentlich einen Spritzer Wasser, und auch das nur, wenn der Whisky es wirklich nötig macht. Außerdem: Weder Scotch noch Kaffee trinke ich ausschließlich wegen des Geschmacks.

Die Tatsache, für fünfundvierzig Minuten unbehelligt an einem Tisch sitzen und meine Zeitungen durchblättern zu dürfen, erfüllte mich mit einer inneren Befriedigung, die ausreichte, mich über das Graubraun draußen hinwegzutrösten.

»Mutmaßlicher Mörder tot aufgefunden«, las ich auf allen Titelseiten.

Ich brauchte eine Sekunde, um zu verstehen, dass von Egon Wolter die Rede war. Tageszeitungen berichten über Geschehnisse der vorletzten Nacht, als seien sie brandneu. Wolter hatte sich zu einer nachrichtentechnisch ungünstigen Zeit umlegen lassen, aber es dürfte ihm egal sein. Zu Lebzeiten war er auch meist zu spät dran gewesen. Aus keinem der Blätter erfuhr ich Neuigkeiten über den Fall.

Die Sache mit den Signaturen war tatsächlich noch nicht durchgesickert. Friedels Kollegen tappten noch im Dunkeln. Ich nahm das Handy und wählte seine Nummer, aber er meldete sich nicht. Ich erzählte seiner Mailbox die Kurzversion von dem, was Fahrenbach sich hatte entlocken lassen, und trank einen weiteren Kaffee, während ich mich auf den Sportteil des Express und das Feuilleton der RP konzentrierte. Hier fand ich einen Hinweis auf die Eröffnung des jährlichen Rundgangs der Kunstakademie, die Leistungsschau der Meisterklassen, auf der natürlich auch van Wygans Schüler ihre Werke präsentieren würden. Erwartet wurden der Oberbürger- und der große Meister persönlich. Ich hatte zu der Zeit noch nichts vor.

Um Viertel vor zehn orderte ich die Rechnung und ein Taxi, von dem ich mich zur Kö bringen ließ. Der schnauzbärtige Fahrer regte sich in breitem Rheinisch über unverschämte Kundschaft auf, die ihn zwinge, Strecken von weniger als einem Kilometer zurückzulegen, und tat auch sonst alles, um meine Überzeugung zu stärken, mit Herrn Kim ausgesprochenes Glück gehabt zu haben.

Im Haus meines Notars bat ich den Pförtner, mir einen Fahrradkurier zu rufen, und ließ mich bei dem für mich zuständigen Sozius anmelden. Als ich wieder in der Halle auftauchte, wartete dort ein ebenso verwegener wie nasser junger Mann. Sein schmutztropfendes Rad lehnte innen neben der Glastür, weshalb der Pförtner auf ihn einkrakeelte, wovon er erst bei meinem Erscheinen widerwillig Abstand nahm. Ein Autokurier wäre wahrscheinlich schneller in Benrath, aber einen Fahrradkurier zu verfolgen ist so gut wie unmöglich.

Ich übergab dem Mann Wolters Umschlag, auf dem Katjas Name und die Adresse des »Mühlhaus« stand, zudem die Worte »AUSSCHLIESSLICH PERSÖNLICH!«

»Ich möchte, dass niemand erfährt, wo Sie das hinbringen«, sagte ich leise.

Er quittierte die Anmerkung mit einer ernsten Miene, die noch einmal erheblich kämpferischer wurde, als ich einen Zwanziger auf den Preis drauflegte.

»Rufen Sie mich sofort an, wenn es irgendwelche Schwierigkeiten geben sollte«, sagte ich und gab ihm meine Handynummer.

Er tippte zum Abschied kurz an den Rand seines Helms und verschwand im Regen. Der Pförtner telefonierte nach einer Reinigungskraft.

Ich bestellte ein weiteres Taxi, das mich nach Hause brachte. Kontrollehalber dirigierte ich den Fahrer um den Block, entdeckte aber keine Spur von Arnies Leuten.

Das Schloss meiner Wohnungstür hakte etwas, als ich den Schlüssel hineinsteckte. Mein erster Gedanke war, es beim Schlüsseldienst zu reklamieren, doch dann zog ich vorsichtshalber meine Waffe, bevor ich eintrat. Dieses Mal kein Hauch eines Parfums. Falls es einen Eindringling gegeben hatte, war er fort. Keinerlei Spuren. Sorgsam sah ich mich in der gesamten Wohnung um. Alle Papiere bis hin zu den Noten auf dem Ständer lagen exakt so, wie ich sie hinterlassen hatte. Für meinen Geschmack zu exakt.

Der Safe war unberührt. Hier hätte man schon einen Schweißbrenner zum Einsatz bringen müssen. Ich schloss auf; CDs, Akten, meine Waffen, die Munition und das Geld lagen da, wie ich es in Erinnerung hatte.

Auch das Schloss des Aktenschrankes im Arbeitszimmer war unversehrt, aber einen wirklichen Profi hätte es nicht abgehalten. Soweit auf den ersten Blick festzustellen war, fehlte nichts aus den Hängeregistern, doch als ich die Hand auf den Kopierer legte, hatte ich das Gefühl, er sei wärmer, als er sein sollte.

Das allgemeine Interesse an meiner Wohnung begann mir auf die Nerven zu gehen. Ich zog die unterste Schublade des Aktenschrankes auf und nahm die Büroflasche Aberlour heraus. Ich schenkte mir ein und setzte einen winzigen Spritzer Evian zu. Lange hielt ich den Schwenker unter meine Nase und genoss mit geschlossenen Augen das Aroma, bevor ich einen kräftigen Schluck nahm. Dann schaltete ich den PC ein – und erhielt eine erstaunliche Meldung.

»Disc error«, stand da lapidar, »No disc«.

Ratlos starrte ich auf die kleine weiße Schrift auf dem schwarzen Bildschirm. Mit dem PC arbeitete ich konsequent offline, um ihn allen Attacken aus dem Netz zu entziehen. Hier befanden sich sämtliche wichtigen Dokumente. Im Netz arbeitete ich nur mit dem Laptop, und auf dessen Festplatte fand sich außer einigen unterhaltsamen MPGS nichts von Interesse.

Ich startete den Rechner neu, aber das Resultat blieb dasselbe.

»No disc.«

No fun, dachte ich und stellte mein Glas ab. Ich mühte mich unter den Schreibtisch. An der Rückseite des Gerätes war nichts auffällig. Ich zog den Rechner hervor und suchte nach einem Schraubenzieher. Als ich das Gehäuse offen hatte, wurde die Fehlermeldung plötzlich überaus verständlich:

No disc – meine Festplatte war weg. Etwa dreißig Sekunden lang starrte ich auf den leeren Steckplatz, bevor meine Reaktion wieder in Gang kam. Ich griff nach dem Telefon und rief Katja im »Mühlhaus« an. Es klingelte sehr lange, bis sie sich meldete.

»Ich bin's. War der Bote schon da?«

»Auch dir einen schönen guten Morgen, Tiberius Josephus. Danke der Nachfrage, mir geht's gut, und selbst?«, war die Antwort.

»Sorry, Katja. Es ist verdammt wichtig! War der Mann schon da?«

»Aber ja. Und ich habe den Umschlag wunschgemäß deiner blondierten Zicke weitergegeben. Nicht, dass sie sich bedankt hätte.«

»Sie hat ihn schon?«

»Die Dame hat vor zwei Minuten das Lokal verlassen.«

Ich unterdrückte unvollständig ein Stöhnen.

»Was hab ich jetzt wieder falsch gemacht?«, fragte sie mit bösem Unterton.

»Nichts, *Darling*, gar nichts. Es ist alles in Ordnung«, sagte ich, und legte auf. Langsam ging ich die Treppe hinunter. Im Musikzimmer hockte ich mich hinter mein altes Mädchen und zupfte ein paar kraftlose Töne.

Fehler, Herr Kant, dachte ich. Keine Entschuldigung. Fehler. Du hättest noch eine Kopie in den Safe legen müssen. Frau Wolter hatte die Zahlen, und ich hatte sie nicht. Aber jemand anderes hatte sie jetzt.

Ich legte die Kimber auf das Notenpult, strich über die Saiten und griff nach dem gummiüberzogenen Stimmschlüssel. Während ich Saite für Saite stimmte, rief ich mir Wolters Blatt wieder in Erinnerung. Die Zahlenkolonnen hatten mir auf den ersten Blick keinen Anhaltspunkt zu ihrer Entschlüsselung geboten. In die üblichen Schemata von Telefon- oder Kontonummern hatte sie nicht gepasst. Aber jemand, der einen Ansatz hatte, der wusste, wonach er suchte, mochte erheblich erfolgreicher sein als ich. Ich griff einen C-Dur-Dreiklang und gab den Versuch auf, eine sauber temperierte Stimmung hinzubekommen, während meine Gedanken woanders waren.

Das Telefon begann zu klingeln, die Nummer wurde nicht angezeigt. Ich meldete mich. Es war Doktor Tokohiro.

»Was verschafft mir die unverhoffte Ehre Ihres Anrufes?«, fragte ich und versuchte, einen Ton zu treffen, den ein Japaner für höflich hält.

»Es hat sich eine Entwicklung ergeben, die es für uns beide sinnvoll macht, ein wenig Zeit miteinander zu verbringen; vielleicht bei einem gemeinsamen Essen. Unglücklicherweise jedoch bin ich erst morgen wieder in der Stadt.«

»Ihr Ansinnen ehrt mich über die Maßen, Tokohiro San. Ist die Frage erlaubt, um welche Art Entwicklung es sich handelt?«

»Ich bin zufällig in Besitz eines Gegenstandes gelangt, an dem Sie, so vermute ich, sehr interessiert sein dürften. Vielleicht gelingt es uns ja, unsere Interessenlagen zu koordinieren. Es würde mich freuen.«

»Was für ein Gegenstand?«

»Ein ... elektronischer, den Sie bereits vermissen. Gewiss werden Sie Sicherheitskopien haben, aber ich glaube, es sollte Ihnen doch daran gelegen sein, diesen Gegenstand und seinen Inhalt nicht in falsche Hände geraten zu lassen. Wenn Sie es möglich machen können, würde es mich freuen, Sie morgen um dreizehn

Uhr im Restaurant ›Kio‹ zum Lunch einladen zu dürfen, Kant San. Sayonara«, sagte er, bevor er auflegte. Er hätte auch »Hasta la vista, Baby« sagen können.

Ich stand auf und verpasste dem Sandsack ein paar. Cornelia hatte sich einen bemerkenswerten Männergeschmack bewahrt. Während ich um den Sandsack herumfederte und ihm neben zahlreichen Jabs auch einige wirklich üble Schwinger verabreichte, fragte ich mich, was Tokohiro veranlasst haben konnte, derart energisch gegen mich vorzugehen. Ich hatte nur versucht, durch ihn an die ein oder andere Information über Schwarzenbergers Bürohaus zu kommen, und nun hatte ich einen unerwartet angriffslustigen Feind zusätzlich. Der Japaner hatte mich am Haken und brachte es fertig, mich bis morgen zappeln zu lassen. Und er hatte es geschafft, mich anzurufen, nur zehn Minuten, nachdem ich das Fehlen der Festplatte bemerkt hatte. Ich dachte eine Sekunde darüber nach, dann lief ich hoch ins Büro und nahm den Wanzensucher aus dem Schrank.

Als ich ihn einschaltete und in den Raum hielt, antwortete er mit einem durchdringenden Pfeifen. Nach zehn Sekunden fand ich ein großes, billig aussehendes Gerät an der Rückseite eines Rollboys. Ich riss es von seinem Klebestreifen und nahm die Batterie heraus, dann schaltete ich den Sucher erneut ein. Dieses Mal musste ich erheblich aufmerksamer suchen, bis ich eine zweite, sehr kleine, sehr moderne und sehr teure Einheit in der Steckdose neben der Tür fand.

Ich hatte es nicht mit Anfängern zu tun. Tokohiro hatte mit seinem Anruf zu diesem Zeitpunkt ein Zeichen gegeben. Er wollte wissen, wie professionell ich war. Bisher konnte ich ihn nicht sehr beeindruckt haben. Im Wohnbereich waren keine Wanzen zu entdecken, auch in den diversen Telefonen nicht. Ich ging zurück ins Büro und schaltete den Laptop an. Er funktionierte, hier konnte man allerdings auch nichts von Belang gefunden haben. Ich begann, im Netz nach Informationen über Doktor Maki Tokohiro zu suchen, aber ich fand nichts, was mir die Freifrau nicht schon gesagt hatte.

Schließlich suchte ich auf meinem Notizblock nach dem

Kennzeichen des gelben Fiat Punto von Tokohiros junger Golfpartnerin und loggte mich in den Rechner des Straßenverkehrsamtes ein. Das aktuelle Passwort dazu erhielt ich stets von einer kurz vor der Pensionierung stehenden Abteilungsleiterin – einer ganz entzückenden Dame, der ich einmal aus einer sehr unangenehmen Situation geholfen hatte. Es ging um einige erstaunliche Fotos von ihr und ihrem Königspudel, die in falsche Hände geraten waren. Sie war mir für meine Diskretion ewig dankbar.

Der Fiat war als Zweitwagen auf Tokohiro zugelassen – wenig tröstlich für die Freifrau, aber wenn die junge Dame alt genug für einen Führerschein war, war zumindest nichts Illegales an Tokohiros Beziehung zu ihr. Geschmackssachen fielen nicht in mein Ressort.

Ich sah auf die Uhr. Es wurde Zeit für mein Rendezvous mit Madame Toussaint.

***

Ich kam zu früh, aber Madame Toussaint wartete bereits auf einem Hocker an der Bar, direkt gegenüber einem der riesigen, deckenhohen Spiegel. In ihm sah sie mich kommen. Sie lächelte etwas verlegen, als ich mich neben sie setzte. Ich versuchte, einen Kaffee zu bestellen, aber an einem so bemerkenswerten Ort kann man nicht auch noch eine aufmerksame Bedienung verlangen, wenn das Heißgetränk nur zwei Euro fünfzig kostet. Ich fand mich mit meiner unbeachteten Rolle ab und wandte mich Madame Toussaint zu.

»Ich wollte Ihnen nicht zu nahe treten gestern. Ich versuche nur, mir ein Bild von Yves Schwarzenberger zu machen. Wenn Sie möchten, können Sie sich vorher von Frau Schwarzenberger meine Legitimation bestätigen lassen«, sagte ich.

»Das ‘abe isch bereits getan«, antwortete sie.

»Dann wird Frau Schwarzenberger Ihnen auch gesagt haben,

dass ich Informationen brauche über seine Geschäfte. Sie sagte, dass Sie darüber am besten Bescheid wüssten.«

»*Oui*, das ist rischtig ...«

Sie gab mir erstaunlich offen Auskünfte über das Treiben der verschiedenen Schwarzenberger-Firmen, deren Geschäftsführerin sie war, und ließ sich nur ungern von dem Bartender unterbrechen, der jetzt bereit war, nach unserem Begehr zu fragen. Wir bestellten Kaffee für mich und Evian für sie, und Madame Toussaint fuhr mit der Eloge auf ihre verblichenen Arbeitgeber fort. Schwarzenbergers Interessenschwerpunkt lag auf internationalem Kunsthandel und Agenturtätigkeiten im weitesten Sinne. Seine Firma makelte Kontakte zwischen Mäzenen, Künstlern, Händlern und Ausstellungsmachern. Die anfallenden Provisionen ließ er sich in Kunstwerken bezahlen, was bei steigenden Preisen lukrativ wurde, und für steigende Preise sorgte die Schwarzenberger-Agentur mit professionellem Marketing – eine Win-Win-Situation, alle waren zufrieden und Yves Schwarzenberger ein guter Mensch.

Der Bartender servierte ein Evian und einen Café au lait. Ich verzichtete auf Maßnahmen. Madame Toussaint wurde nicht müde, mir die soziale und kulturelle Bedeutung der Agentur zu schildern; nicht nur Düsseldorf, das ganze Land profitierte von Schwarzenbergers Weisheit und Großmut. Über eine Viertelstunde steigerte sie sich in wirkliche Begeisterung, bis ich in eine kleine Atempause hinein fragte:

»In welcher Beziehung stand denn Lothar van Wygan zu Schwarzenberger?«

Madame Toussaints Gesicht verschloss sich, und ihr Akzent war plötzlich fast vollständig verschwunden. »Darüber weiß ich nichts. Ich kenne den Herrn Professor ausschließlich privat. Und ich denke, Sie werden verstehen, dass ich keinerlei Auskunft über ihn geben werde. *Pardonnez-moi* ...« Sie stand auf, griff nach ihrem Handtäschchen und bewegte sich in Richtung Damentoilette. Nach zwei Schritten hielt sie inne, drehte sich um und stellte die Tasche zurück auf ihren Barhocker, bevor sie verschwand.

Nachdenklich sah ich die Ferrari-rote Ferragamo-Tasche an, dann klappte ich sie vorsichtig auf, warf einen Blick auf das Knopfmikrofon und den laufenden Mini-Disc-Recorder und schloss sie wieder: Eine Frau wie Madame Toussaint ließ ihre Handtasche natürlich nicht ohne Grund zurück, wenn sie sich die Nase pudern ging. Jemand wollte wissen, was ich wissen wollte. Und es gab wenig Zweifel, wer dieser jemand war.

Mein Handy läutete, Friedel Hausmann meldete sich.

»Bist du heute Abend in der Akademie?«, fragte er.

»Natürlich«, antwortete ich. »Ich hätte sonst das Gefühl, was zu verpassen.«

»Wenn du willst, können wir danach zu mir gehen. Wir sind ja gestern Abend unterbrochen worden.«

»Okay. Wir können reden, sie ist gerade mal raus«, sagte ich in Richtung der Handtasche.

»Was? Wer?«, fragte Friedel.

»Bisher verkauft sie mir nur Allgemeinwissen, aber ich lass mich von der nicht für dumm verkaufen. Es war garantiert nicht ihre eigene Idee, sich mit mir zu treffen, und ich weiß genau, wer dahintersteckt.«

»Von wem redest du eigentlich? Ich versteh kein Wort!«

»Van Wygan versucht, mich zu verarschen. Aber das wird ihm nicht gelingen.«

»Aha, daher weht der Wind. Geh nicht zu hoch ran, der Mann hat Beziehungen.«

»Mach dir keine Sorgen. Bis nachher«, sagte ich und beendete das Gespräch.

Verstimmt nippte ich an meinem Café au lait. Ich hatte keine Ahnung, ob es eine gute Idee war, den Professor zu provozieren. Aber für meinen Geschmack beobachteten mich zu viele Leute aus dem Hinterhalt. Sichtbare Gegner waren mir lieber, auch wenn es sich dabei um Freunde des Oberbürgermeisters handelte.

Madame Toussaint kam zurück, sichtlich gesammelt, mit frischem Lippenstift und erneuertem Akzent. Sie stellte die Handtasche zwischen uns auf die Bar.

»Was wissen Sie denn über Schwarzenbergers Geschäfte mit Egon Wolter?«, fragte ich ohne erneute Einleitung, sobald sie wieder auf ihrem Hocker saß.

»Isch 'atte nur mit die Kunstgeschäft zu tun, von die Aktienhandel weiß isch nischts. *Rien du tout.*«

»Wer wird denn nun die Aktiengeschäfte weiterführen?«

»Madame Schwarzenberger, denke isch.«

»Glauben Sie, Wolter hat Ihren Chef umgebracht?«

»Die Polizei 'at das gesagt.«

»Ja, aber was glauben *Sie*?«

»Wenn die Polizei das sagt, dann glaub isch das *naturellement*. Und wer sollte sonst Yves etwas antun?«

»Ja, wer?« Ich sah ihr in die Augen, bis sie den Blick senkte.

»Isch weiß nischts«, flüsterte sie.

»Natürlich, *rien du tout.*« Ich legte einen Schein auf die Theke und stand auf. »Schade, ich hatte auf eine gedeihlichere Zusammenarbeit gehofft, Madame. Meine Empfehlung an den Herrn Professor.«

Sie schwieg zum Abschied.

***

Ich verließ die Bar durch die Halle des Ständehauses. Auf diesem Weg liegt sie tatsächlich am Kaiserteich. Draußen öffnete ich den Regenschirm, in dessen Schutz ich zur Elisabethstraße ging. Auf der anderen Straßenseite entdeckte ich eine schwarze Lexus-Limousine. Der Japaner am Steuer sah starr geradeaus, während ich am Straßenrand wartete, bis ein freies Taxi herankam. Als ich es anhielt und einstieg, folgte der Wagen. Ich ließ mich nach Hause bringen. Der Lexus rollte langsam an dem haltenden Taxi vorbei, als ich ausstieg.

Das Gefühl, ständig ein Observatorium hinter mir her zu ziehen, ging mir auf die Nerven, aber es ließ nach, als mir vor meiner Wohnungstür mein Engel wiedererschien.

Das Schwarz ihres Markus-Lupfer-Kleides passte so perfekt zum Rot ihrer Haare, dass man beinah froh sein konnte, dass sie Witwe war. Sie sah mich ernst an und schwieg, als ich sie mit einer Geste hereinbat und ihr den Mantel abnahm.

»Was verschafft mir die Ehre?«, fragte ich, nachdem sie mir durch den Wohnraum zur Bar gefolgt war.

»Ich wollte mich nach den Fortschritten Ihrer Arbeit erkundigen«, sagte sie mit einem kleinen Lächeln, »und einen Manhattan trinken.«

Ich drehte mich zum Regal um und mixte ihren Drink.

»Es gibt noch nicht viel zu berichten«, sagte ich und stellte ihr das Glas hin. »Gestern Abend hat sich jemand einen makabren Scherz erlaubt und den Mord an Ihrem Bruder persifliert ...«

»Ich habe es im Radio gehört«, sagte sie und nahm einen Schluck. »Über den Humor mancher Menschen muss man sich wundern.« Der Regen trommelte auf die Atelierfenster über uns. Sie sah hoch. »Sie haben eine schöne Wohnung. Ich liebe hohe Räume.«

»Ich bewundere Ihre Contenance«, sagte ich und schenkte mir einen Calvados ein.

»Was bleibt mir übrig? Wissen Sie ...«, ihr Blick schweifte durch den Raum, »ich könnte mich auch zu Hause vergraben, aber wem nützte das? Yves bestimmt nicht, oder Egon. Ich versuche mich abzulenken, und ehrlich gesagt«, sie warf mir ein kleines Lächeln zu, »bin ich in erster Linie deshalb hier. Vergessen wir für eine Weile das Geschäftliche.«

Ihre grünen Augen fixierten mich. Ohne den Blick zu wenden, nahm sie einen kuliminendünnen Zigarillo aus der Handtasche und führte ihn zwischen ihre Lippen. »Haben Sie Feuer?«

»Nein«, antwortete ich. Das war gelogen, aber ich hätte den Blick von ihr abwenden müssen, um unter der Bar nach dem Feuerzeug zu suchen.

»Macht nichts.« Ohne hinzusehen wühlte sie in ihrer Escada-Tasche und holte ein schweres, goldenes Benzinfeuerzeug hervor, das sie mir zuschob. Leichter Kerosingeruch verbreitete sich, als ich es anzündete und an die Spitze ihres Zigarillos hielt.

»Danke.« Der Tabak duftete aromatisch wie von einer Cohiba. »Haben Sie heute Abend schon etwas vor, Herr Kant?«

»Leider ja. Ich wollte in die Kunstakademie.«

»Ach, natürlich. Eigentlich müsste ich ja auch dorthin, aber ich fürchte, man fände das unpassend, so kurz nach ...« Sie unterbrach sich.

»Wieso müssten Sie das?«

»Nun, immerhin stellen dort drei von Yves' Klienten aus.«

»Schüler von Lothar van Wygan?«

»Ja. Yves hat sie sehr früh unter Vertrag genommen. Eine seiner Investitionen in die Zukunft.«

»Davon hat mir Madame Toussaint erzählt. Allerdings nicht von van Wygans Schülern.«

»Natalie kann sehr diskret sein.«

»Vor allem, wenn es um den Professor geht.«

»Ja. Die beiden ... mögen sich.« Sie lächelte etwas verzerrt.

»Den Eindruck habe ich auch gewonnen. Welche Beziehung bestand eigentlich zwischen Ihrem Mann und van Wygan?«

»Ach, Jo, Verzeihung, Herr Kant, ich möchte jetzt nicht darüber reden.« Mit einer unwilligen Bewegung trank sie ihr Glas leer. Erschrocken sah sie darauf. »Ich trinke zu schnell«, sagte sie dann leise.

»Möchten Sie noch einen?«

Sie nickte schüchtern, und ich mixte ihr einen etwas stärkeren.

»Sie werden doch nicht den ganzen Abend dort verbringen, oder?«, fragte sie, als ich das Glas vor sie hinstellte.

»Ich habe danach noch eine geschäftliche Verabredung.«

»Können Sie die nicht verschieben? Ich würde gern mit Ihnen essen gehen.«

»Halten Sie es für klug, sich mit mir in der Öffentlichkeit zu zeigen? Bei der Polizei gelte ich immer noch als Mitwisser oder sogar als Mittäter, und Sie dürften sich auch der besonderen Aufmerksamkeit von Hauptkommissar Fahrenbachs Leuten erfreuen, wenn ich nicht irre.«

Sie seufzte eine Spur zu theatralisch. »Ach, Sie haben ja Recht,

Jo. Ist es nicht furchtbar? Aber Sie kennen doch gewiss einen Ort, wo wir ungestört wären.«

»Wir *sind* ungestört«, hörte ich mich sagen. In meinem Hirn schrillte eine Alarmglocke, aber ich schaltete sie ab.

***

Die Sonne hatte sich gegen jede Erwartung durch die dunkelgrauen Wolken gekämpft. Ein goldenes Licht lag auf dem brauntrüben Wasser des Rheins und ließ die Bugwellen der vorbeifahrenden Schiffe aufblinken. Es war ein herrlicher Blick auf Fluss und Stadt, den die noch winterlich unbelaubten Buchen in der Wildenbruchstraße zuließen, und er gewann zusätzlich dadurch, dass ich ihn von meinem Bett aus genießen konnte, während Isabelle Schwarzenberger mir den Rücken massierte. Ihre schwarzen Seidenstrümpfe rieben an meiner Seite. Sonst trug sie nichts mehr.

»Du bist gar nicht verspannt«, sagte sie gerade.

»Sollte ich das sein?«

»Ich weiß nicht. Yves war immer verspannt.«

»Gerade hatte ich beinah das Gefühl, du hättest ihn vergessen.«

»Wie könnte ich das? Er ist doch erst zwei Tage tot.«

»Du hast nicht allzu viel Trauer spüren lassen, eben.«

»Ich war ihm nicht treu, als er noch lebte. Warum soll ich damit anfangen, wenn er nichts mehr davon hat?«

»Du hast ihn betrogen?«

»Nein. Wir führten eine offene Ehe. Anders wäre es mit ihm gar nicht gegangen.« Sie beugte sich zu meinem Ohr hinab und blies hinein. Ich verzog das Gesicht. »Müssen wir jetzt von ihm reden?«, flüsterte sie.

»Ja. Jetzt kommt der geschäftliche Teil.«

»Ist das dein Ernst?«

»Natürlich.«

Ich rollte mich unter ihr weg. Sie lachte auf und ließ sich über mich fallen. Ich spürte ihre Lippen auf meinem Brustkorb. »Eigentlich mag ich keine Männer ohne Brustbehaarung«, sagte sie.

»Auf Stahl wächst kein Gras«, brummte ich. Sie kicherte, und ich stieß meine Nase in ihre nach L'eau d'Issey und Schweiß duftende Achselhöhle. »Was hatten Yves und van Wygan miteinander zu schaffen?«

Ein scharfer Schmerz durchfuhr mich, als sie mich in die rechte Brustwarze biss.

»Ich glaube nicht, dass Lothar und Yves offiziell Geschäftspartner waren«, sagte sie. »Sie waren eher ... Freunde.«

Isabelles Fingernägel kratzten sanft aber entschieden meine Flanke hinauf. Ihre Beziehung zu van Wygan reichte also immerhin bis zum Vornamen.

»Gibt es denn überhaupt Freundschaften in der Branche?«, fragte ich und versuchte, sie auf den Rücken zu drehen. Sie wehrte sich, indem sie sich mit allen Nägeln an mir festkrallte. Ich schrie auf.

Sie lachte. »Gibt es in deiner welche?«

»Manchmal.« Ich biss in ihren Oberarm, sie revanchierte sich mit einem Kniff in meine Lende.

»Das Problem ist weniger die Branche als Lothar selbst. Er kann sehr anstrengend sein.«

»Hast du da Erfahrungen?«

Sie ließ mich los, antwortete aber nicht. Der Rücken, den sie mir zudrehte, gab mir Antwort genug.

»Madame Toussaint wird die Agentur vertreten, heute Abend«, sagte sie, als hätte ich meine Frage nicht gestellt. Sie suchte im Bett nach ihren Sachen.

»Welche der Künstler vertritt die Agentur denn?«, fragte ich und warf ihren BH weit ins Zimmer. Er blieb in den Blättern der Dieffenbachia hängen. Sie wollte aufstehen, aber ich griff ihre Hand und hielt sie fest. Aufstöhnend ließ sie sich wieder nach hinten fallen.

»Insgesamt drei«, sagte sie. »Hans-Karl Steen, ein Kölner. Er macht dieses Videozeug, was heute alle machen. Dann ein Kubaner, der sich Yaco nennt – er macht ethnologisch inspirierte Installationen –, und ein Waliser namens Oliver Swann. Der macht Filzskulpturen, ziemlich riesige. Filz kommt in Düsseldorf immer noch gut an.«

»Seide auch«, sagte ich und strich über die Innenseite ihres Oberschenkels.

»Aber ist das Kunst?« Sie führte meine Hand langsam höher.

»Man kann welche draus machen. Ich werde mir die drei Herren heute Abend mal ansehen.«

»Aber erst heute Abend«, sagte sie und verschloss meinen Mund mit ihren Lippen.

***

Friedel Hausmann stand neben der Treppe. Sein Interesse galt offensichtlich nicht der ausgestellten Kunst, sondern den sich ausstellenden Semi- und Semi-Semipromis.

»Gibt's was Interessantes?«, fragte ich und stellte mich neben ihn.

»Ja. Das Buffet. Ist aber noch nicht eröffnet.«

Im Knick des Flures stand eine Art Turm aus dunkelgrauem Filz. Er erhob sich imposante drei Meter hoch aus einer ebenfalls filzenen Hügellandschaft, in der mehrere zertrümmerte und verkohlte Küchengeräte platziert waren, dazu weit oben ein ziemlich intakt wirkender Fernseher und ein Farbeimer, am Rand lagen ein Megaphon und eine Uzi-Maschinenpistole.

»Was hat das denn zu bedeuten?«, fragte ich.

»Find mich gut, oder ich schieße«, antwortete Friedel. »Ich hoffe, sie ist nicht geladen.«

Etwas entfernt glänzten etliche rasierte Schädel im Licht einiger Strahler, die eine Skulptur beleuchteten. Sie gehörten einer Reihe junger und nicht mehr ganz junger Männer, die in ihren dreiteiligen Anzügen wie Replicas des Professors wirkten. Einige waren auffällig nervös. Weder der OB noch van Wygan waren zu sehen.

»Wann rechnest du mit den Hauptfiguren?«

Friedel warf einen Blick auf seine Uhr. »Der OB kommt gleich, wie ich ihn kenne. Bei van Wygan kann das noch dauern«, antwortete er. »Was sollte das heute Mittag am Telefon?«

»Ich habe nur ein bisschen gespielt. Van Wygan soll sich für schlauer halten, als er ist.«

»Das tut er sowieso. Was kannst du mir über ihn erzählen?«

»Er hat ein Verhältnis mit Madame Toussaint, Schwarzenbergers Geschäftsführerin. Und Schwarzenbergers Agentur vertritt drei seiner Schüler.«

Friedel sah mich an, als habe er nicht recht gehört. »Das ist alles? Ist das dein Ernst? Van Wygan hat mit jedem Rock ein Verhältnis, der ihm über den Weg läuft. Und dass Schwarzenberger seine Arbeit macht, ist auch kein Geheimnis. Ich dachte, du hast was Fettes?«

»Er hat die Toussaint mit einem Recorder zu mir geschickt, um herauszubekommen, was ich weiß. Warum sollte er das tun, wenn er ein reines Gewissen hat?«

»Van Wygan hat kein reines Gewissen. Der ist Paranoiker allererster Kajüte. Bei dem, was der sich in den Kopf pfeift, ist das auch kein Wunder. Was du mir da anbietest, ist albern, daraus kann man nicht mal einen Bindfaden drehen, geschweige denn einen Strick. Oder hast du noch was?«

»Ja«, sagte ich. »Mein Gefühl.«

»Humph«, machte Friedel und sah an mir vorbei.

Auf der Treppe unter uns begannen Blitzlichter zu zucken. Ein breites Grinsen kam die Treppe heraufgefedert, umrahmt vom zufriedenen Gesicht eines Mannes, der das Wort Selbstzweifel noch nie gehört zu haben schien. Der OB wirkte mit seinen eins fünfundsechzig wie der illegitime und deshalb leider nur bürgerliche Nachfahre eines französischen Landadligen. Er selbst ließ übrigens verbreiten, er sei eins siebzig. Die mittlerweile recht schütteren schwarzen Locken hatte er so kunstvoll nach hinten gelen lassen, dass sie fast voll und mediterran wirkten. Hinter ihm stritten Fotografen und subalterne Mitarbeiter um die besten Plätze an seiner Seite. Sein Blick streifte Friedel, und für den Bruchteil einer Sekunde wurde aus dem Grinsen ein Zähnefletschen, aber er fing sich sofort wieder.

»Kein einziger Zahn echt«, sagte Friedel, kurz bevor der Mann außer Hörweite war. Ich meinte, ein gewisses Zucken in dessen Bewegung zu bemerken.

»Er scheint dich nicht besonders zu mögen«, sagte ich

»Das beruht auf Gegenseitigkeit. Eines Tages säg ich den ab. Und wenn's das Letzte ist, was ich tue.«

»Er hat die Bullen aufgefordert, van Wygan vor mir zu schützen.«

»Jaja. Er hat sie auch aufgefordert, ihn selber vor *mir* zu schützen. Der Mann hat einfach den Schuss nicht gehört.«

»Gewählt ist gewählt«, sagte ich.

»Amen«, antwortete Friedel.

Der OB und das Gefolge stürmten in Richtung des Buffets, das schleunigst eröffnet wurde.

»Lass uns mal ein Alt holen«, sagte Friedel und steuerte auf den kleinen Uerige-Stand neben den Tischen zu. Mit professioneller Rücksichtslosigkeit pflügte er durch das Gedränge. Ich folgte in seinem Kielwasser.

Der Köbes kannte Friedel offensichtlich. Er grinste und gab ihm zwei Alt an der wartenden Schlange vorbei, sobald er in Reichweite war. Aufkommendes Gemurre quittierte er mit der Bemerkung, wenn's einem nicht passe, könne man ja zum Schumacher gehen.

Nebeneinander schlenderten wir durch den Flur und die Räume, in denen van Wygans Klasse ausstellte. Die Werke von Schwarzenbergers Nachwuchshoffnungen waren leicht zu identifizieren. Unweit des Filzturmes gab es eine Koje, in der verschiedene an Voodoo-Utensilien gemahnende Gerätschaften, darunter ein erstaunlich echt wirkender Schrumpfkopf, um eine Urne drapiert waren. »Asche« hieß das Werk. Daneben stand ein gut aussehender, kreolisch wirkender Mann, dessen dunkler Schädel sich weithin von denen seiner blassen Klassenkameraden abhob. Er diskutierte angeregt auf Spanisch mit einer kleinen Schwarzhaarigen in einem Mini, den man früher aufregend genannt hätte.

Weiter hinten, neben einer senkrecht stehenden, türgroßen und zwei Zentimeter dicken Stahlplatte, zeigte ein Großbildprojektor ein auf den ersten Blick wahlloses Hinter-, Neben- und Durcheinander verschiedenster Videosequenzen, darunter lief ein Textstreifen in einer mir fremden Sprache, und aus unsichtbar angebrachten Lautsprechern tönte halblaut unverständliches Gebrabbel. Ich sah für eine Minute zu und suchte nach dem immanenten Zusammenhang, fand ihn aber nicht. Trotzdem schien mir plötzlich, ich hätte irgendeine wichtige Information erhalten, ohne sie erkannt zu haben. Ich starrte weiter auf das Geflimmer aus Spielfilmausschnitten, Homevideos, CNN-Schnipseln und Farbeffekten.

»Komm, lass uns weitergehen«, maulte Friedel, »wenn mein Bier nicht schon leer wär, würd es hier schal werden.«

Ich trank mein Glas aus und reichte es ihm. »Dann hol doch noch mal zwei. Ich warte hier.«

»Findest du das Ding etwa gut?«, fragte er fast beleidigt und zog mit den leeren Gläsern ab.

Die Sequenzen wiederholten sich unregelmäßig. Schon dadurch war es unmöglich, festzustellen, ob man alle gesehen hatte, zudem waren viele der Ausschnitte nur Sekundenbruchteile lang.

Und wieder hatte ich das Gefühl, etwas Entscheidendes gesehen und nicht völlig registriert zu haben. Mit zusammengekniffenen Brauen stierte ich konzentriert auf die flackernde Projektionsfläche – ohne Ergebnis, bis Friedel zurückkam.

»Das scheint dir ja wirklich zu gefallen«, sagte er und reichte mir ein Alt.

»Da ist irgendwas«, murmelte ich und nahm einen Schluck.

»Meinst du die Szene da?« Friedel wischte sich Schaum von der Oberlippe.

»Welche?«

»Na ja, ist schon wieder vorbei. Die, wo der Mann am Schreibtisch erschossen wird.«

»Am Schreibtisch?«

»Ja. Ein Mann sitzt am Schreibtisch, kriegt eine Kugel in den Kopf und fällt nach vorn – Schluss. Dauert keine zwei Sekunden.«

Ich starrte minutenlang auf die Videos, aber ich konnte die Szene nicht entdecken, Friedel auch nicht.

»Vielleicht hab ich mich auch geirrt«, sagte Friedel. »In dem Geflacker.«

Einer der jungen Glatzköpfe näherte sich in Begleitung einer noch jüngeren Dame, die eifrig auf einen Notizblock kritzelte. Sie blieben neben uns stehen, er wies mit großer Geste auf die Projektionsfläche.

»Sie müssen das Ganze natürlich als *work in progress* betrachten. Mein Konzept erlaubt die Evokation des umfassend Fühlbaren, die Durchdringung des Seins, wie sie in dieser Perfektion in anderen Ausdrucksformen schlicht nicht erreichbar ist. Selbstredend bedingt die Superiorität des Gedankens ein ständiges Wachsen und Transformieren, einen infiniten Schaffensprozess als Reaktion auf die permanente Illusion, die Realität zu nennen wir übereingekommen sind.«

Die junge Frau sah ihn mit großen Augen an und nickte. Er warf noch einen langen, zufriedenen Blick auf sein Werk, dann zog er ab in Richtung Buffet. Der Blick der jungen Frau schwankte zwischen ihm und der Leinwand hin und her, nach zwei Sekunden entschied sie sich, ihm zu folgen.

»Er scheint an sein Konzept zu glauben«, sagte Friedel.

»In der Tat.« Ich trank einen Schluck von meinem langsam warm werden Alt.

Ein unterdrücktes Raunen entstand am Treppenabsatz. Van Wygan erschien. Seine Glatze überragte die Umstehenden. Zielstrebig bewegte er sich auf den OB zu, der tatsächlich einen Diener zu ihm hinauf machte. In dem Gedränge um die beiden entdeckte ich für Sekundenbruchteile auch den Kopf von Madame Toussaint.

Etwas abseits, aber nicht weit entfernt von den beiden tauchte plötzlich ein rübenförmiger Schädel auf, der so gar nicht hierher passte. Friedel hatte ihn auch entdeckt.

»Schau an, seit wann interessiert sich Arnie Koppmann für moderne Kunst? Ob er mal was anderes über dem Bett hängen haben will als diese ewigen röhrenden Hirsche?«

Meiner Meinung nach hatte Arnie allenfalls ein Dolly Buster- oder Gina Wild-Poster über dem Bett hängen.

Arnie hielt sich stets in der weiteren Umgebung des Professors auf. Unter seiner Achsel beulte sich der Anzug, den er wahrscheinlich noch bei Selbach gekauft hatte.

Der Pulk um van Wygan und den OB setzte sich in Bewegung und kam auf uns zu. An den verschiedenen Exponaten verharrte die Gruppe jeweils, um den Ausführungen des Professors zu lauschen und dann und wann in verhaltenen Applaus auszubrechen. Nur an dem Filzturm schritt van Wygan vorbei, ohne den Kopf zu wenden. Als sie die Stahlplatte erreichten, fiel sein Blick auf mich. Er richtete sich auf und starrte mir in die Augen. Ich starrte zurück. Es endete unentschieden. Mit wenig verhohlenem Ärger wandte er sich wieder seinem Publikum und der Metallplatte zu.

Er erläuterte die sich verweigernde Symbolik des scheinbar profanen Materials, das Schutz und Bedrohung zugleich sei und den zivilisatorischen Nachhall seiner Genese nicht verleugnen müsse.

Es folgten Sekunden andächtigen Schweigens, bis Friedel laut »Aha« sagte. Alle Köpfe drehten sich ihm zu, auch der zähnefletschende des Oberbürgermeisters. Die Atmosphäre bekam etwas Bedrohliches, doch kurz nachdem die Stille peinlich geworden war, gellte eine verzerrt verstärkte Männerstimme durch den Flur.

»Ladies and Gentlemen, wenn ich um Ihre Aufmerksamkeit bitten dürfte!« Ein sehr großer Mann Anfang dreißig, in Jeans und Lederjacke gekleidet und mit langen, im Nacken zusammengebundenen Haaren, stand an dem Filzturm und hielt das Megaphon vor den Mund. Er hätte besser in den »Weißen Bären« als hierher gepasst. Sein britischer Akzent war auch in dem quäkenden Klang der Flüstertüte nicht zu überhören. Die grelle Stimme stand in Kontrast zu dem riesigen, unbeholfen wirkenden Körper. Die Gruppe neben uns wandte sich um und bewegte sich auf ihn zu. Nur van Wygan blieb neben der Stahlplatte stehen. Er blickte auf den Mann mit einem Ausdruck, als sehe er einen Haufen Exkremente.

»Ich weiß, meine Damen und Herren, dass das Konzept meines Ausstellungsstückes den Herrn Professor nicht überzeugen konnte, und ich bin ihm dankbar dafür, dass er mir dennoch die Möglichkeit eingeräumt hat, es hier zur Diskussion zu stellen.«

Ein zischendes Flüstern ging durch den Saal.

»Mir gefiel's eigentlich am besten«, sagte Friedel.

»Ich möchte mein Werk ›Babel‹ heute Abend um die Facette der Performance bereichern«, fuhr der Mann fort. »Bitte jetzt das Licht etwas dimmen ...« Er senkte das Megaphon. Sein Blick fuhr durch den Raum, für Sekunden blieb er an van Wygan hängen. Der Professor schüttelte den Kopf, ohne dass der Ekel aus seinem Gesicht verschwunden wäre.

Der Mann schob das Kinn vor. Er atmete schwer, fast schien er den Tränen nahe. Das Megaphon in der Hand, stieg er den Filzhügel empor, bis er den Farbeimer neben dem Fernseher erreicht hatte. Mit einer Hand riss er den Deckel ab und schüttete hellrote Farbe auf den Filzturm. Sie lief dickflüssig in breiten Streifen hinab. Ein scharfer Lackgeruch verbreitete sich. Der Mann hob etwas, das wie eine Fernbedienung aussah, und auf dem Fernseher erschien der Kopf des Professors.

»Ich fordere«, seine Stimme drang blechern aus dem Lautsprecher, »ich fordere! Konsequenz!«

Der Bildschirm erlosch für Sekunden, dann erschien van Wygan erneut und wiederholte den Satz. Sechs- oder siebenmal rotierte die Videoschleife, während der Mann reglos neben dem Turm stand. Dann hob er das Megaphon und sprach den Text mit:

»Ich fordere ... ich fordere! Konsequenz!«

Bei jeder Wiederholung wurde er lauter, bald begann seine Stimme sich zu überschlagen. Zwischen den Sätzen herrschte jedes Mal atemlose Stille, in die so plötzlich, dass sogar ich zusammenzuckte, die grelle Stimme des echten van Wygan hineinschnitt:

»Genug!«, schrie er. »Stellen Sie das ab, Swann!«

Swann drehte ihm den Kopf zu. Er schwieg jetzt, nur der Fernseher hinter ihm wiederholte den Satz. Mit gesenktem Kopf sah er den Professor an. In seinem Blick stand etwas, das mich beunruhigte: ein verzweifelter Triumph, als habe er van Wygans Reaktion erwartet. Nicht weit von ihm entfernt entdeckte ich Steen: Sein Kopf bewegte sich hektisch. Eine Videokamera vor dem Auge, versuchte er, so viel wie möglich von den Details der Szene einzufangen.

Swann hob langsam das Megaphon:

»Genug ... ist nicht konsequent!«, kreischte er hinein, dann ließ er es fallen und hob erneut die Fernbedienung. Das Bild auf dem Fernseher verschwand, dafür begann das Gerät wilde Funken und Flammen zu sprühen. Nach wenigen Sekunden fing der feuchte Lack Feuer, das sich in Windeseile den Turm hinauffraß. Mit einem Schrei sprang Swann hinab und griff nach der Uzi.

»KONSEQUENZ!«, brüllte er mit einer Stimme, die kein Megaphon brauchte, und hob die Waffe. Van Wygan machte zwei schnelle Schritte zur Seite und verschwand hinter der Stahlplatte. Ich hielt das für eine gute Idee und brachte mich selbst hinter einer ziemlich grobschlächtigen Dame aus massivem Holz in Deckung, während vorn der immer wieder »KONSEQUENZ!« brüllende Irre das Feuer eröffnete.

Die Uzi ist eine seltsame Waffe. Sie wirkt so klein und zierlich, dass mancher sie auf den ersten Blick nicht richtig ernst nimmt. Im Film wird sie meist von muskelbepackten Schwachköpfen benutzt, die bald darauf gefahrlos von den guten Jungs mit Pumpguns umgeblasen werden. Schon der Name hat etwas Putziges, es ist der Kosename, den der Konstrukteur Uziel Gal von seiner Mutter erhalten hat. Sogar das Geräusch klingt nett: Prrrrt, prrrrt.

Das Problem entsteht dadurch, dass das Ding bei jedem »r« ein Neun-Millimeter-Geschoss heraushaut, das absolut willens und in der Lage ist, dich umzubringen.

Diese Erkenntnis begann sich schnell breit zu machen, als die Kugeln auf die Stahlplatte hagelten und Querschläger durch den

Gang pfiffen. Ich erlebte die erste Panik meines Lebens – und ich bin nicht scharf auf eine zweite. Überall fielen und stürzten Menschen, rammten sich gegenseitig zu Boden und trampelten übereinander bei dem kopflosen Versuch zu flüchten, irgendwohin, nur weg von der Waffe. Kugeln durchschlugen Fenster, Splitter hagelten in den Raum, Putz regnete von der Decke. Neben mir ging ein kleiner Mann zu Boden. Er brüllte auf, als seine Handfläche von einem Stiletto durchbohrt wurde, dessen Besitzerin ich auf knappe achtzig Kilo schätzte.

Die Menschenwelle schwappte an meiner Deckung vorbei, und immer noch feuerte Swann. Ich zog meine Kimber, blieb aber hinter meiner hölzernen Beschützerin hocken. Gegen Männer mit automatischen Waffen gibt es mehrere Taktiken: zum Beispiel die Rambo-Methode (auf ihn zurennen und sich nicht treffen lassen) oder die Terminator-Methode (langsam auf ihn zugehen und sich nichts draus machen, getroffen zu werden) – ich bevorzuge die Jo-Kant-Methode: in Deckung bleiben und warten, bis das gegnerische Magazin alle ist. Das der Uzi fasst normalerweise fünfundzwanzig Schuss. Als es eine längere Pause zwischen den Feuerstößen gab, warf ich einen Blick nach vorn: Swann hantierte ungeschickt mit der Waffe. Ich hob meine Pistole, aber als ich gerade seine Beine im Visier hatte, wurde ich von einem fliehenden fetten Mann zurückgerempelt, und das Schießen setzte wieder ein.

Der Qualm des brennenden Filzes breitete sich aus. Das Geschrei um mich herum war unbeschreiblich. Ein paar Meter weiter sah ich Arnie Koppmann hinter einem Haufen Kunst aus Metallschrott in Deckung hocken. Er hielt einen mächtigen Revolver in der Hand und trug einen sehr entschlossenen Gesichtsausdruck.

Lass es bleiben, Arnie, dachte ich noch, aber er versuchte die Terminator-Taktik.

Sie gelang nur zum Teil. Der Schuss aus seiner Kanone zerriss mir fast das Trommelfell. Ich wagte einen Blick aus der Deckung und sah, dass er ins Schwarze getroffen hatte. Swanns Gesicht war faktisch nicht mehr vorhanden. Allerdings gab er im Fallen noch einen letzten Feuerstoß ab, und Arnie wurde von mindestens einer Kugel erwischt. Im Gegensatz zu seinem großen Namensvetter schien ihm das allerdings einiges auszumachen: Er brüllte wie am Spieß, was aber im allgemeinen Getöse nicht weiter auffiel.

Die Flammen aus dem Filzturm schlugen bis zur Decke. Ein tapferer Hausmeister kämpfte sich mit einem Löschschlauch den Weg frei. Ich suchte nach einem Feuerlöscher, konnte aber keinen entdecken. Der Rauch begann, mir den Atem zu nehmen. Alles rannte, rettete, flüchtete, nur ein im Schein der Flammen leuchtender Glatzkopf bewegte sich ruhig und zielsicher durch das Chaos in Richtung Treppe. Ich hielt mir das Taschentuch vors Gesicht und kämpfte mich weiter in den Raum hinein. Friedel war nirgendwo zu sehen. Ich erreichte Arnie. Er war ohnmächtig. Ich schlug ihm mit der flachen Hand ins Gesicht. Als er nicht reagierte, verpasste ich ihm noch ein paar, so lange, bis er stöhnend zu sich kam. Mit großer Mühe gelang es mir, ihn aufzurichten und in Richtung Ausgang zu schieben. Ein paar Meter weiter stieß ich gegen Steen, der immer noch seine Videokamera vors Auge gepresst hielt.

»Raus hier!«, brüllte ich ihn an.

»Die Toten! Wo sind die Toten?«, schrie er und tastete sich in den Qualm vor. Ihn machen zu lassen schien das Einfachste.

Ich tastete mich weiter und fand den verrenkt daliegenden Körper des Oberbürgermeisters. Ich drehte ihn auf den Rücken, mit größter Vorsicht, aber das wäre nicht nötig gewesen. Er schien nicht einmal die Zeit gefunden zu haben zu fliehen; ich zählte vier Einschüsse in der Brust. Noch jetzt fletschte er die Zähne. Ich ließ ihn liegen. Durch die zerstörten Scheiben neben mir sah ich unten auf der Straße Blaulichter zucken.

Mühsam stolperte ich vorwärts. Der Rauch wurde immer dichter. Es reicht, sagte etwas in meinem Gehirn, du musst raus. Ausnahmsweise gehorchte ich meiner inneren Stimme und tastete mich vor in die Richtung, in der ich die Treppe vermutete. Ich fiel über etwas und ertastete ein Bein in einem Nylonstrumpf. Ich packte es und zerrte den Körper hinter mir her. Ich merkte, dass mir die Sinne zu schwinden begannen. Das Letzte, was ich sah, war das schwankende Licht einer Helmlampe, das auf mich zukam.

***

Als ich wieder zu mir kam, presste ein Feuerwehrmann mir eine Sauerstoffmaske aufs Gesicht, wofür ich ihm noch heute dankbar bin. Als ich die Augen aufschlug, nickte er mir ernst zu.

»Sie haben Glück gehabt«, sagte er, dann wies er mit dem Kinn neben mich. »Die leider nicht.«

Ich wandte mühsam den Kopf. Neben mir lag Madame Toussaint auf der Treppe, marmorbleich unter dem Ruß. Mein Retter drehte ihren Kopf etwas. Hinten in ihrem Schädel klaffte ein Einschuss.

»War einen Versuch wert«, hustete ich hervor.

»Na klar.« Er stand auf. »Schaffen Sie's?«, fragte er.

»Ja«, antwortete ich, bevor mir klar war, was ich eigentlich schaffen sollte.

»Dann bewegen Sie Ihren Arsch hier raus, Mann. Ich hab noch zu tun.«

Er rannte wieder zu dem Feuer hinauf. Ich zerrte mich am Geländer auf die Füße und taumelte besinnungslos abwärts, bis ich endlich eine Tür erreichte. Noch niemals habe ich mich so über Regen gefreut. Ich stand auf dem Kopfsteinpflaster der Eiskellerstraße und hielt mein Gesicht den schüttenden Tropfen entgegen.

Um mich herum rannten Feuerwehrmänner, Sanitäter und Polizisten durcheinander.

»Alles klar?«, wurde ich ein ums andere Mal gefragt, ich nickte nur und atmete, wie ich noch nie in meinem Leben geatmet hatte.

Überall flackerten Blaulichter. Laufend kamen Ambulanzfahrzeuge, die sofort mit weinenden und hustenden Menschen beladen wurden und mit gellenden Martinshörnern wieder davonrasten.

Plötzlich fühlte ich eine Hand auf meiner Schulter.

»Na, Kant? Mal wieder mitten im Desaster?« Fahrenbach blies mir den Rauch seiner Zigarette ins Gesicht, was ich als unpassend empfand. »Was ist da drin passiert? Ich krieg hier von keinem eine vernünftige Aussage. Was ist mit dem OB?«

»Der ist tot.«

»Scheiße. Gottverdammte Scheiße!« Er schleuderte seine Zigarette zu Boden. »Als ob wir nicht genug Probleme hätten.« Er fing sich wieder, aber auf seinem käsigen Gesicht wanderten hektische rote Flecke.

Noch immer keuchend gab ich ihm einen Abriss der Ereignisse bis zu Arnie Koppmanns finalem Rettungsschuss.

»Schade. Wenn der OB gerettet worden wäre, hätte unser Arnie glatt einen Orden bekommen.«

»Die Toussaint ist auch tot.«

Er bleckte die Zähne. Die Anspannung nagte an seiner beherrschten Fassade. »Hoffentlich haben wir nicht noch mehr Tote. Ein halbes Dutzend mit Schussverletzungen bis jetzt.«

»Hätte verdammt viel schlimmer kommen können«, sagte ich.

»Ja, Scheiße«, antwortete er.

»Wissen Sie, was mit Friedel Hausmann ist?«, fragte ich.

»Nein, keine Ahnung. Wer war dieser Irre, dieser Swann?«

»Fragen Sie van Wygan. Swann war einer seiner Schüler. Meines Erachtens galt das Ganze in erster Linie dem Professor. Van Wygan wird Ihnen weiterhelfen können. Falls es Ihnen gelingt, ihn gnädig zu stimmen.«

»Den stimm ich, wie's mir passt«, sagte Fahrenbach und stapfte auf den nächststehenden Streifenwagen zu. Im Gehen drehte er sich noch einmal um. »Sie bleiben hier, Kant! Ich brauche Ihre Aussage zu Protokoll«, rief er, bevor er zwischen den um Befehle bettelnden Polizisten verschwand.

Ich sah mich nach jemandem um, bei dem ich mich nach Friedel erkundigen konnte. Ein wichtig aussehender Feuerwehrmann gab Kommandos in ein Funkgerät. Ich stellte mich neben ihn, bis er das Gerät senkte.

»Was wollen Sie?«, bellte er.

»Ich suche einen Freund. Einen Schwarzen.«

»Schwarz?« Er stieß ein Lachen aus. »Schau'n Sie mal in den Spiegel, mein Herr. Schwarz!« Das Funkgerät quäkte, und er ließ mich stehen.

»Wo bringt ihr die Leute hin?«, fragte ich einen der Sanitäter, die gerade eine Trage in einen großen Rettungswagen schoben.

»Wo Platz ist, Mann! Wir haben allein vierzig mit Rauchvergiftung.« Er schob mich beiseite und rannte zur Fahrertür.

Das Handy steckte noch in meinem angekokelten Jackett und es funktionierte, aber das Netz war überlastet. Überall um mich herum standen Menschen und pressten Telefone ans Ohr. Einer von ihnen war Steen, Schwarzenbergers Videokünstler. Sein Anzug sah fast aus wie meiner. Ich ging zu ihm hin und stieß ihn an. Er glotzte blöde, erst auf mich, dann auf sein Handy, schließlich steckte er es ein.

»Was wollen Sie?«, fragte er heiser.

»Sie kannten Swann«, sagte ich.

»Ja und?« Er schob sein Kinn vor.

»Warum ist er durchgedreht?«

»Woher soll ich das wissen? Er war wohl irre.«

»Was war zwischen van Wygan und Swann?«

»Swann war nicht mehr gut. Das ist alles. Vielleicht lag es daran, dass er ein Psychopath war.« Er wollte sich wegdrehen, doch ich hielt ihn am Arm fest.

»Haben Sie Ihre Toten gefilmt?«

Er hob die Linke und zeigte mir ein verschmortes Etwas. »Vielleicht kann ich wenigstens die Bilder retten.«

»Werden Sie sie verwenden?«

»Was denken *Sie* denn?«

Er riss sich von meiner Hand los, überstieg das Absperrband und ging in Richtung Rheinufer, ohne sich noch einmal umzudrehen.

Ich machte mich auf die Suche nach einem Polizisten, der meine Aussage zu Protokoll nehmen würde, aber in dem Durcheinander zwischen den Streifenwagen interessierte sich niemand für mich, und ich beschloss, Fahrenbachs Befehl zu vergessen. Auf der Ratinger fing ich mir ein Taxi. Der Fahrer sah angewidert auf meinen Anzug, aber die Geschehnisse in der Akademie hatten sich weit genug herumgesprochen, um ihn so gnädig zu stimmen, mich nach Hause zu bringen.

***

Ich blieb sehr lange unter der Dusche und spuckte immer wieder schwarz-graue Klumpen in den Abfluss. Der Rest meines Helmut-Lang-Anzugs steckte zusammen mit meinen Alden-Schuhen in einem Müllbeutel. Als ich endlich das Gefühl hatte, wieder sauber zu sein, schlurfte ich in meinem dicksten Bademantel an die Bar und opferte den letzten Rest des Calvados der notwendigen Steigerung meines Wohlbefindens. Ich fühlte mich erledigt, zu erledigt selbst zum Harfe spielen. Also kramte ich in meinen Platten und zog »A Kind Of Blue« von Miles Davis heraus. Sie schien mir für meinen momentanen Zustand optimal. Der Diamant des Thorens senkte sich, und das kaum ahnbare Rauschen der Leerrille vor dem ersten Stück begann. Dessen Titel »So What« konnte nicht besser passen.

Man hatte mich mal wieder fast umgelegt. Man hatte mal wieder bewiesen, dass die Welt voller Scheiße war, und die Welt weigerte sich mal wieder, eine anständige Erklärung dafür abzugeben. Aber wenigstens hatte ich die Möglichkeit, den ganzen Mist in einer angenehmen Umgebung zu ertragen: »So What?«

Ich trank den Calvados aus und summte mit geschlossenen Augen Paul Chambers' groovende Basslinie mit.

Es klingelte.

Bewegungslos blieb ich sitzen, aber es klingelte noch zwei weitere Male. Ich griff zum Telefon und meldete mich an der Türsprechanlage.

Es war Arnie Koppmann.

»Was willst du?«, fragte ich.

»Mit dir reden.«

»Muss das *jetzt* sein?«

»Ich denke schon.«

Arnie dachte. Ich drückte die Taste für den Öffner und ging zum Tisch, auf dem meine Kimber lag. Mit ihr in der Hand trottete ich zur Wohnungstür, legte die Kette vor und öffnete. Durch den Spalt sah ich Arnie aus dem Aufzug treten, den linken Arm mit Verbandszeug an den Oberkörper gefesselt.

»Komm, lass mich rein, Jo«, sagte er.

»Waffe«, antwortete ich.

»Die haben die Bullen.«

Der Blick aus seinen trüben Augen nötigte mich, ihm zu glauben. Ich öffnete.

»Hast du was zu trinken?«, fragte er als Erstes, als er neben mir stand.

Ich wies ihm mit der Kimber den Weg zur Bar.

»Die Kanone kannst du ruhig einstecken. Ich tu dir nichts«, sagte er beleidigt, als er vor mir her den Wohnraum durchquerte.

»Vorsicht ist die Mutter der Porzellankiste, mein Freund. Nach deinem letzten Besuch erfüllt mich dein Anblick mit einer gewissen Skepsis. Was willst du haben?«

»Irgendwas. Einen Scotch. Dimple oder so.«

Er angelte sich einen Hocker und hievte sich hinauf. Ich steckte meine Kanone ein. Der einzige Blended in meinem Regal war ein Famous Grouse. Ich verzichtete darauf, Arnie von den Vorzügen eines Single Malt in Kenntnis zu setzen, und goss ihm einen Doppelten auf Eis ein.

»Der ist gut«, sagte er nach dem ersten Schluck.

»Was also führt dich her?«, fragte ich und setzte mich ihm gegenüber.

»Du hast mir das Leben gerettet. Ich wollte mich bedanken.«

Ich traute meinen Ohren nicht. »Hat dein Chef da nichts gegen?«

»Da kannst du einen drauf lassen, dass er das hat, Mann.« Er trank sein Glas leer und schob es mir wie selbstverständlich über die schwarze Granitplatte der Bar zu. Ich schenkte nach.

»Du musst das verstehen, Jo. Ich bin dir wirklich dankbar. Ich schulde dir was. Das hätte nicht jeder getan. Ich weiß das. Aber wenn mein Chef von mir will, dass ich dich umlege, dann muss ich dich umlegen.«

»Du musst es *versuchen*«, sagte ich.

»Ja. Und ich werde es tun. Aber ich wollte, dass du weißt, dass ich dir dankbar bin.«

Ich antwortete nicht. Arnie nippte an seinem Glas. Er sah tatsächlich verlegen aus.

»Klingt bescheuert, was?«, fragte er.

»Es *ist* bescheuert, Arnie.«

»Tja ...«

Cannonball Adderleys Altsax schnitt durch die Stille. Unbehaglich hockte Arnie mir gegenüber.

»*Wer* ist dein Boss?«, fragte ich endlich, als ich das Gefühl hatte, er krümme sich.

»Jo, bitte! Verlang das nicht von mir. Das kostet mich den Kopf.«

»Nennt er sich vielleicht ›Zerhacker‹?«

»Wie?« Er sah verständnislos auf. Er war kein guter Lügner, schon weil ein guter Lügner intelligent sein muss. Ich durfte sicher sein: Diesen Namen hatte er noch nie gehört.

»Was wolltest du eigentlich da in der Akademie, heute Abend?«

»Ich sollte dich im Auge behalten.«

»Mich? Von was solltest du mich denn abhalten?«

»Abhalten? Von was kann ich dich in der Öffentlichkeit schon abhalten? Ich sollte aufpassen, mit wem du sprichst. Und du solltest merken, dass ich dich beobachte.«

»Na, dann hast du deinen Job ja erledigt. Und warum hast du den Irren erschossen?«

»Frag ich mich auch«, brummte er und kippte seinen Whisky hinunter. »Ich wollte wohl der Held sein.«

»Warst du, Arnie. Du warst der Held.« Ich grinste.

»Scheiße. Die Bullen haben meine Magnum, und ich hab eine Kugel in der Schulter. Scheiß-Held. Aber jetzt kann ich sagen, ich hab einen umgelegt.« So etwas wie Stolz glomm in seinem Blick. »Hast du noch einen?« Er hielt mir das Glas hin, und ich goss nach.

»Okay«, sagte ich. »Du kommst her, säufst meinen Scotch aus und erzählst mir, dass du mir dankbar bist, ich mir aber dafür nichts kaufen kann. Hab ich dich da richtig verstanden?«

»Tja … ja, genau.«

»Ach, Arnie.« Ich lachte.

Er sah mich beleidigt an. »Ist doch immerhin etwas, oder?«

»Ich mach dir einen Vorschlag«, sagte ich. »Wenn du mich umlegen musst, musst du das versuchen: Okay. Aber einen Gefallen schuldest du mir noch.«

»Was willst du haben?«

»Weiß ich noch nicht, Arnie«, sagte ich. »Weiß ich noch nicht.«

Irgendwo begann ein Handy zu klingeln. Reflexhaft griff Arnie an die linke Brusttasche; dabei knallte er gegen seinen Verband und stöhnte auf.

»Das ist meins«, sagte ich. »Ich denke, wir sind fertig, oder?«

Er nickte und stand auf. »Ich find schon raus«, sagte er und kippte noch den Rest seines dritten Scotchs herunter, bevor er zur Tür wankte.

Ich fand mein Handy in der Küche bei den Müllbeuteln. Es war Frau Wolter.

»Können Sie reden?«, fragte sie.

Ich sah Arnie nach, bis er die Tür hinter sich zugeknallt hatte. »Ja«, sagte ich dann.

»Wollen Sie die Liste wiederhaben?«

Meine Brauen hoben sich. »Warum sollte ich?«

»Nun, ich dachte …« Sie klang verunsichert.

»Was haben Sie damit angefangen?«, fragte ich.

»Ich habe versucht, sie zu verkaufen. Aber vielleicht sollte ich das einem Profi überlassen.«

»Einem Profi? Halten Sie mich für einen Profi in Erpressung, Frau Wolter?«

»Nein, ich dachte nur …«

»Wem haben Sie die Listen angeboten?«

»Das tut nichts zur Sache.«

»Das tut alles zur Sache, Frau Wolter. Sie haben sich verschätzt. Sie wollten jemanden reinlegen, der ein paar Nummern zu groß für Sie ist, und jetzt haben Sie Angst. Was wollen Sie von mir? Hilfe?«

»Für fünfzigtausend kriegen Sie die Listen zurück.«

»Ich habe Kopien«, log ich.

»Das weiß ich.«

»Warum sollte ich fünfzigtausend für etwas bezahlen, das ich schon habe?«

»Sie kriegen den Code dazu.«

Wieder hoben sich meine Brauen. »Wir sollten uns treffen«, sagte ich.

***

Katjas Blick hätte kälter nicht sein können, als ich das »Mühlhaus« betrat. Ich versuchte, ihn mit einem Lächeln aufzutauen, aber es gelang mir nicht. Trotzdem ging ich durch ins Hinterzimmer. Geduldig wartete ich dort, bis sie hereingerauscht kam und mir einen kleinlich eingeschenkten Dalwhinnie vor die Nase setzte.

»Für was hältst du das hier eigentlich? Dein eigenes *speakeasy*?«, fragte sie.

»Es soll dein Schaden nicht sein, Katja«, antwortete ich und prostete ihr zu.

»Was bietest du mir an? Geld?« Ihre Nase kräuselte sich angewidert.

»Das war nicht meine Absicht.«

»Aha.«

Ich nahm einen Schluck Malt. Natürlich hätte ich ihr erklären können, dass ich vor anderthalb Stunden knapp dem Tod entronnen war und einem Helden das Leben gerettet hatte, während um mich herum alles in Schutt und Asche ging, aber ihr Ton legte fest, dass dies nicht der Zeitpunkt für Erklärungen war. »Gehen wir morgen Abend essen?«, fragte ich also.

»Nein, morgen muss ich ...« Sie unterbrach sich; ihre so wunderbar kühlen graublauen Augen verengten sich für eine Sekunde, dann nickte sie entschlossen. »Ja. Morgen. Hol mich um acht ab.«

Ich lächelte. »Ins ›Schiffchen‹?«

Ihr Zeigefinger deutete exakt auf meine Nasenwurzel. »Das ist mir egal. Von mir aus auch zu Gianni oder zu Burger-King. Hauptsache, du kommst. Morgen Abend um acht ist deine letzte Chance, Tiberius Josephus.« Sie warf mit einer Kopfbewegung ihre dunkelblonden Locken über die Schulter und rauschte hinaus. Ich lächelte ihr nach. Es gelang ihr immer wieder, mich zu beeindrucken.

Mühsam geduldig wartete ich auf Frau Wolter. Sie hatte mir versichert, in der Lage zu sein, ihre Aufpasser abzuhängen und nicht länger als dreißig Minuten ins »Mühlhaus« zu brauchen. Als ich endlich nach vorn ging, um meinen dritten Scotch zu bestellen, war sie eine Dreiviertelstunde überfällig, und mein Gefühl sagte mir, dass sie nicht mehr kommen würde. Die wahrscheinlichen Implikationen wollten mir nicht gefallen. Ich bat den Jungen hinter der Theke um das Telefon und rief Wolters Privatnummer an; es läutete, bis der Anrufbeantworter ansprang.

Katja kam aus dem Gastraum. »Na, hat sie dich versetzt?«

»Sieht so aus.« Meine Miene hielt sie von weiteren Bemerkungen ab.

»Probleme?«, fragte sie.

»Probleme.« Ich ließ den Abend Revue passieren und verzog das Gesicht. »Hast du gehört, was in der Akademie passiert ist?«

»Ja. Ein Gast hat es mir eben erzählt. War ja wohl völlig irre, die Sache.«

»Ich war da.«

Ihre Augen weiteten sich erschreckt, ganz kurz, um sich dann sofort wieder zu verengen. »Na, verletzt worden bist du ja nicht.«

Sie presste das Tablett gegen die Hüfte. »Mal wieder Glück gehabt, was, Jo?« So etwas wie ein Lächeln spielte um ihren Mund. Es sah wie Erleichterung aus.

»Du bist ungerecht«, sagte ich. »Auf die Dauer ist das Glück ...«

»... mit den Dummen«, fiel sie mir ins Wort.

»... mit den Tüchtigen, wollte ich eigentlich sagen.«

Jetzt lächelte sie tatsächlich. »Und was ist mit deiner Verabredung?«

»Ich könnte mir vorstellen, dass *sie* Probleme hat«, sagte ich.

»Kann ich dir helfen?« Ihr Blick verriet, dass sie diese Frage sofort bereute.

»Im Moment nicht«, sagte ich und reichte dem Jungen hinter der Theke einen Zwanziger. Ich winkte ab, als er nach Wechselgeld suchte.

»Morgen. Um acht«, sagte Katja und sah mir in die Augen.

»Informierst du mich, falls sie noch auftaucht?«

»Natürlich«, sagte sie, und ich hauchte ihr einen Kuss auf die Wange, bevor ich hinausging.

***

Herr Kim ließ den Wagen langsam an Wolters Haus vorbeirollen. Licht war keines zu sehen. Vor der Haustür parkte ein mit zwei Mann besetzter grauer Passat. Entweder war Frau Wolter unbemerkt entkommen, oder sie war noch drin.

»Weiterfahren?«, fragte Herr Kim.

»Ja. Biegen Sie da hinten ab und halten Sie nach hundert Metern an.«

»Ich warte hier«, sagte ich, als der Wagen zum Stehen kam. »Fahren Sie zurück und klingeln Sie, bis jemand aufmacht. Ich muss wissen, ob Frau Wolter zu Hause ist. Falls die Polizisten aus dem Passat Sie ansprechen, sagen Sie, Sie seien bestellt worden.«

»Das können die nachprüfen«, antwortete er.

»Deswegen werde ich jetzt gleich mehrere Wagen bestellen. Sie werden also nicht allein da stehen. Sollte es Probleme geben, machen Sie sich dünne und rufen mich an.«

Er nickte und grinste ein wenig. »Es gefällt mir, wie Sie arbeiten«, sagte er. »Auch wenn ich nicht weiß, um was es geht.«

»Eins nach dem anderen«, sagte ich und stieg aus.

Mit dem Handy rief ich den Taxiruf an und bestellte drei Wagen zu Wolters Haus. Dann stand ich fröstelnd im Regen und wartete. Immer wieder sah ich auf mein Handy und überprüfte den Empfang. Es hatte ein stabiles Netz, aber weder Frau Wolter noch Katja noch Herr Kim oder Friedel gaben Laut. Erstaunt stellte ich fest, dass ich leise vor mich hin fluchte, und konstatierte widerwillig eine zunehmende Nervosität und ein ziehendes Gefühl zwischen den Augen, das ich nur selten verspürte: Ich war müde. Es dauerte endlose zehn Minuten, bis die Scheinwerfer von Herrn Kims Taxi wieder auftauchten.

»Keiner da«, sagte er. »Mit den anderen drei Wagen war ein solcher Lärm auf der Straße, dass die gesamte Nachbarschaft aufgewacht ist. Nur in ihrem Haus hat sich nichts gerührt.«

»Haben die Polizisten Sie angesprochen?«

»Ja. Und die schienen ziemlich beunruhigt, dass da keiner aufgemacht hat.«

Die Bullen glaubten also, Frau Wolter sei zu Hause, und ich hatte das ungute Gefühl, dass sie richtig lagen. »Sie können nicht zufällig Polizeifunk empfangen?«

»Das ist verboten«, antwortete Herr Kim ernsthaft.

»Das ist keine Antwort auf meine Frage.«

Er öffnete die Klappe des Faches auf der Mittelkonsole und nahm einen kleinen Funkscanner heraus. Er schaltete das Gerät ein und drückte ein paar Tasten. Aus dem Lautsprecher kam Rauschen, dann eine Kennzeichenüberprüfung, eine Hilo, nichts Außergewöhnliches.

Dann ein Anruf von der Zentrale. »Düssel für Düssel 1278. Anweisung von Leiter K1: Gehen Sie rein, Gefahr im Verzug.«

»Düssel 1278 für Düssel, bitte um Bestätigung: Gefahr im Verzug?«, antwortete eine unsicher klingende Stimme.

»Bestätige: Gefahr im Verzug, Düssel 1278.«

»Kriegen wir Verstärkung?«

»Zurzeit keine weiteren Kräfte verfügbar, Düssel 1278. Hinweis auf Eigensicherung.«

»Verstanden«, war die kleinlaute Antwort.

»Soll ich Sie hinbringen?«, fragte Herr Kim.

»Was soll ich da? Verdächtig werden?«

Schweigend warteten wir, bis die Meldung kam.

»Düssel 1278 für Düssel. Das Haus ist leer. Die überwachte Person ist abgängig.«

»Verstanden, Düssel 1278«, war die lapidare Antwort, bei der es kaum bleiben würde. Fahrenbach würde Düssel 1278 noch gewaltig den Marsch blasen.

»Und jetzt?«, fragte Herr Kim.

»Mintropstraße«, antwortete ich.

***

Friedrich Piehlmann, der sich aus Imagegründen den Künstlernamen Ferrari-Freddy zugelegt hatte, saß in derselben Nische seines Ladens, in der er seit fünfzehn Jahren jede Nacht saß. Es war faktisch sein Büro. Nur zwei der anderen Nischen waren besetzt. Auf einem Fernseher hinter der Theke lief ein sehr gewöhnlicher Porno. Mehrere Damen langweilten sich an der Bar, und obwohl ich wusste, dass nicht alle demselben Geschlecht angehörten, konnte ich nicht erkennen, welche nicht echt waren. Aus den Lautsprechern dröhnte überlaut eine Abba-CD. Freddy blätterte konzentriert in einem Ordner mit Rechnungen und Belegen, eine Lesebrille auf der Nasenspitze. Sein Tisch verfügte als Einziger über eine Lampe, die diese Bezeichnung verdiente. Ihre Strahlen durchdrangen die schütter werdende, blond gefärbte Minipli und ließen seine Kopfhaut rosa aufleuchten.

Ich trat zu ihm und klopfte auf den Tisch. Ohne den Kopf zu bewegen, sah er mich an. Er wies auf den Stuhl gegenüber, und ich nahm Platz. Eine tief dekolletierte Mulattin trat zu uns an den Tisch, aber Freddy verscheuchte sie mit einer Handbewegung.

»Ich hatte früher mit dir gerechnet, Jo«, sagte er und blätterte weiter in seinem Ordner. »Du kommst wegen Egon.«

»Nein. Ich komme wegen seiner Frau.«

»Ursula? Was ist mit ihr?« Er schob den Ordner weg und stieß sich mit dem Zeigefinger die Brille von der Nase, sie baumelte an einer dünnen goldenen Kette vor seinem ausladenden Bauch.

»Ich könnte mir denken, dass sie in Schwierigkeiten ist«, sagte ich.

»Ursula war noch nie in Schwierigkeiten. Worum geht's?«

»Um ein Blatt mit Zahlen, das Egon hinterlassen hat und das jetzt jemand von ihr haben will.«

»Jemand?«

»Jemand. Wenn du nicht weißt, wer es ist, wissen wir es beide nicht.«

»Und warum *sollte* ich das wissen?«

»Sollst du gar nicht.«

»Was willst du dann hier?«

»Ich bitte um deine Hilfe.«

»Du? Mich?« Er faltete seine behaarten Pranken auf der Tischkante. Ich zählte sieben Goldringe.

»Hilfe für *sie*. Du kennst sie besser als ich, nehme ich an. Ich wusste bis gerade nicht mal ihren Vornamen. Aber ich weiß, dass sie Probleme hat. Hast du eine Ahnung, wo sie stecken könnte?«

»Glaubst du wirklich, ich würde es dir sagen, wenn ich es wüsste? Woher soll ich denn wissen, dass *du* nicht ihr Problem bist?« Sein Blick aus den wasserblauen Augen war kalt und wach.

»Das kannst du nicht. Also wirst du sie fragen müssen.«

»Dann werde ich das tun, wenn ich sie sehe«, sagte er. Seine Augen ließen mich nicht für einen Sekundenbruchteil los. Ich hatte den Richtigen gefragt: Er hatte eine kluge Antwort gegeben.

»Du sollst der Letzte gewesen sein, der Egon lebend gesehen hat«, sagte er. »Stimmt das?«

»Der Letzte hier in Düsseldorf. Er wollte jemanden in Frankfurt treffen.«

»Wen?«

»Weiß ich nicht. Er sprach von Freunden.«

Freddys Miene ließ keine Reaktion erkennen. »*Hat* er Schwarzenberger erledigt?«

»Nein. Aber er hatte es vor.«

»Ha. Unser Egon. Er hatte eine *Menge* vor in seinem Leben.«

»Weißt du irgendwas über seine Geschäfte mit Schwarzenberger?«

»Nein.« Er setzte sich vor und stützte die Ellbogen auf. Seine Hände wirkten jetzt noch riesiger. »Aber dafür gilt das Gleiche wie für Ursula. Ich werde dir nichts sagen, solange ich nicht weiß, ob ich dir trauen kann.«

»Schon klar, Freddy.«

»Was *mich* interessiert: Wer hat *ihn* erledigt?«

»Keine Ahnung. Noch nicht.«

»Sagst du's mir, wenn du's weißt?«

»Kommt ein bisschen drauf an, wer's war.«

»Verstehe.«

»Ruf mich an, wenn du sie gefunden hast oder wenn du irgendwas über Egon oder über Schwarzenberger rausfindest«, sagte ich. »Aber nur unter dieser Nummer.« Ich schrieb ihm meine Handynummer auf einen Bierdeckel.

Er steckte ihn in die Brusttasche seines Seidenhemdes. »Du hörst von mir, wenn ich mit Ursula gesprochen habe. Falls ich sie finde. Und wenn sie mir sagen sollte, dass *du* ein Problem für sie bist, dann … hörst du erst recht von mir.«

»Alles klar, Freddy«, sagte ich.

Als ich aufstehen wollte, packte er mit der Linken meinen Unterarm und hielt ihn fest.

»Du wirst es vielleicht lächerlich finden, aber Egon war mein Freund«, sagte er leise.

»Ich weiß nicht, was daran lächerlich sein sollte«, sagte ich.

Er nickte. »Ich will, dass du das weißt.«

»Ich habe verstanden, Freddy.«

Er ließ mich los, und ich machte mich auf den Weg nach Hause. Die junge Mulattin saß neben einer slawisch wirkenden Kollegin an der Bar. Sie lächelte, als ich ihr zum Abschied zunickte. Auf der Treppe konnte ich ein herzhaftes Gähnen nicht mehr unterdrücken. Die Rückbank des Mercedes schien mir noch bequemer als sonst, und ich schreckte aus einem Traum von Uzis und Seidenstrümpfen, als Herr Kim mich taktvoll vor meiner Haustür weckte.

VIER

Sechs Stunden Schlaf brauche ich selten, aber in dieser Nacht schlief ich wie ein Stein. Um sieben joggte ich am Rheinufer nach Norden bis zum Lörricker Sporthafen und wieder zurück. Nach der Dusche fühlte ich mich wie neugeboren. Ich frühstückte kurz und versuchte zum wiederholten Male, Friedel Hausmann zu erreichen, aber wie zuvor meldete sich nur sein AB. Ich holte den Quattroporte aus der Tiefgarage und fuhr zum Jürgensplatz.

Fahrenbach hatte weder gejoggt noch sechs Stunden geschlafen, und falls er sich irgendwie frisch fühlte, war es ihm nicht anzusehen.

»Drei Tote: der OB, die Toussaint und der Täter. Fünfzig Verletzte, davon acht mit Schusswunden, der Rest mit Rauchvergiftung oder durch die Panik.« Er wollte sich eine Zigarette anzünden, entdeckte aber eine halb gerauchte, die im Aschenbecher vor sich hin qualmte. »Wir haben achtunddreißig Geschosshülsen gefunden, er hatte zwei Magazine, das zweite ist er noch zur Hälfte los geworden. Wir haben tatsächlich Glück gehabt. Die meisten Schüsse hat er auf die Stahlplatte abgefeuert.«

»Dahinter stand van Wygan«, sagte ich. »Haben Sie den schon interviewt?«

»Er ist verschwunden. Bei seinen offiziellen Adressen macht keiner die Tür auf. Keiner weiß, wo er steckt. Heute schon Zeitung gelesen?«

»Hab ich mir gespart.« Ich konnte mir vorstellen, wie die Schlagzeilen aussahen. Fahrenbach zog die BILD aus dem Papierkorb.

»›Akademie-Massaker: OB tot!‹« las er vor. Resigniert warf er das Blatt zurück an seinen Platz.

»Swann könnte auch Wolter und Schwarzenberger umgebracht haben«, sagte ich.

»Schön wär's. Wir arbeiten dran. Aber …« Er verstummte

und sog den letzten Rest Rauch aus dem Stummel zwischen seinen Fingern.

»Sprechen Sie doch weiter.«

Er kniff die Augen zusammen, bis sie von den vorgelagerten Fettwülsten fast versteckt wurden.

»Ich werde den Teufel tun und mich vorzeitig festlegen«, blaffte er. »Nicht mal Ihnen gegenüber. Wieso sind Sie gestern Abend nicht dageblieben, wie ich Ihnen gesagt habe?«

»Ich muss unter Schock gestanden haben, Herr Hauptkommissar.«

»Natürlich.« Er winkte ab und fummelte eine Zigarette aus der Packung. »Haben Sie was von Friedel Hausmann gehört?«

»Er geht nicht ans Handy.«

»In den Krankenhäusern ist er auch nicht. Wenn er auftaucht, soll er sich melden. Gehen Sie nach nebenan und suchen Sie sich jemanden, der Ihre Aussage aufnimmt.«

Ich stand auf.

»Ach übrigens«, sagte Fahrenbach, als ich schon an der Tür war, und sein Ton verriet mir, dass er nicht ohne Absicht gewartet hatte, bis ich stand. »Pollacks alter Freund Freddy hat gestern spät bei ihm angerufen. Er wollte wissen, ob und was Sie mit Wolter und seiner Witwe zu schaffen haben. Pollack hat ihm gesagt, dass wir das auch gern wüssten«, fuhr er fort und verkniff sich nur halbherzig ein böses Grinsen. »Sie wissen, dass die Wolter verschwunden ist, Kant?«

»Ja«, sagte ich. Es hatte kaum Zweck, das zu leugnen. »Ich war gestern Abend mit ihr verabredet. Sie ist nicht gekommen. Am Telefon schien sie besorgt, deshalb habe ich mich bei Freddy nach ihr erkundigt.«

»Warum wollten Sie sich treffen?« Sein Blick war lauernd.

»Sie hatte Informationen für mich, sagte sie.«

»Welcher Art?«

»Das weiß ich nicht.« Was der Wahrheit sehr nahe kam.

Er starrte mich an wie die Schlange eine Ratte, von der sie weiß, dass sie zu groß ist. »Ich erwarte, dass Sie uns informieren, wenn die Wolter Kontakt mit Ihnen aufnimmt.«

»Ernsthaft?«, fragte ich.

Er verzog keine Miene. »Hauen Sie ab, Kant«, sagte er.

***

Den Rest des Vormittages verbrachte ich auf dem Präsidium. Bald ein halbes Dutzend Mal schilderte ich die Ereignisse vom Vorabend, den Brandermittlern, den Mordermittlern, irgendwelchen sonstigen Ermittlern und den Psychoermittlern, bis sie sicher waren, jedes Detail aus mir herausgekitzelt zu haben.

»Macht ihr euch auch solche Mühe, wenn ihr *nicht* wisst, wer es war?«, fragte ich einen von ihnen zum Abschied.

»Worauf Sie einen lassen können«, bekam ich zur Antwort. Ich schien seinen Sinn für Humor verfehlt zu haben.

In der Halle wartete ein ganzer Pulk Reporter auf uns Augenzeugen. Zwei von ihnen musste ich handgreiflich abwehren, um aus der Tür zu kommen. Als ich endlich wieder in meinem Wagen saß, hing eine Knolle am Scheibenwischer. Der Parkschein war abgelaufen. Ich versuchte, mich nicht darüber zu ärgern, mit dem eigenen Wagen in die Stadt gefahren zu sein, und machte mich auf den Weg in die Immermannstraße zum Restaurant »Kio«. Mir blieb genug Zeit, mich dort umzusehen, selbst wenn ich die Parkplatzsuche mit einkalkulierte.

Tatsächlich fand ich eine Lücke in der Klosterstraße. Ich schlenderte die Immermannstraße hinunter und besah mir sämtliche Schaufenster und Restaurant-Menüs, wobei ich hauptsächlich auf das Spiegelbild der Straße hinter mir achtete, aber ich konnte keine Beschattung entdecken. Der von dunklem Kupfer überdachte Eingang und das braun gerahmte Fenster, in dem japanisches Geschirr und rätselhafte Küchenutensilien ausgestellt waren, gaben dem »Kio« die Anmutung eines in den Siebzigern gestalteten Beerdigungsinstitutes. Neben dem Eingang war eine Toreinfahrt. Ich ging hindurch und fand mich in einem kleinen Innenhof wieder, in dem die Eingänge zu ein paar Büros lagen.

Ich probierte die Türen, eine war offen und führte in ein Treppenhaus. Zwei kleine Fenster neben der Abluftanlage schienen zu den Toiletten des »Kio« zu gehören. Ich verließ den Hof wieder und platzierte mich auf der anderen Straßenseite.

Es war wenige Minuten vor eins, als ein schwarzer Lexus vor dem Eingang hielt. Tokohiro entstieg dem Fond und betrat das Restaurant. Der Wagen verschwand in Richtung Jan-Wellem-Platz. Ich wartete, aber niemand tauchte in meinem Gesichtsfeld auf, der irgendwie verdächtig wirkte. Ich überquerte die Straße und betrat das »Kio«.

Die Begrüßung des Geschäftsführers war japanisch höflich. Man bedeutete mir, meine Schuhe gegen bereitstehende Slipper zu tauschen, und führte mich in den hinteren Bereich des Restaurants. Hinter einer offenen Schiebetür fand sich ein mit Tatamimatten ausgelegter Raum. An den hellen Wänden hingen große Tuschezeichnungen. Durch ein Papierfenster fiel weißes Licht in den Raum.

Der Ober verbeugte sich und verschwand.

Doktor Tokohiro saß im Schneidersitz an einem niedrigen Tisch. Er erhob sich von seinem Polster und deutete mit ernster Miene eine Verbeugung an. Nach allem, was ich über japanische Höflichkeit wusste, wertete ich dies in etwa wie eine Ohrfeige.

»Vielleicht belieben Sie, Platz zu nehmen, Kant San.«

Ich hoffte, wie in anderen japanischen Restaurants unter dem Tisch eine Grube für die Beine der ungelenken Langnasen zu finden, aber ich wurde enttäuscht. Tokohiro gedachte nicht, Kompromisse zu machen, nur um mich das Gesicht wahren zu lassen. Etwas mühsam brachte ich mich in Position. Der Ober erschien mit einer Karaffe und Gläsern. Er schenkte uns ein.

»Bei wichtigen Gesprächen trinke ich gern Wasser«, sagte Tokohiro. »Wünschen Sie etwas anderes zu trinken?«

»Nein danke.«

»Die Kabayaki-Gerichte hier sind empfehlenswert.«

»Dann hätte ich gern ein Unadon«, sagte ich.

Tokohiro sagte etwas auf Japanisch. Erneut verbeugte sich der Ober und verschwand. Dieses Mal schloss er die Tür hinter sich.

Tokohiro nahm einen winzigen Schluck Wasser. Dann hob er sehr langsam den Blick.

»Sie haben einen guten Ruf in der Stadt – für einen Privatdetektiv«, sagte er und stellte das Glas wieder ab.

»Man hat schon weniger elegant versucht, mich zu beleidigen«, antwortete ich. »Wir schulden uns gegenseitig ein paar Erklärungen, aber ich hoffe, dass wir zu einer Verständigung kommen werden.«

»*Eine* Erklärung möchte ich Ihnen sofort abgeben. Meine Landsleute beklagen einen eklatanten Mangel an Höflichkeit bei mir, den sie auf meinen ungewöhnlich langen Aufenthalt in Ihrem Land zurückführen. Hinter meinem Rücken nennt man mich wohl einen Barbaren. Aber es gibt natürlich Gründe für eine solche Veränderung eines mühsam erlernten Verhaltens: Ich habe festgestellt, dass die wenigsten Europäer unsere Verhandlungsweise zu würdigen wissen. Das wiederum beruht auf Gegenseitigkeit. Lassen Sie uns also einfach in medias res gehen.«

»Gerne. Wer und was sind Sie, Tokohiro San?«

Jetzt erschien tatsächlich ein Lächeln auf seinem Gesicht. »Nun, ich denke, was die Erklärungen angeht, liegt die Bringschuld doch zunächst bei Ihnen, Kant San.«

»Da bin ich mir nicht sicher. Aber gewiss können Sie aus einer besseren Position Forderungen stellen.«

»Ich sehe, wir verstehen uns. Sie haben mich überwacht, ich vermute stark, im Auftrag von Cornelia Freifrau zu Spee-Lörickendorff, Ihrer ehemaligen Harfelehrerin – und wohl auch ehemaligen Geliebten –, zu der ich ein besonderes Verhältnis pflege. Sie ist eine reizende Person und wirkt auf mich ausgesprochen anziehend – eine Einschätzung, die Sie vermutlich früher einmal geteilt haben. Leider ist sie über die Maßen misstrauisch und eifersüchtig.«

»Grundlos, selbstverständlich«, warf ich ein.

»Grundlos eifersüchtig, nicht grundlos misstrauisch. Sehen Sie, Herr Kant, wie die meisten Männer bin ich vor einer gewissen Eitelkeit nicht gefeit. Es schmeichelt mir durchaus, mich von einer so attraktiven und um so viel jüngeren Frau wie Cornelia begehrt zu fühlen, und die Vorstellung bereitet mir Sorgen, sie wüsste von der jungen Dame, die Sie am Golfplatz gesehen haben.«

»Ich verstehe.«

»Das bezweifle ich. Cornelia sieht in mir wohl einen reifen Mann, aber doch keinen Großvater. Yoko ist meine Enkelin.«

»Aha«, sagte ich. »Ein netter Name.«

»Mein Schwiegersohn ist seit frühester Jugend Fan der Rolling Stones. Und er hat einen etwas eigenwilligen Humor ...«

»Verstehe.«

»Sie werden das natürlich überprüfen.«

»Selbstverständlich werde ich das.«

»Und ich hoffe, dass Sie Cornelia von meiner Treue zu ihr überzeugen können.«

»Ohne ihr von Ihrem Familienstand zu erzählen, nehme ich an.«

»Das würde mich freuen. Aber glauben Sie bitte nicht, mit diesem Pfrund wuchern zu können, Herr Kant.«

»Das habe ich nicht vor.«

»Natürlich haben Sie das. Sie sind ein Mann, der sein Wissen gewinnbringend einzusetzen versteht. Das ist schließlich Ihr Beruf. Aber jetzt ist Ihnen ein nicht unerheblicher Teil Ihres Wissens abhanden gekommen.«

Es klopfte an der Schiebetür, und zwei Bedienungen in Kimonos brachten zwei Teller mit Zensai. Sie stellten sie vor uns ab und zogen sich lautlos zurück.

Die Tür wurde wieder geschlossen.

»Was hat Sie bewogen, sich mein Wissen anzueignen?«, fragte ich.

Er griff mit den Stäbchen nach einem Maguro-Sushi. »Ich kann akzeptieren, dass Sie versuchen, für Cornelia mein Liebesleben zu überwachen. Ihre Fragen nach der Schießerei vom Montag aber berühren meine geschäftlichen Interessen. Und ich kann nicht riskieren, dass Sie mir in die Quere kommen, Kant San.«

Ich entschied mich für den Ingwer. »Die Schießerei gehörte also zu Ihrem Geschäft?«

»Das habe ich weder gesagt noch gemeint. Sie berührte meine Interessen. Mehr kann ich Ihnen dazu nicht sagen, zumindest nicht zu diesem Zeitpunkt. Das mag sich ändern.«

»Ihr Büro liegt also nicht *zufällig* im gleichen Gebäude wie Schwarzenbergers«, stellte ich fest.

Er antwortete nicht.

»Solange Sie mir jede Auskunft verweigern, kann ich nicht wissen, ob oder wobei ich Sie stören könnte.«

»Das kann ich Ihnen nicht glauben. Sie sind in Besitz einiger sehr erstaunlicher Informationen. Brisant könnte man sie auch nennen. Einer meiner Mitarbeiter hat sein Leben riskieren müssen, um an diese Informationen zu gelangen. Und jetzt finden wir eine Kopie davon bei Ihren Steuererklärungen. Vermute ich richtig, dass sie von Wolter stammt?«

»Warum sollte ich Ihnen das bestätigen?«

»Weil Sie Ihre Festplatte wiederhaben und sich weitere Unannehmlichkeiten ersparen möchten. Das nehme ich jedenfalls an.«

»Unannehmlichkeiten sind nichts, womit Sie mich erschrecken könnten. Ärger kann *ich* Ihnen auch machen. Ich weiß meine Situation einzuschätzen, Tokohiro San. Aber ich bin nicht bereit, mit Ihnen zu kooperieren, solange ich nicht weiß, wer Sie sind, was Sie vorhaben und für wen Sie arbeiten.«

Er nickte lächelnd und begann konzentriert, einen kleinen frittierten Krebs zu zerlegen. Zum ersten Mal kam er mir wirklich wie ein Japaner vor.

»Vielleicht haben Sie Recht. Wir könnten vielleicht sogar zu einer konstruktiven Zusammenarbeit kommen, wenn wir einander ein wenig vertrauen würden.«

»Gut möglich. Aber wer von uns beginnt mit dem Vertrauen?«

»Ich denke, Sie. Sie sind in der schlechteren Lage.«

»Umso mehr würde mich ein Entgegenkommen beeindrucken.«

Er führte die Stäbchen zum Mund und kaute nachdenklich.

»Natürlich, das ist verständlich«, sagte er nach einer Weile. »Ich werde Ihnen sagen, was ich über Sie weiß und was ich vermute. Ich weiß, dass Sie Wolter nach Frankfurt gefahren haben. Ich weiß, dass seine Frau mit Ihnen telefoniert hat. Ich vermute, dass Sie sie getroffen haben und dass Sie von ihr das Blatt mit den Zahlen erhalten haben. Ich vermute weiterhin, dass Sie keine Ahnung haben, was es damit auf sich hat, aber Sie halten es für möglich, dass die Zahlen mit Schwarzenbergers und Wolters Ableben in Zusammenhang stehen.«

»Und? Stimmt das?«

Tokohiro nahm einen Schluck Wasser und sah mir in die Augen. »Ich weiß es nicht«, sagte er.

»Die Listen sind wertlos für den, der sie nicht entschlüsseln kann. Haben Sie den Code, Tokohiro San?«

»Haben *Sie* ihn?«

Ich antwortete nicht. Er ließ sich nicht auf ein Starrduell ein, bedächtig griff er mit seinen Stäbchen nach einem Pfau aus Eischaum.

»Wie Sie sehen, kommen wir so nicht weiter«, sagte er, nachdem er mit einem Schluck Wasser nachgespült hatte.

»Was befürchten Sie von mir? Warum glauben Sie, ich hätte Ihnen gegenüber irgendwelche schlechten Absichten? Ich habe noch nicht einmal gute. Solange ich nicht weiß, worum es geht –«

»– richten Sie keinen Schaden an«, unterbrach er mich. Mit gerunzelter Stirn studierte er eine der Tuschezeichnungen. Ich bemerkte, dass er gegen seinen Ärger kämpfte. »Verzeihen Sie, dass ich Ihnen ins Wort gefallen bin«, sagte er nach einer Weile.

Es klopfte, und die Schiebetüren öffneten sich. Die kimonotragenden Damen ersetzten lächelnd die Vorspeisenteller durch Schalen mit Shiru-Suppe und verschwanden wieder.

»Ich kann Ihre Ansicht nicht teilen, Tokohiro San. Unwissend könnte ich Schaden anrichten, der sonst zu vermeiden wäre.«

Nachdenklich rührte er mit dem Porzellanlöffel in seiner Suppe. »Wir haben ein professionelles Problem miteinander.« Er sah auf. Die Falten um seine Augen machten seinen ernsten Blick freundlich. »Professionell, durchaus nicht persönlich. Ich mag Sie, Kant. Aber ich kann Ihnen nicht trauen. Die Interessen unserer Klienten … divergieren zu stark.«

»*Unserer* Klienten? Von wem reden Sie? Cornelia?«

»Aber nein.« Leise lachte er auf und nahm einen Löffel Suppe. »Probieren Sie. Sie ist köstlich.«

»Welche Art Klienten betreuen Sie denn, Tokohiro San?«

»Ähnliche wie Sie. Wir sind Kollegen, Kant San. In Deutschland würde man mich wohl einen Privatdetektiv nennen.«

Ich ließ meinen Löffel in die Suppe fallen. »Wieso sollte ich Ihnen das glauben?«

»Wieso nicht? Wofür halten Sie mich denn? Einen Gangster?« Ungerührt aß er weiter.

»Das kommt der Sache näher, als es Privatdetektiv tut.«

»Ich bedaure Ihr Misstrauen, auch wenn ich es nachvollziehen kann. Aber für was immer Sie mich halten – richtig ist: Wir stehen bei dieser Sache auf verschiedenen Seiten.«

»Ich suche den Mörder von Schwarzenberger und Wolter. Wenn Sie dabei auf der anderen Seite stehen, haben wir tatsächlich ein professionelles Problem.«

Erneut klopfte es, doch dieses Mal erschien keine Bedienung. Ein Japaner in einem blauen Boss-Schurwolle-Anzug und hellblauen Hemd betrat den Raum. Ich schätzte ihn auf etwa vierzig. Er verbeugte sich leicht vor mir, dann trat er neben Tokohiro und flüsterte etwas in sein Ohr. Tokohiros Miene blieb völlig bewegungslos. Er entließ den Mann mit einem Nicken und blickte starr in seine Suppenschüssel.

»Noch mehr professionelle Probleme?«, fragte ich.

Der Satz schien ihn nicht zu erreichen. Endlich sah er wieder auf.

»Sie wissen, dass Frau Wolter verschwunden ist«, stellte er fest. »Wir vermuten, dass sie im Besitz des Codes ist. Stimmt das?«

»Darauf werde ich Ihnen nicht antworten.«

»Das dachte ich mir. Aber es spielt keine Rolle. Diejenigen, die sie haben, werden es herausfinden.«

»Wer ist das?«

»Gangster, fürchte ich. Wir hatten gehofft, Frau Wolter zu finden, aber wie mir mein Mitarbeiter gerade mitteilte, war sie nicht an dem Ort, wo wir sie vermuteten. Wir müssen von vorn anfangen.« Er erhob sich. »Ich bin untröstlich, Kant San, aber es ist mir nicht möglich, unser Beisammensein fortzusetzen. Die Pflicht ruft, wie man auf Deutsch sagt. Ich möchte Sie bitten, Ihr Mahl in aller Ruhe zu beenden. Die Rechnung werde selbstverständlich ich übernehmen. Verzeihen Sie meine Unhöflichkeit. Ihre Festplatte wird man Ihnen beim Verlassen des Restaurants aushändigen. Wenn Sie möchten, werden meine Mitarbeiter sie wieder installieren.«

»Nein, vielen Dank«, sagte ich.

»Wie Sie wünschen, Kant San.« Er verließ rückwärts den Raum und verbeugte sich dabei mehrmals.

Nicht schlecht für einen Barbaren, dachte ich. Er hatte mir eine Menge zu denken gegeben. Und eine Menge zu denken hatte ich schon, bevor ich hierher kam. Cornelias kleiner Auftrag begann, sich zu einem undurchdringlichen Gestrüpp auszuwachsen; ihre Besorgnis um Tokohiro und seine düstere Stimmung hatte mich mitten in einen zweifachen Mordfall geworfen.

Ich beschloss, auf den gegrillten Aal zu verzichten. Ohnehin war mir eher nach einem Scotch.

***

Der Verkehr war so dicht, dass ich fast eine Dreiviertelstunde bis Meerbusch brauchte. Ich hielt vor Schwarzenbergers Villa. Sie lag, gemeinsam mit einem halben Dutzend ähnlich großer Häuser, in einer schmalen, von kleinen Linden gesäumten Allee. Die Straße war ruhig, in den noch kahlen Ästen der Bäume zwitscherte eine Amsel. Ich parkte vorschriftsgemäß halb auf dem Bürgersteig. Ein startendes Düsenflugzeug dröhnte über mich hinweg, als ich ausstieg.

Gemauerte Säulen trugen die Eingangstür und die Torflügel der Einfahrt. Neben der Tür hing eine Sprechanlage mit Videokamera und der Sticker einer Securityfirma. Ich klingelte zweimal, aber niemand antwortete. Ich schlenderte zur Einfahrt. Hinter dem Gittertor zog sich ein weißer Kiesweg zu einer beachtlichen Doppelgarage. Ihre Tore standen offen, sie war leer.

Ich sah mich um. Das Grundstück war umgeben von einem fast zwei Meter hohen Zaun, schmiedeeisern, mit vergoldeten, blattförmigen Spitzen. Auf der Straße war kein Mensch zu sehen, hinter den Fenstern des Hauses gegenüber konnte ich ebenfalls keine Spuren von Leben entdecken. Die Mauersäulen waren genauso hoch wie der Zaun. Ich zog meine Handschuhe straff, nahm drei Schritte Anlauf und stemmte mich rauf. Noch einmal sah ich die Straße entlang, immer noch war ich allein. Ich sprang hinunter auf den Rasen und schaffte es, mir nicht den Fuß zu verstauchen.

Das Haus war groß, ich schätzte es auf vierhundert Quadratmeter Grundfläche. Die Architektur stammte aus den Sechzigern, das Dach war asymmetrisch gestaltet, und die Gauben schwangen sich in eleganten Bögen über die Fenster des Dachgeschosses. Die weißen Mauern wurden zum großen Teil von Rhododendren und Robiniensträuchern verdeckt, denen ein Schnitt gut getan hätte. Der Fußweg war von einer niedrigen Buchsbaumhecke eingefasst. Weiter hinten im Garten begannen sich die ersten Weidenkätzchen zu öffnen.

Die Eingangstür aus hellem Holz war oben rund, daneben befand sich ein kreisförmiges bleiverglastes Fenster, wie die meisten anderen mit einem schmiedeeisernen Gitter versehen. Neben der Tür hing der Schlüsselschalter einer Alarmanlage. Eine gelbe und eine rote Diode leuchteten: eine Störungsmeldung. Als ich näher an die Tür herantrat, entdeckte ich, dass sie nur angelehnt war. Ich zog meine Pistole. Das Haus schien still, doch dann drang ein leises, rhythmisches Quietschen aus dem Türspalt, es schien von weit her zu kommen.

Gebückt pirschte ich unter den Fenstern her zur Rückseite des Hauses. Verandatür und Fenster waren verschlossen, bis auf ein schmales im ersten Stock. Ich spähte durch das darunter liegende Fenster, im Raum dahinter war niemand zu sehen. An dem Fenstergitter kletterte ich so leise wie möglich nach oben, bis ich die Bank des schmalen Fensters erreichen und mich hineinziehen konnte. Ich gelangte in ein kleines WC. Vorsichtig öffnete ich die Tür einen Spalt weit und lauschte. Das Quietschen war hier nur sehr leise vernehmbar, es musste aus dem Erdgeschoss kommen. Ich griff nach der Klobürste, legte ein Gästehandtuch darüber und hielt das Ganze in Kopfhöhe aus der Tür. Nichts passierte. Ich entsicherte die Kimber und lugte in den Flur, der vor der Tür lag. Gedämpftes Tageslicht fiel durch zwei Buntglasfenster an seinen Enden. Kein Mensch war zu sehen, doch offensichtlich war jemand hier gewesen, der nicht hierher gehörte. Möbel waren umgeworfen oder verrückt; große Ölbilder lehnten unter ihren Haken an den Wänden. Ich trat in den Flur. Die Tür des nächsten Zimmers stand offen, auch hier waren die Möbel verschoben, ein Regal umgestürzt, der Inhalt auf dem Boden verstreut. Ich schlich weiter den Gang entlang. Rechter Hand führte eine Treppe in die Halle hinunter. Das Quietschen kam von dort. Unten war niemand zu sehen, doch am Treppenabsatz lag ein umgestürztes Sofa.

Mein Gefühl sagte mir, dass das Haus leer war, aber ich hielt die Pistole oben, als ich die Treppe hinunterging und die Halle durchquerte. Sie war im selben Zustand wie die Zimmer oben. Das Quietschen kam aus der nächsten Tür, sie war angelehnt. Die Waffe in der Rechten drückte ich die Tür etwas auf. Nichts geschah, ich betrat den Raum. Helles Licht fiel durch die Fenster gegenüber. Der Raum war groß und durchwühlt wie die anderen. Auf dem Parkettboden, vor einem riesenhaft wirkenden Kirschholz-Schreibtisch, lag ein großer dunkler Perserteppich und in dessen Mitte ein Dobermann. Er hatte einen Einschuss im Brustkorb, und aus seinem Maul drang bei jedem Zug das Quietschen seines Atems.

Der Hund war bewusstlos, zumindest nahm er mich nicht wahr, obwohl seine Augen offen standen. Meine Aversion gegen Hunde ging nicht so weit, dass mich der Anblick kalt ließ, aber es gab im Moment keine Möglichkeit, dem Tier zu helfen. Das Quietschen wurde immer schwächer.

Plötzlich knirschten draußen Reifen über den Kies der Einfahrt. Vom Fenster aus war die Einfahrt nicht einzusehen. Eine Autotür klappte, und schnelle Schritten klackten auf den Fliesen vor der Haustür. Durch die halb geöffnete Zimmertür beobachtete ich den Eingang. Die Schritte stoppten, als sie die angelehnte Haustür erreicht hatten. Nach einer Weile wurde sie langsam aufgedrückt.

Isabelle Schwarzenberger betrat den Wohnraum, eine große Aigner-Softbag hing über ihrer Schulter, in der Hand hielt sie einen kleinen, silbern schimmernden Revolver. Sie besah das herrschende Chaos, aber ihre Reaktion beschränkte sich auf ein leichtes Kopfschütteln.

»Tarko!«, rief sie plötzlich. »Tarko, wo steckst du?«

»Der Hund ist hier«, sagte ich, ohne die Tür weiter zu öffnen. Der Revolver fuhr herum und zielte in meine Richtung. »Ich bin's, Isabelle, Jo Kant. Nimm die Waffe weg.«

Ruhig kam sie auf mich zu, der Lauf des Revolvers sank um keinen Zentimeter. Vor der Tür blieb sie stehen und fixierte mich.

»Was machst du hier?«, fragte sie.

»Sei so lieb und ziele woanders hin, bitte«, antwortete ich, doch der Lauf blieb auf mich gerichtet.

»Was ist mit Tarko?«, fragte sie.

»Er ist verwundet. Jemand hat auf ihn geschossen.«

»Jemand? Wer?«

»Ich weiß es nicht. *Ich* war's nicht.«

»Was machst du hier?«, wiederholte sie.

»Ich wollte dich besuchen, aber jemand ist mir zuvorgekommen.«

»Gib mir deine Waffe.«

Ich sicherte die Kimber, dann öffnete ich die Tür ganz und hielt ihr die Pistole am Lauf hin. Sie nahm sie mit der Linken, ohne dass ihr Revolver sein Ziel gewechselt hätte.

»Geh von der Tür weg.«

Ich ging rückwärts in das Zimmer hinein.

»Zum Fenster«, kommandierte sie.

Ich folgte gehorsam.

Sie beugte sich über den Hund. Er reagierte nicht, sein Atem war kaum noch zu vernehmen.

»Er braucht einen Tierarzt«, sagte ich.

»Der dürfte zu spät kommen«, antwortete sie und steckte die Kimber in ihre Tasche. Sie kniete sich neben Tarko und streichelte mit der Linken über seinen Rücken, er hob die Schnauze ein bisschen und stieß ein leises, klagendes Winseln aus. Dann sank sein Kopf zu Boden; ein letztes Quietschen endete in einem Seufzer. Isabelle stand auf und sah mich frostig an.

»Wie bist du hier reingekommen?«, fragte sie.

»Die Tür war offen«, sagte ich, um die Sache abzukürzen.

»Das Tor war zu.«

»Ich bin rübergeklettert.«

»Ist das dein übliches Vorgehen bei Besuchen?«

»Was soll die Fragerei, Isabelle? Glaubst du, *ich* hätte dem Hund das angetan?«

»Wenn Tarko dich gestellt hätte, wäre dir gar keine andere Wahl geblieben.«

»Ich habe nicht geschossen. Du hast meine Waffe, es fehlt keine Kugel. Du kannst auch dran riechen, wenn du willst.«

Tatsächlich nahm sie die Kimber heraus und führte die Mündung an ihre Nase. Dann nickte sie. Endlich senkte sie den Revolver, den Hahn aber ließ sie gespannt.

»Sag mir, warum du hier bist, Jo.« Ihre grünen Augen funkelten.

»Ich war neugierig. Das ist mein Beruf.«

»Du sollst Yves' Mörder finden. Warum schnüffelst du dann *hier* herum?«

»Ich hatte das Gefühl, nicht alles zu wissen, was ich wissen sollte. Und dem Augenschein nach lag ich damit nicht falsch.«

»Was hat ein Einbruch mit dem Mord an Yves zu tun?«

»Ja, was? Erklär's mir, Isabelle.«

»Wieso sollte ich das können?«

»Das ist kein Zufall, so kurz nach Yves' Tod. Ist etwas gestohlen worden?«

Sie zuckte die Achseln. »Das wird sich herausstellen.«

»Oben hat man Bilder abgenommen und dann stehen lassen. Eins sah mir verdammt nach einem Picasso aus.«

»Er wäre versichert gewesen«, murmelte sie.

»Lass uns nachsehen, was fehlt. Und wenn ich einen Vorschlag machen darf, sollten wir bei der Bar beginnen.«

Sie beugte sich noch einmal zu Tarko hinunter und streichelte ihm sanft über den Kopf. »Einverstanden«, sagte sie endlich.

Ich folgte ihr in eines der Nachbarzimmer. Auch hier waren alle Möbel verschoben oder umgestürzt. Eine Ecke wurde von einem breiten, schnörkellosen Kamin eingenommen, daneben befand sich die Bar. Die Flaschen in dem Glasregal dahinter waren unberührt – die Einbrecher waren keine Vandalen.

»Scotch?«, fragte Isabelle. Ich entdeckte eine halb volle Flasche Oban im Regal und stimmte zu.

Sie schenkte mir ein und mixte sich selbst einen sehr trockenen Wodka-Martini.

»Ich frage mich, nach was man hier gesucht hat. Habt ihr einen Safe?«

»Natürlich.«

Den Martini in der Rechten ging sie aus dem Zimmer, den Revolver ließ sie zu meiner Erleichterung auf der Bar liegen.

Der Safe befand sich im Nebenzimmer, versteckt hinter einem schwenkbar aufgehängten Gemälde. Es stand von der Wand ab, die Einbrecher hatten den Safe also entdeckt.

»Er scheint mir unberührt«, sagte Isabelle.

Ich betrachtete das Bild: Es war ein in verschiedenen Techniken gemalter Stilmix unterschiedlichster Epochen, von Renaissance bis Postmoderne. Links unten war es auffällig signiert: »vanLwygan« stand dort übergroß.

»Ist der echt?«, fragte ich.

»Natürlich. Yves besitzt nur echte Bilder.«

»Heutzutage kann man da nie wirklich sicher sein«, sagte ich.

»Ein Bild, das Yves gekauft hat, ist echt. Schon weil Yves es gekauft hat«, sagte sie. Den Martini in der Hand ging sie zum Fenster. Kühl und beherrscht stand sie dort und sah in den Garten hinaus. Ich trat leise zu ihr und berührte sanft ihren Oberarm; sie fuhr herum. Für Sekundenbruchteile bröckelte ihre Fassade, aber sie fing sich sofort wieder.

»Wirst du die Polizei verständigen?«, fragte ich.

»Natürlich nicht. Dass gerade du mir das vorschlägst ...« Sie schüttelte den Kopf und nahm einen Schluck von ihrem Martini.

»Wenn du Geld von der Versicherung willst, musst du Anzeige erstatten.«

»Der Safe ist zu, die Bilder sind noch da ... was kann ich von der Versicherung fordern? Ein neues Türschloss?«

»Nach was haben die gesucht, Isabelle? Was hat Yves besessen, außer Geld und Kunstwerken, das für einen Einbrecher interessant sein könnte?«

Sie sah weiter in den Garten hinaus. »Ich weiß es nicht.«

Ich nippte an meinem Scotch. »Erwartest du wirklich, dass ich dir deine Ahnungslosigkeit abnehme, Isabelle?«

»Ja«, sagte sie in Richtung der Fensterscheibe, »schließlich bezahle ich dich.«

»*Da*für? Dass ich dir keine Fragen stelle?«

»Auch dafür«, sagte sie leise.

»Dann kann ich den Job nicht machen, Isabelle.«

Endlich wandte sie mir den Blick zu. Sonnenlicht fiel durch das Fenster und ließ ihr Haar aufleuchten, es schien in rotgoldenen Flammen zu stehen. Sie tat einen kleinen Schritt auf mich zu und legte ihre Hand um meinen Nacken.

»Lass mich nicht allein, Jo«, flüsterte sie und drückte ihre Lippen auf meine.

***

Katjas Blick war so spöttisch wie ungläubig, als ich um neunzehn Uhr neunundfünfzig das »Mühlhaus« betrat. Sie knotete die lange, weiße Schürze auf, verabschiedete sich kurz von ihrem Barmann und kam auf mich zu. Ich bekam sogar einen Kuss auf die Wange, bevor ich ihr in den Mantel half. Herr Kim brachte uns ins »Schiffchen«, wo ich unter Einsatz meiner sämtlichen Beziehungen noch einen Tisch bekommen hatte.

»Ich kann immer noch nicht glauben, dass du tatsächlich für mich Zeit hast«, sagte sie, als die Ober uns mit der Ambroisie von der Gänseleber alleingelassen hatten, dem Ersten von acht Gängen.

»Habe ich auch nicht«, antwortete ich.

Sie verzog das Gesicht. »Wie lange gibst du uns denn?«

»So lange du willst.« Ich stieß mein Weinglas an ihres.

»Und wenn dein Handy klingelt?«

»Ich habe es ausgeschaltet.«

»Womit hab ich *das* nur verdient«, seufzte sie und nahm einen kräftigen Schluck, der das Glas fast leerte. »Krieg ich noch einen?«, fragte sie.

»Alles, was du willst«, antwortete ich und liebte sie sekundenlang für den Schalk in ihren Augen. Der Ober schenkte von dem Elsässer Gewürztraminer nach, den ich gegen den Sommelier durchgesetzt hatte.

»Die Frau ist nicht mehr aufgetaucht gestern«, sagte sie.

»Was ist *das*? Willst *du* jetzt über meine Arbeit reden, Katja?«

»Die Frau hat Probleme, hast du gesagt.«

»Das stimmt auch.«

»Und dann sitzt du hier mit mir?«

»Ich habe dir ja gesagt, dass ich keine Zeit habe.« Mein Lächeln verfehlte seine Wirkung.

»Du willst ihr also nicht helfen?«

»Ich wüsste nicht, wie. Sie ist verschwunden. Außerdem hat sie sich ihre Probleme selbst bereitet. Ich denke nicht, dass das mein Job ist.«

Sie schüttelte den Kopf und stellte ihr Glas ab.

»Du bist oft so kalt, Jo«, sagte sie, ohne mich anzusehen. »Manchmal bist du mir unheimlich.«

»Ich bin kein edler Ritter, Katja. Ich mache meinen Job, und der ist nicht, die Welt zu retten. Die Leute, mit denen ich zu tun habe, sind so gut wie nie – nein, tatsächlich *nie* – ohne eigenes Zutun in die Situationen geraten, aus denen ich sie dann heraushauen soll. Die Frau hat versucht, jemanden zu erpressen. Ich weiß weder wen noch womit, aber diese Leute haben wohl etwas humorlos reagiert. Wenn ich eine Ahnung hätte, wo sie steckt, würde ich ihr helfen – wenn es Sinn machte. Ich kann nicht jeden Mist verhindern, den sich irgendwelche Halbweltler gegenseitig antun wollen, nur weil ich zwischendurch zufällig in der Nähe bin. Ich bin kein Polizist, und das mit Absicht.«

»Ich wollte dich nicht beleidigen, Jo.« Sie sah mich kühl an.

»Das hast du nicht. Aber müssen wir an einem solchen Abend wirklich über mich und meine Arbeit reden?«

»Bin ich nicht Teil deiner Arbeit? Ich verschaffe dir Alibis, verleugne dich oder andere, bestreite, dich jemals gesehen zu haben, wie immer es gerade sein muss. Dafür gehst du einmal im Jahr mit mir essen.«

»Nicht nur«, wandte ich ein.

»Stimmt, wir haben auch mal miteinander geschlafen. Früher.«

Ich grinste halb. »Siehst du?«

»An die drei Male kannst du dich noch erinnern?«

»Ich meine, es waren sechs Mal.«

»Fang jetzt nicht so an, Jo. Ich finde, ich habe ein Recht zu erfahren, was du so treibst und was für Leute du in meinen Laden schleppst. Sonst kannst du auf mich nicht länger zählen.«

Zwei Ober traten an unseren Tisch und tauschten Teller und Gläser aus. Zur Seewolfschnitte und dem Velouté vom Bressehühnchen wählte ich einen Mönchberg Pinot-Gris. Mit dem Pegel dieser Flasche sank auch Katjas Angriffslaune etwas, und ich fand gerade die Hoffnung auf einen gelungenen Abend wieder, als der Maître zu mir an den Tisch trat und sich zu meinem Ohr herunter beugte.

»Ich bitte um Verzeihung, Herr Kant von Eschenbach, aber da ist ein Herr am Telefon, der Sie zu sprechen verlangt. Er hat seinen Namen nicht genannt, aber es sei außergewöhnlich dringend«, flüsterte er.

»Was ist denn?«, fragte Katja, und ihre linke Augenbraue hob sich gewaltig, als ich mit einer entschuldigenden Geste aufstand und dem Maître zum Telefon folgte.

Es war Friedel. In meinen Ärger über die Störung mischte sich Erleichterung, endlich von ihm zu hören.

»Wo zum Teufel steckst du, Mann?«, fragte ich.

»Sorry, es war keine Zeit, mich abzumelden. Ich bin in Köln.«

»Was machst du da?«

»Seit gestern Abend bin ich van Wygan auf den Fersen. Er hat hier eine Wohnung, da versteckt er sich. Alle paar Stunden kommen die Bullen und klingeln, aber er macht nicht auf. Eben hat er zum ersten Mal wieder das Haus verlassen. Jetzt sitzt er in einer Kneipe, und ich steh davor. Ein ziemlich seltsamer Laden für einen Kunstprofessor, wenn du mich fragst.«

»Ich frage aber nicht! *Des*wegen holst du mich von einem Drei-Sterne-Menü weg? Woher weißt du eigentlich, dass ich hier bin?«

»Von deinem Taxifahrer.«

»Dann vermassel mir mal nicht den Abend.«

»Das kannst du selbst entscheiden. Van Wygan trifft sich hier mit Steen, diesem Heini mit den Videoschnipseln.«

»Ja, und?«

»Die Kölner Bullen haben gerade über Funk eine Fahndung nach ihm rausgegeben. Er steht unter Mordverdacht.«

»Wer, Steen? Wieso das?«

»Ich weiß nicht, was die Bullen wissen, ich weiß nur, wo Steen ist. Und wenn du ihm noch ein paar Fragen stellen willst, bevor er einfährt, solltest du dich beeilen.«

Ich fluchte lautlos in mich hinein. »Okay. Wo ist diese Kneipe?«

Er nannte eine Adresse am Rand der Kölner Innenstadt und legte auf. Ich rief Herrn Kim an, er versprach, in zehn Minuten da zu sein.

Katjas Augenbraue bewegte sich wieder in einer gefährlichen Höhe, als ich zum Tisch zurückkehrte.

»War's das mit unserem Abend?«, fragte sie ernst.

»Ich fürchte ja.«

Sie schob den Teller mit dem Kapamaki von sich weg und warf ihre Serviette daneben.

»Schade«, sagte sie leise und stand auf. Der Ober kam fragend auf sie zu, als sie zur Tür ging, aber ich winkte ab.

»Bestellen Sie der Dame ein Taxi«, sagte ich, »und ich hätte dann gern die Rechnung.«

***

Herr Kim behauptete, sich in Köln auszukennen. Es fiel mir schwer, das zu glauben, da meiner Erfahrung nach nicht einmal Kölner Taxifahrer sich in Köln auskennen, aber Herr Kim fand die Straße auf Anhieb, und das ohne Navigationsgerät. Mit der Beschreibung »ziemlich seltsam« hatte Friedel durchaus ins Schwarze getroffen. Es war eine winzige, suspekt wirkende, bleiverglaste Kaschemme in einem Wohngebiet der nördlichen Innenstadt. Friedel stand gegenüber in einem Toreingang.

»Warst du drin?«, fragte ich, als er bei uns eingestiegen war.

»Bist du zu retten? Van Wygan und Steen kennen mich doch. Ich hab nur durch die Scheiben geguckt.«

»Mich kennen sie auch.«

»Ich *muss* wissen, was die zu bereden haben!« Wütend hieb er mit der Faust gegen die Seitenscheibe.

»Wenn Sie meinen Wagen ganz lassen, kann ich ja für Sie reingehen«, sagte Herr Kim.

Friedel warf mir einen fragenden Blick zu, aber ich sagte sofort: »Ja.«

Nach kurzer Instruktion wählte ich Herrn Kims Handy an. Er nahm das Gespräch an, steckte das Gerät in die Brusttasche und stieg aus. Friedel folgte ihm, stellte sich vor das bunte Fenster und versuchte unauffällig hineinzustarren, so weit so etwas möglich war. Herr Kim betrat die Kneipe.

Ich presste mein Handy ans Ohr, aber außer disparaten Gesprächsfetzen und gewöhnlichem Kneipenlärm war nichts zu vernehmen. Herr Kim bestellte ein Kölsch, was mir eine hervorragende Tarnung zu sein schien.

Friedel kam zurück. »Er sitzt jetzt neben ihnen«, sagte er.

»Das ist doch erbärmlich«, hörte ich van Wygan sagen.

»Herr Professor, das dürfen Sie nicht sagen, ich habe …«

»Hören Sie auf, Steen. Bin ich denn nur von Versagern und Schwächlingen umgeben, die nicht bereit sind, einmal begonnene Konzepte zu Ende zu denken? Ich bin *nicht* zufrieden. Ich *kann* nicht zufrieden sein!«

»Aber, Herr Professor, ich habe …«

»*Was* haben Sie? Sie schlagen mir vor, ohne zwingenden Anlass den grundlegenden Ansatz des *Konzeptes* zu zerstören. Und nur um mir *das* mitzuteilen, bestellen Sie mich in dieses … *Etablissement*. Das hätten Sie in jeder beliebigen anderen Form tun können. Ich werde …«

»Ein Kölsch. Deckel?«, fragte eine brüchige weibliche Stimme.

»Ja«, antwortete Herr Kim leise.

»Du bist das erste Mal hier, Liebelein, oder?«, fragte die Frauenstimme. Auf die folgende Frage, wo er herkäme, antwortete Herr Kim geistesgegenwärtig mit »Korea«, was die Frau dazu veranlasste, von ihrer Freundin aus Nippes zu erzählen, die letztes Jahr in Thailand gewesen war. »Vor diesem Moslembombengedöns, wissense.«

Ich versuchte, van Wygan zu verstehen, aber die Frau übertönte ihn, redete immer weiter und machte nicht den Eindruck, als ob sie in absehbarer Zeit damit aufhören würde.

Friedel sah mich fragend an. Ich zuckte die Schultern.

»Do hingen noch'n Kölsch?«, rief die Frau und verschwand endlich aus der Leitung.

»Ja, Sie bekommen noch eine Chance. Ich bin schließlich kein Unmensch. Ich habe sogar Swann eine zweite gegeben, nicht wahr?«

Steen stieß ein böses Lachen aus. »Und er hat sie genutzt.«

»Reden Sie keinen Blödsinn, Mann!«

»Herr Professor, ich werde …«

»Schweigen Sie. Nur der Beweis zählt.«

»Ich verstehe, Herr Professor.«

»Gut.«

»Euch auch noch zwei?«, krähte die Wirtin dazwischen.

»Nein, ich möchte zahlen«, sagte Steen.

»Zusammen? Macht dreizehn, Liebelein.«

»Ich möchte auch zahlen«, sagte Herr Kim mit alarmiertem Unterton in der Stimme.

»Einer nach dem anderen, junger Mann.«

»Stimmt so«, sagte Steen.

»Könnte ich auch …«, sagte Herr Kim.

»Bin gleich bei dir.«

Die Tür öffnete sich. Van Wygan und Steen kamen heraus und gingen die schmale, zugeparkte Straße hinunter. Van Wygan weit ausschreitend, Steen hektisch trabend hinter ihm. Herr Kim tauchte nicht auf, also sprang ich aus dem Wagen und folgte ihnen. Friedel kam hinterher. An der nächsten Ecke trennten sich die Wege der beiden; van Wygan bog grußlos nach rechts ab, Steen rief ihm noch »Gute Nacht, Herr Professor« nach, dann ging er in die andere Richtung. Ich drehte mich zu Friedel um und zeigte van Wygan hinterher. Er nickte und bog ab, ich folgte Steen. Zügig ging er vor mir her, ohne sich umzudrehen. Die Straße war schlecht beleuchtet, aber für die fortgeschrittene Stunde stark bevölkert. Ständig kamen uns Fußgänger entgegen. Nach hundertfünfzig Metern zog Steen einen Schlüssel und verschwand in der Tür eines alten Mietshauses. Bevor ich die Tür erreichte, fiel sie ins Schloss. Im Licht meiner Maglite las ich die Klingelschilder, aber Steens Name war nicht dabei.

Ich lief zurück zu Herrn Kims Taxi.

»Tut mir Leid, ich musste noch zahlen«, sagte er, als ich einstieg.

»Nicht Ihr Fehler«, sagte ich.

Bereits eine Minute später kam auch Friedel zurück. Er schüttelte schon von weitem den Kopf und winkte ab.

»Er hat ein Taxi angehalten und war weg. Dumm gelaufen. Was haben die beiden da drin geredet?«

»Ich habe dem Gespräch nicht ganz folgen können«, sagte Herr Kim.

»Das lag nicht an Ihnen«, sagte ich. »Das lag an dem, was er gesagt hat. Van Wygan trauert um sein Konzept. Sein Schüler läuft Amok, erschießt seine Geliebte und den OB, und van Wygan denkt an sein Konzept.«

Friedel stieß ein grimmiges Lachen aus. »Ich hatte es von Anfang an im Urin, der Mann hat sie nicht alle!«

»Das ist sein Job, er ist Künstler. Was hat dich eigentlich auf die Idee gebracht, ihn zu verfolgen?«, fragte ich.

»Ich fand es erstaunlich, dass er so schnell abgehauen ist. Die ganze Sache galt doch offensichtlich ihm. Und er verschwindet einfach. Und jetzt sitzt er hier mit einem Mordverdächtigen. Ich hab es ja gesagt: Ich hatte was im Gefühl.«

»Im Urin, hast du gesagt.«

»Im Urin. Genau. Lass uns da doch ein Kölsch trinken gehen.« Er lachte heftig über seine fragwürdige Assoziationskette. »Vielleicht kennen sie Steen da drin ja.«

»Ich bleibe im Wagen, wenn's recht ist«, sagte Herr Kim schnell.

Friedel stieg aus und betrat zielstrebig die Kneipe; ich folgte widerwillig. Er besetzte resolut den zentralen Platz an der Theke. Auf den fragenden Blick der Wirtin hob er zwei Finger.

»Ihr seid das erste Mal hier, Liebeleins, oder? Wo kommt ihr denn her?«

Bevor ich intervenieren konnte, antwortete Friedel deutlich vernehmbar: »Düsseldorf.«

Es wurde merklich leiser im Raum.

»Wir haben hier nichts gegen Neger«, sagte eine Stimme, und verhaltenes Gelächter löste die Situation.

Etwas boxte gegen meine Hüfte. Als ich hinunter sah, entdeckte ich eine etwa einen Meter zehn hohe Frau, die mich anstieß.

»Sie sind aus Düsseldorf?«, fragte sie.

Als ich nickte, erklärte sie mir ihr Verständnis und ihr umfassendes Wissen um Düsseldorf, denn sie hatte vor zwölf Jahren nicht weniger als vier Monate in Unterrath verbracht, weil ihr damaliger Freund da eine Wohnung hatte, und Unterrath, so versicherte sie mir glaubhaft, Unterrath sei wirklich das *Al-ler-letzte*. Kein Mensch sollte jemals in Unterrath wohnen müssen.

Ich sagte: »Je nun«, aber sie fuhr mir über den Mund, indem sie ihre Stimme erhob, obwohl sie, vermutlich um sich meiner Aufmerksamkeit als normal großem Menschen sicher zu sein, ohnehin schon mit einer erheblich überdurchschnittlichen Lautstärke redete.

Ich entschied mich, ihr bedingungslos Recht zu geben, und trank einen Schluck von meinem Kölsch, was meine Laune nicht steigerte, ebenso wenig wie meine Gesprächspartnerin sich durch meine Zustimmung davon abbringen ließ, mir zu versichern, wie gut sie Düsseldorf im Allgemeinen und Unterrath im Speziellen kenne, und dass beides eigentlich unbewohnbar sei.

Ich sah zu Friedel, aber der flirtete mit der Wirtin.

Die Tür der Damentoilette öffnete sich, und eine sehr blonde, sehr betrunkene Mittdreißigerin in Jeansjacke taumelte daraus hervor. Sie steuerte vage auf ein halb leeres Glas neben mir zu, während meine Gesprächspartnerin ihr Thema weiter ausführte. Als die Blondine das rettende Glas erreicht hatte, klammerte sie sich daran fest, bis aus der Suada meiner kleinwüchsigen Referentin das Wort »Düsseldorf« an ihr Ohr drang.

»Düsselldorff?«, stieß sie hervor und stierte mich an. »*Du* bist aus *Düsselldorff*?«

»Ja, der ist aus Düsseldorf«, antwortete es von unten, und die Miene der Blonden verdüsterte sich entschieden. Sie schob sich an mich heran, bis sich unsere Nasen fast berührten. Dann öffnete sie den Mund und begann zu brüllen:

»SCHEISS DEG – SCHEISS DEG – SCHEISSE SCHEISSE SCHEISSE DEG!«

Sie beließ es nicht bei einem Durchgang, sondern wiederholte ihr Liedchen ein ums andere Mal. Unangenehmerweise war die Zwergin, wenn ich sie so nennen darf, nicht bereit, meine

Aufmerksamkeit mit irgendjemandem zu teilen, und erhob ihre Stimme um ein weiteres Maß, um mir erneut mitzuteilen, von welch geringer Lebensqualität das Wohnen in Düsseldorf-Unterrath sei, wo sie sich aus eigener Erfahrung sehr gut auskenne.

»SCHEISS DEG – SCHEISS DEG – SCHEISSE SCHEISSE SCHEISSE DEG!«, wiederholte die Blonde.

Ich sah zu Friedel, der gemeinsam mit der Wirtin sichtlich amüsiert Zeuge meiner Folterung war, und verabschiedete mich mit einem Winken von ihm.

»Ich komme nach«, sagte er.

»Aber dalli«, antwortete ich, bevor ich nach draußen in die abendliche Stille flüchtete.

»Irgendwie haben sie die hier nicht alle«, sagte Herr Kim, als ich wieder hinten im Wagen saß.

»Ja«, antwortete ich, »irgendwie.«

Friedel ließ auf sich warten. Es dauerte fast fünf Minuten, bis er wieder erschien.

»Gefiel's dir nicht?«, fragte er und grinste.

»Nicht wirklich.«

»Du hast einfach mit den falschen Leuten gesprochen.«

»Gesprochen? Ich habe keinen Satz zu Ende gebracht!«

Er lachte. »Mir ist es immerhin gelungen, das angeborene Misstrauen der Wirtin gegen unsereinen zu überwinden, und ich weiß jetzt, dass Herr Steen hier als Hansi bekannt ist und regelmäßig verkehrt. Er gilt hier als Künstler, das heißt, er hat einen großen Deckel und darf sich ab und zu mal danebenbenehmen, aber nicht zu sehr.«

»Und van Wygan?«

»Den hat sie noch nie vorher gesehen.«

»Sonst noch was?«

»Ja. Steen hat eine Freundin. ›'et Jossefinn‹, Nachname unbekannt. Bei der ist er oft. Wohnt irgendwo hier um die Ecke.«

»Damit kann man was anfangen.«

Ich dirigierte Herrn Kim vor das Haus, in dem Steen verschwunden war. Auf den meisten Klingelschildern waren die Vornamen nicht vermerkt, aber es gab eine oder einen J. Hogenstraat. Eine Türsprechanlage gab es nicht. Ich drückte auf den Knopf. Zunächst passierte nichts, also klingelte ich so lange, bis etwas passierte; der Türöffner brummte leise. Friedel im Schlepptau, stürmte ich die Treppe hoch. Ein verschlafen aussehender Mann um die sechzig stand im Bademantel hinter einer Tür im dritten Stock. Ich klappte meine Brieftasche auf und zeigte ihm für eine halbe Sekunde meinen Führerschein.

»Kripo Köln. Herr Joseph Hoogenstraat?«, fragte ich.

»Johann«, röchelte der Mann, »Johann Hoogenstraat. Was kann ich für Sie tun, Herr Kommissar?« Dabei musterte er Friedel voller Misstrauen.

»Wir haben verlässliche Informationen, dass sich zurzeit ein Krimineller in diesem Haus aufhält. Gibt es noch andere Bewohner, deren Vorname mit einem J beginnt?«

»Äh ...« Er starrte mich überfordert an.

»Möglicherweise eine Josephine?«

»'et Jossefinn? Natürlich, die wohnt über mir.«

»Vielen Dank«, sagte ich und drehte mich um. Friedel war bereits halb die Treppe hinauf, aber Herr Hoogenstraat zupfte mich noch einmal am Ärmel.

»Haben Sie jetzt sogar schon bei der Kripo Neger?«, fragte er leise, während er Friedel ängstlich hinterhersah.

»Natürlich.« Ich griff Herrn Hoogenstraat am Kragen seines Bademantels und hob ihn an, bis ich ihn auf Augenhöhe hatte. »Wir spielen immer ›guter Cop, böser Cop‹«, sagte ich. »Und *ich* – bin der gute.« Ich ließ ihn fallen und lief die Treppe hinauf. Hinter mir wurde die Tür zugeknallt.

»Was wollte er noch?«, fragte Friedel.

»Er hat mir zu unserer multikulturellen Polizei gratuliert.«

»Ich hoffe, du hast ihn nicht zu sehr erschreckt«, sagte Friedel und drückte auf die Klingel mit dem Namensschild »Josephine Kutzner«.

»So was würde ich nie tun. Der Mann schien herzkrank zu sein.«

Er kicherte und drückte die Klingel ein zweites und drittes Mal. Endlich waren Schritte zu hören.

»Wer ist da?«, fragte eine Frauenstimme.

»Wir müssen mit Herrn Steen sprechen.«

»Mit Hans-Karl?« Ein Schlüssel drehte sich, und die Tür wurde geöffnet. »Warum?«, fragte sie.

Sie trug eine kantige, schwarze Brille, ich schätzte sie auf dreißig. Ihre Haare waren von einem struppigen Dunkelrot, und sie war etwas zu klein und ein wenig zu dick, um als schön zu gelten, aber in ihren Augen glomm etwas, das mir Respekt einflößte.

»Frau Josephine Kutzner?«, fragte ich, so freundlich es ein Polizist gerade eben noch getan hätte.

»Ja. Was wollen Sie?«

»Wir haben Herrn Steen etwas Wichtiges mitzuteilen.«

»Wer sind Sie eigentlich?«

Dieses Mal zeigte ich meine Konzession vor und lächelte freundlich dazu. »Es geht um Professor van Wygan«, sagte ich leise.

»Oh«, sagte sie, ihr Blick bekam etwas Feindseliges. »Was will er schon wieder?«

»Nein, wir arbeiten nicht für den Professor …«

»Eher im Gegenteil«, fiel Friedel mir ins Wort.

Ihr Blick war wach und intelligent. »Warum sollte ich Ihnen das glauben?«

Ich lächelte. »Müssen wir das hier im Treppenhaus besprechen?«

»Nein«, sie sah mich mit vorgerecktem Kinn an, »wir müssen das überhaupt nicht besprechen.«

Ich trat näher an die Tür. »Die Polizei ist hinter Hans-Karl her. Es gibt einen Haftbefehl«, flüsterte ich.

Das erschütterte sie doch. Unsicher trat sie einen Schritt zurück. »Er ist nicht da«, sagte sie.

»Das stimmt nicht, und wir alle drei wissen das«, sagte ich. »Wenn wir jetzt reinkommen, können Sie gern die Polizei rufen. Aber die werden nicht nur uns mitnehmen.«

Ich drückte die Tür auf. Sie gab den Weg frei, die Fäuste wütend geballt. Ich zog es vor, sie im Auge zu behalten. Ihre Kiefer mahlten, während sie uns langsam durch einen schmalen, aber endlos langen Flur voranging.

Steen saß in der Küche an einem großen Tisch voller schmutziger Teller und benutzter Gläser und starrte uns an.

»Was wollen Sie?«

»Was wir wollen?« Friedel griff sich einen Stuhl und setzte sich neben ihn. »Die Wahrheit.« Er grinste, aber Steen wandte sich ab.

»Die Wahrheit?« Er griff nach einer Flasche billigem Grappa, die vor ihm zwischen den Tellern stand.

»Falls du dir sie leisten kannst«, sagte Friedel.

»So etwas wie Wahrheit kenne ich nicht. Ich kenne nur die Lüge und die Kunst.«

»Cool. Ist der Spruch von dir?«

Steen antwortete nicht. Er suchte in dem Chaos vor sich nach einem ausreichend sauberen Glas, schließlich setzte er die Flasche direkt an und trank. Danach hielt er sie Friedel hin.

»Wollen Sie?«

Friedel schob seine Hand weg.

»Die Polizei sucht Sie wegen Mordes. Wissen Sie das eigentlich?«, fragte ich.

Steen, der die Flasche gerade wieder zum Mund führen wollte, erstarrte in der Bewegung und glotzte mich an.

»Mord? Mich? Warum?«

Friedel schüttelte mitleidig den Kopf. »Ich vermute, weil sie glauben, du hättest jemanden umgebracht.«

»Wen soll *ich* denn umgebracht haben?« Er stellte die Flasche ab, seine Hand zitterte ein wenig.

»Yves Schwarzenberger«, sagte ich.

»Yves? Ich?«

»Das ist lächerlich«, ließ sich Josephine Kutzner vernehmen. Sie lehnte mit verschränkten Armen und finsterem Gesicht am Türrahmen.

»Warum sollte *ich* Yves ermorden? Ich habe von dem Mann gelebt! Sein Tod ist ein finanzielles Desaster für mich!«

»War das nicht seine Ermordung auf deinem Video, gestern?«, fragte Friedel.

»Wie kommen Sie denn *da*rauf?«

»Ein Mann in einem blauen Anzug sitzt an einem schwarzen Schreibtisch und bekommt eine Kugel in den Kopf. Wer war das, wenn es nicht Schwarzenberger war?«

Verblüfft sah er erst Friedel, dann seine Freundin an.

»Stimmt das?«, fragte er.

»Nein«, antwortete sie entschieden.

»Ich habe es gesehen«, sagte Friedel.

»Das kann nicht sein«, sagte die Frau. »So eine Szene gibt es nicht. Nicht auf *dem* Video.«

»Wie können Sie das wissen?«, fragte ich.

»Ich habe es bearbeitet.«

»Aber es sind doch Dutzende von Szenen darin ...«

»Einhundertvierundfünfzig, wenn Sie es genau wissen wollen. Und ich kenne jede Einzelne davon.«

»Sie? Und er nicht?«

»Er arbeitet mehr konzeptionell.« Sie ließ sich nicht anmerken, wie sie dazu stand.

»Existiert das Video noch, oder ist es gestern zerstört worden?«

»Es gibt eine Sicherungskopie auf dem Rechner in der Akademie.«

»Ich habe Sie da gestern gar nicht gesehen«, sagte ich.

»Ich war nicht da.«

»Warum nicht? Sie scheinen doch ziemlich großen Anteil am Entstehen des Werkes gehabt zu haben.«

»Man hat mich nicht eingeladen.«

»Der Professor wünschte das nicht«, sagte Steen. Er griff wieder nach der Grappaflasche.

»Die Polizei verhaftet einen nicht einfach so. Die müssen einen guten Grund haben. Können Sie sich vorstellen, was für ein Grund das sein könnte?«, fragte ich.

»Ich habe keine Ahnung.«

»Waren Sie am Montag in Schwarzenbergers Büro?«

»Ja. Aber schon morgens. Das habe ich der Polizei auch gesagt.«

»Haben Sie ein Alibi für die Zeit seines Todes?«
»Ich war essen, mit Swann.«
»Swann!« Friedel lachte auf. »Ein totes Alibi ist kein besonders gutes Alibi!«
»Er hat es der Polizei bestätigt!«
»Ich fürchte, seine Glaubwürdigkeit hat nachträglich etwas gelitten«, sagte ich.
Das Handy in meinem Jackett klingelte. Es war Herr Kim.
»Hier tut sich was. Jede Menge Streifenwagen.«
»Danke.« Ich steckte das Gerät wieder ein. »Es ist so weit. Die Polizei ist unten.«
»Schnell! Versteck dich auf dem Dachboden, Hansi«, sagte Josephine.
»Davon würde ich abraten. Besonders, wenn Sie wirklich unschuldig sind«, sagte ich.
Es klingelte energisch an der Tür. Friedel erhob sich. Er zog eine kleine Digitalkamera aus der Jackentasche und machte eine Aufnahme von Steen.
»Lassen Sie das!« Josephine Kutzner stürmte auf ihn zu und versuchte, ihm die Kamera zu entwinden.
»Lass ihn doch«, sagte Steen.
»Machen Sie lieber die Tür auf, sonst wird sie Ihnen eingeschlagen«, sagte ich.
Es klingelte erneut, dann wurde heftig gegen die Tür getrommelt. Mit Tränen der Wut in den Augen ließ sie von Friedel ab und ging den Flur entlang zur Wohnungstür.
Steen saß am Tisch und nuckelte an dem Grappa. Er sah stur geradeaus.
»Was hat van Wygan mit der Geschichte zu tun? Warum haben Sie sich eben mit ihm getroffen?«, fragte ich.
»Es war alles seine Idee«, sagte er leise.
»Was? Was war seine Idee?«
In der Diele polterten Schritte.
Steen schüttelte schweigend den Kopf.
»Reden Sie, Mann!«
»Ohne Anwalt sag ich gar nichts mehr.«

Fahrenbach betrat die Küche, gefolgt von einem anderen Kripobeamten und einem Uniformierten. Seine Schritte stockten, als er uns sah.

»Erster«, sagte Friedel.

»Was zum Teufel haben Sie beide hier verloren?«

»Wir hatten ein paar Fragen an Herrn Steen«, antwortete ich.

»Die habe ich auch, aber ich werde sie ihm nicht *hier* stellen. Herr Steen, Sie sind verhaftet wegen des Mordes an Yves Schwarzenberger. Stehen Sie auf.«

Steen erhob sich, den Blick auf die Tischplatte gerichtet. Fahrenbach griff energisch nach seinen Handgelenken und legte ihm Handschellen an.

Friedels Kamera blitzte auf.

»Lassen Sie das, Hausmann«, blaffte Fahrenbach.

»Wie kommen Sie eigentlich auf ihn?«, fragte Friedel.

Fahrenbach lachte böse. »*Sie* sind doch immer der Erste. Wieso wissen *Sie* das nicht?«

»Ich kann Sie nicht lobend erwähnen, wenn Sie es mir nicht sagen. Und dann beschweren Sie sich wieder über die schlechte Presse.«

Fahrenbach schob Steen dem uniformierten Polizisten zu.

»Der Kollege Pollack hat viel Zeit im Moment. Und neulich, als ihm zu langweilig wurde, hat er seine Tochter in die Videothek geschickt. Sie hat einen ihrer Lieblingsfilme ausgeliehen: ›2001, Odyssee im Weltraum‹. Darin gibt es einen Computer, der heißt HAL.«

»Ja – und?«

»Das hat Pollack auf eine Idee gebracht.« Fahrenbach amüsierte sich sichtlich. Er grinste Friedel breit an. »Auf den Rest müssen Sie schon selbst kommen. Habe die Ehre, meine Herren.«

***

»Wie spät ist es?«, fragte Friedel, als wir wieder im Taxi saßen.

»Zwölf«, antwortete Herr Kim. »Zurück nach Düsseldorf?« Er klang hoffnungsfroh.

»Abwarten.« Friedel zückte sein Handy und drückte ein paar Tasten. »Max, hier ist Friedel«, bellte er, sobald sein Gesprächspartner sich meldete. »Wie viel Zeit gibst du mir noch für eine neue Schlagzeile? ... Das ist nicht dein Ernst, ich brauche höchstens fünfzehn Minuten ... Komm, Mann, sei nicht stur, es lohnt sich ... Ja, es geht auch um van Wygan, aber ... Was? ... Sag das noch mal ... Aha ... Ja, dann leck mich doch!« Er steckte das Handy wieder ein. »Das war das einzige Blatt, wo die Deadline noch zu schaffen gewesen wäre. Aber der Chef vom Dienst hat mir gerade mitgeteilt, dass der Herausgeber eine zurückhaltende Berichterstattung über seinen Freund Lothar van Wygan wünscht.« Er schnaubte wütend.

»Eine echte Story wäre es doch erst, wenn du wüsstest, wie die Polizei auf Steen gekommen ist«, sagte ich.

»Und? Weißt *du* es?«

»Ich denke schon.« Ich zog mein Notizbuch. »Weißt du, warum der Computer in dem Film HAL heißt?«, fragte ich.

»Sollte ich das?«

»Gehört eigentlich zur Allgemeinbildung.«

»H steht im Alphabet vor I«, sagte Herr Kim, ohne den Kopf zu wenden. »A vor B und L vor M: HAL heißt eigentlich IBM.«

»Stimmt genau«, sagte ich.

»Aha. Und weiter?«

»Dieses Spiel spielen wir jetzt auch mal.« Ich klappte das Notizbuch auf und schrieb ›H.K. Steen‹. »H steht für I, K für L.«

Friedel rechnete murmelnd weiter. »T - u - f - f - o. Il Tuffo. Verdammt. Steen ist ›Il Tuffo‹! Oder könnte das Zufall sein?«

»Natürlich. So wie du am Samstag zufällig im Lotto gewinnen könntest. Nein, das hat man mit Absicht neben Schwarzenberger geschrieben.«

»Man? Denkst du, es war gar nicht Steen?«

»Wenn er der Mörder war, warum hinterlässt er dann so eine Spur?«

»Er ist Künstler. Er signiert sein Werk.«

»Sein Werk? Mord als Kunst?«

»Warum nicht? Klingt vielleicht irre, aber was ist unmöglich?« Friedel nahm mir das Notizbuch ab, schrieb etwas auf und reichte es mir zurück. »Was ist *da*mit?«, fragte er.

»ACE Q«, las ich.

»Z – B – D – P? Das klappt nicht. Außerdem sind es nur vier Buchstaben. ›Steen‹ kann es also nicht heißen«, sagte Friedel.

Ich kaute auf meinem Bleistift. »Gehen wir zwei Schritte zurück statt einem: Y – A – C – O.«

»Yaco! Der Kubaner mit dem Voodoo-Zeug?«

»Wenn wir annehmen, Steen und Yaco haben tatsächlich Schwarzenberger und Wolter umgebracht, dann wären in vier Tagen drei von van Wygans Schülern zu Mördern geworden.«

»Beeindruckend«, sagte Friedel. »Fünf Tote.«

»Und ein Schwein«, sagte ich. Ich schrieb: »QUYLL« in mein Notizbuch und zeigte es ihm.

Er starrte darauf, schließlich schüttelte er den Kopf. »Ich geb auf. Was ergibt das?«

»Zwei Schritte vorwärts: Swann.«

»Swann hat das Schwein geschlachtet?«

»Bisher wissen wir nur, dass sein Name da stand. Und wir wissen, für wen es war: Für den ›Zerhacker‹.«

Ich schrieb das Wort hin. Wenn man das System einmal erkannt hatte, war es einfach. Besonders, wenn man wusste, wonach man suchte.

»Fünf zurück«, sagte Friedel nach zwanzig Sekunden.

Ich zählte ab und schrieb. Als ich fertig war, hatte sich »van L Wygan« ergeben, die Signatur des Professors. Swann hatte für van Wygan das Schwein zerhackt. Aber der Zerhacker war nicht zufrieden. Er forderte Konsequenz. Die Konsequenz, die Steen und Yaco gezeigt hatten?

Friedel sah mich an. »Kann das sein? Weißt du, was das bedeutet?« Das waren zwei verschiedene Fragen. Natürlich konnte es sein, genauso wie es nicht sein konnte; aber was es bedeutete, wenn es Tatsache war, wagte ich nicht abzuschätzen.

»Ich nehme an, du bleibst hier?«, fragte ich.

»Na klar! Setz mich vor van Wygans Wohnung ab. Ich hoffe, ich erwisch ihn.«

Er nannte die Adresse. Herr Kim fuhr ohne zu zögern los.

Ich sagte nichts. Ich hielt es für keine gute Idee, den Professor zu überwachen. Was wir herausgefunden hatten, hatte Pollack lange vor uns entdeckt. Friedels Chance, van Wygan vor den Bullen zu erwischen, ging meiner Meinung nach gegen null.

»Liegen eigentlich die Akten über Schwarzenberger noch auf deinem Schreibtisch?«, fragte ich.

Er runzelte die Stirn. »Ja, warum fragst du?«

»Ich brauche sie. Gibst du mir deine Wohnungsschlüssel?«

»Moment mal, Jo! Was hast du vor? Was verschweigst du mir?«

»Nichts. Aber warum sollen wir uns zu zweit hier die Nacht um die Ohren schlagen? Du verfolgst deine Spur, ich suche nach einer anderen«, sagte ich. »Wenn ich auch noch nicht weiß, *wonach* ich suche.«

Er sah mich unkaschiert misstrauisch an. »Du hältst mich auf dem Laufenden!«, sagte er.

»Na klar.« Ich nahm die Wohnungsschlüssel, nachdem er sie widerwillig von seinem Bund gefummelt hatte.

Herr Kim hielt vor einem Gebäude, das, umgeben von einem hohen Zaun, in einem Park lag. In der Einfahrt parkte ein Streifenwagen.

»Fahren Sie um die Ecke«, sagte Friedel. Endlose Minuten standen wir an der Ampel, bis es grün wurde und Herr Kim auf die Rheinuferstraße abbiegen und Friedel aussteigen konnte.

»Wir bleiben in Kontakt«, rief er noch, bevor er die Tür zuwarf. Sein Ton war immer noch misstrauisch.

»Nach Düsseldorf«, sagte ich und ließ mich in die Polster sinken. »Suitbertusstraße.«

»Sehr gern«, antwortete Herr Kim.

***

Die Tür zu Friedels Wohnung war angelehnt und bot den Beweis, dass Schlösser nur so gut sind wie der Türrahmen. Jemand hatte sich mit einem herzhaften Tritt Einlass verschafft. Die Riegel der drei Schlösser hatten gehalten, der Rahmen nicht; die obere Hälfte war aus der Wand gerissen.

Ich zog meine Kimber und wartete, bis das Treppenhauslicht erlosch, dann drückte ich die Tür vorsichtig auf. Drinnen war es dunkel. Ich tastete nach dem Lichtschalter, doch als ich ihn betätigte, blieb es so finster wie zuvor. Langsam, mit gehobener Waffe, durchquerte ich die Diele und öffnete die Tür zum Wohnraum. Auch hier funktionierte kein Licht. Das war das Letzte, was ich feststellte, bevor mich ein Schlag am Hinterkopf traf, und die dunkle Wohnung noch mal erheblich dunkler wurde.

Ich träumte von tizianroten Haaren und schlanken Beinen, die mich umfingen. Es war ein wunderbares Gefühl, am Anfang, doch aus einem Paar Beine wurden zwei und drei, bis ich mich nicht mehr rühren konnte. Mühsam kämpfte ich um Atem. Die Haare senkten sich über meine Augen und verschleierten meinen Blick, bis um mich nur noch blutiges Rot herrschte. Meine nächste Wahrnehmung war ein unangenehmes Ruckeln, das beständig Blitze von meinem Nacken aus durch den gesamten Schädel schickte. Ich lag auf dem Rücken, durch meine geschlossenen Lider drang ein rötlicher Schein. Ich stöhnte. Das Ruckeln hörte auf, nur um kurz darauf stärker als zuvor wieder zu beginnen. Jemand sagte etwas, aber ich verstand es nicht. Eine zweite Stimme antwortete, und plötzlich fühlte ich etwas Feuchtes, Kaltes im Gesicht. Ein scharfer, erfrischender Geruch drang mir in die Nase. Widerwillig öffnete ich die Augen einen Spalt und sah in eine Lampe, wie sie mein Zahnarzt benutzt. Geblendet schloss ich die Augen wieder.

»Macht das verdammte Licht aus«, nuschelte ich, und zu meiner Überraschung wurde es tatsächlicher etwas dunkler. Als ich erneut die Augen öffnete, war nur noch eine vergitterte Deckenlampe an. Ich lag in einem fensterlosen Raum, ein Waschbecken hing neben einem Metallklo an der Wand. Ein Tisch und ein Stuhl waren die einzigen Möbelstücke, die ich entdecken konnte. Neben meinem Lager stand ein etwa dreißigjähriger Japaner, der zu einer hellen Hose ein sehr elegantes dunkelblaues Armani-Sakko und einen schwarzen Kaschmir-Rollkragenpullover trug. Er hielt eine Schüssel, in die er einen Lappen tauchte. Ungerührt beobachtete er mein Bemühen aufzuwachen. Dann sagte er etwas zu jemandem im Raum, den ich nicht sehen konnte. Eine Tür klappte.

Als ich versuchte, meinen schmerzenden Nacken zu reiben, musste ich feststellen, dass meine Handgelenke festgeschnallt waren. Ein Versuch zeigte, dass auch Füße und Körper fixiert waren.

Der Japaner beobachtete mich reg- und kommentarlos. Die Tür öffnete sich. Jemand sagte etwas, und der Mann verschwand aus meinem Gesichtsfeld. Die Tür klappte erneut. Die folgende Stille im Raum war vollständig, ich war allein. Ohne irgendein Resultat zerrte ich an meinen Fesseln. Ich lag fest verschnürt und konnte nichts tun als warten. Die Schmerzen in meinem Nacken ließen nicht im Geringsten nach. Es gelang mir nicht, irgendein Zeitgefühl zu entwickeln. Ich wusste weder, wie lange ich weg gewesen war, noch konnte ich realistisch einschätzen, seit wann ich wach war. Irgendwann fing ich an, meine Atemzüge zu zählen, und darüber dämmerte ich wieder weg. Wieder war es der kalte, in fremde Essenzen getränkte Lappen, der mich weckte; und wieder stand ein Japaner mit einer Schüssel in der Hand neben mir. Dieses Mal war es Tokohiro.

»Wie spät ist es?«, fragte ich.

»Halb fünf morgens«, antwortete er. Er trug einen dunkelgrünen Burberry-Dreiteiler, der ihn ganz ausgezeichnet kleidete. Das sagte ich ihm auch.

Er verbeugte sich – tiefer, als ich erwartet hatte. »Ein Kompliment, das mich mit Stolz erfüllt, kommt es doch von einem für sein Stilbewusstsein gerühmten Mann«, sagte er.

»Ich fürchte, meine momentane Lage erlaubt mir nicht, meinem Ruf und meinem Gegenüber gebührend aufzutreten. Ich bitte, mir das nachzusehen, denn zurzeit bin ich ein Opfer der Umstände«, antwortete ich.

»Es ist an mir, um Nachsicht zu bitten, Kant San. Wir sind untröstlich über die Lage, in die wir Sie bringen mussten. Aber es war leider völlig unvermeidlich, solange nicht Klarheit über Ihren Zustand und Ihre Position herrscht. Wir rechneten mit einer unangemessenen Reaktion Ihrerseits.«

»Wenn Sie damit meinen, dass ich Ihnen Ihren Lappen in den Rachen und Sie in das Klo da stopfen würde, wenn ich nicht gefesselt wäre, dann haben Sie Recht«, sagte ich freundlich. »Nur würde ich das nicht unangemessen nennen.«

Er lächelte und verbeugte sich erneut. »So, wie ich Ihre Antwort verstehe, erscheint unsere Vorsicht nicht völlig unangebracht. Ich hoffe, Sie werden mir da zustimmen.«

»Es bleibt mir keine Wahl, als Ihnen zu Ihrer Weitsicht zu gratulieren, Tokohiro San.«

»Das freut mich. Ich kann nachvollziehen, dass Sie meine Mitarbeiter und mich für Ihre auf den ersten Blick missliche Lage verantwortlich halten, aber ich hoffe, Ihnen erklären zu können, dass die Situation nicht die ist, die sie zu sein scheint.«

Ich versuchte die Augenbrauen zu heben, aber die Bewegung erzeugte einen Blitz vor meinen Augen und ein fieses Stechen in meinem Hinterkopf. Ich stöhnte leise. Tokohiro schien ohnehin nicht mit einer Antwort zu rechnen, er redete weiter.

»Wenn Sie mir glaubhaft versicherten, von den eben von Ihnen beschriebenen Maßnahmen abzusehen, wäre ich bereit, Ihre Fesseln zu lösen.«

»Was wollen Sie? Mein Ehrenwort?«

Sein Lächeln verschwand.

»Ja«, sagte er. Als er meine Verblüffung bemerkte, setzte er hinzu: »Ein Wort unter Ehrenmännern sollte auch in Deutschland gelten.«

»Gut«, antwortete ich. »Sie haben mein Ehrenwort.«

Er nickte und begann, meine Fesseln zu lösen. »Nebenbei bemerkt und ohne großsprecherisch erscheinen zu wollen: Ich bezweifle sehr, dass Ihnen Ihr Vorhaben ohne weiteres gelungen wäre, Kant San. Selbst wenn ich keine Waffe bei mir hätte.« Lächelnd öffnete er die letzte Fessel.

Ich rieb meinen Nacken, er war feucht, aber es handelte sich nur um Wasser. Vorsichtig setzte ich mich auf und betastete die Beule an meinem Hinterkopf. Sie schmerzte entsetzlich.

»War es wirklich nötig, mich niederzuschlagen?«, fragte ich. »Ich wäre für ein offenes Wort bestimmt zu haben gewesen.«

»Sie haben gewiss Recht, aber ich kann das leider nicht abschließend beurteilen. Zudem ist es bedauerlicherweise nicht möglich, den für Ihre Verletzung Verantwortlichen dazu zu befragen.«

»Was soll das heißen? Woher wussten Sie überhaupt, dass ich in Friedel Hausmanns Wohnung wollte?«

»Wir wussten es eben *nicht*, Kant San, und gerade deshalb hatte Ihr überraschendes Auftauchen einige für alle unangenehme Auswirkungen.«

Ich strich mit den Fingerspitzen über meinen Hinterkopf. »Unangenehm, in der Tat«, sagte ich.

»Seien Sie versichert, Kant San, alle anderen Beteiligten haben größere Blessuren als Sie davongetragen.«

»Würden Sie mir das erklären?«

Sein Blick wurde so kalt, dass meine Hände unwillkürlich eine Verteidigungsposition einnahmen.

»Der Mann, der Sie niedergeschlagen hat, liegt im Kofferraum meines Wagens.«

»Was tut er da?«

»Nichts mehr. Ich habe ihn erschossen«, sagte er.

Mein Hinterkopf pochte heftig. »War das nicht etwas übertrieben?«, fragte ich.

»Er hat mir keine Wahl gelassen. Wir wussten, wo er war, aber wir wussten nicht, was er da wollte. Als Sie plötzlich vor dem Haus auftauchten, war klar, dass Sie dasselbe Ziel hatten wie er. Ehrlich gesagt hielten wir Sie zunächst für seinen Partner. Ich bin Ihnen gefolgt. Als ich vor der Wohnung stand, kam der Mann heraus. Er hat sofort die Waffe gehoben. Es gab keine Zeit, um abzuwägen.«

»Wer ist der Mann?«

»Er heißt Arnold Koppmann. Ich denke, Sie kennen ihn.«

Ich senkte den Kopf. Arnie, tot in einem Kofferraum, war ein Bild, das sich meiner Vorstellung nicht recht erschließen wollte. »Haben Sie was zu trinken?«, fragte ich.

Tokohiro griff in seine Innentasche und reichte mir einen verchromten Flachmann.

»Oder wollen Sie Wasser?«, fragte er.

Ich drehte wortlos den Verschluss auf und trank. Es war irgendein Malt, aber er kam mir vor wie himmlischer Nektar.

»Koppmann ist tot, und ich bin dafür verantwortlich. Ich würde das gern gegen Ihre Beule tauschen, wenn das ginge. Zu allem Unglück mussten wir auch noch Ihren Taxifahrer davon abhalten, die Polizei zu rufen, was nur möglich war, indem wir ihn aus dem Verkehr zogen. Er sitzt nebenan. Keine Sorge, er ist unversehrt. Alles in allem haben Sie uns sehr viele Probleme bereitet, Kant San. Aber das soll kein Vorwurf sein.«

»Danke.« Ich nahm noch einen Schluck und schraubte den Flachmann zu. »Was wollten Sie von Koppmann?«, fragte ich. »Warum haben Sie ihn überwacht?«

Er stand vor mir und sah auf mich herab. »Zunächst wüsste ich gern von *Ihnen*, was Sie dort gesucht haben.«

Sein Ausdruck blieb freundlich, ließ aber wenig Zweifel an der Rollenverteilung zu: Auch wenn meine Fesseln gelöst waren – die Fragen stellte er.

»Der Besitzer der Wohnung ist ein Freund von mir«, sagte ich.

»Ein sehr unordentlicher Mensch, dieser Herr Hausmann«, sagte Tokohiro. Er nahm eine Aktenmappe vom Tisch und schlug sie auf. »Aber ein guter Rechercheur. Die Verbindung zwischen Yves Schwarzenberger und der Okinumi Inc. ist in Deutschland weitgehend unbeachtet geblieben, obwohl wir die zuständigen Behörden informiert haben. Wussten *Sie* davon?«

Ich erinnerte mich, dass Friedel von drei verschwundenen Klimts gesprochen hatte. »Nur oberflächlich, keine Details«, sagte ich.

»Meine Mitarbeiter sind immer noch damit beschäftigt, die Akten zu sichten, die wir in der Wohnung vorgefunden haben. Leider konnten wir noch kein System erkennen. Deshalb ist es mir bisher unmöglich, das Ergebnis unserer Arbeit vorauszusagen. Können Sie uns dabei weiterhelfen?«

»Nein. Das kann nur der Besitzer.«

»Und wo finden wir den?«

Ich lächelte.

Er lächelte.

»War nur eine Frage«, sagte er.

Ich reckte mich und streckte die Arme, aber meine Form war noch nicht wieder die alte. Ich beschloss, auf der Liege sitzen zu bleiben. »Wie lange gedenken Sie mich hier festzuhalten?«

»Zunächst müssen wir unsere professionellen Probleme ausräumen, über die wir ja bereits gesprochen haben. Lassen Sie mich so offen reden, wie es mir möglich ist: Wir verdächtigen Isabelle Schwarzenberger, an der Unterschlagung der Kunstwerke der Okinumi Inc. beteiligt gewesen zu sein. Sie arbeiten für Frau Schwarzenberger. Deswegen kann ich Ihnen nicht trauen. Und solange ich Ihnen nicht traue, kann ich Sie nicht freilassen.«

»An der Okinumi-Geschichte bin ich nur interessiert, falls sie den Mord an Schwarzenberger und Wolter berührt. Ansonsten können Sie Ihr Rad drehen, wie Sie wollen.«

»Und da haben wir unser nächstes Problem. Wir können diese Frage zurzeit genauso wenig beantworten wie Sie, Kant San.«

»Wer ist ›wir‹ in diesem Fall?«

»Meine Auftraggeber, meine Mitarbeiter und meine Wenigkeit.«

»Wobei Ihre Meinung dabei die ausschlaggebende ist, nehme ich an.«

»Das ist, in aller Bescheidenheit, richtig.«

»Und was Sie zu Ihrem Verdacht gegen Isabelle Schwarzenberger bringt, werden Sie mir natürlich nicht mitteilen.«

»Natürlich nicht, Kant San. Ich kann Ihnen doch nicht selbst die Möglichkeit geben, Spuren zu verwischen.«

»Unter diesen Umständen könnte es relativ lange dauern, unsere Probleme auszuräumen. Es läge mir aber daran, Ihre Gastfreundschaft nicht über Gebühr in Anspruch zu nehmen.«

»Glauben Sie mir bitte, wir halten Sie nur sehr ungern hier fest. Uns ist die Illegalität unseres Vorgehens natürlich bewusst, und wir bedauern zutiefst. Aber unsere Ermittlungen sind an einem Punkt angekommen, wo wir Störungen von außen nicht zulassen können.«

»Ist Frau Wolter mittlerweile wieder aufgetaucht?«

»Nein.« Seine Miene wurde ernst. »Wir sind sehr besorgt.«

»In Schwarzenbergers Haus haben Sie sie also nicht gefunden?«

Sein Blick zuckte hoch, für Sekundenbruchteile nur. »Wir bedauern den Tod des Hundes, aber meine Mitarbeiter sahen keine Möglichkeit, seiner Herr zu werden.«

»Sie haben eine ganze Menge zu bedauern, Tokohiro San. Ihre Ermittlungen laufen alles andere als reibungslos.«

»Was hätten Sie denn an meiner Stelle getan?«, fauchte er unvermittelt, aber sofort gewann seine Contenance wieder die Oberhand. »Verzeihen Sie diese Frage, sie war unnötig und nicht zu beantworten.«

»Ich mache Ihnen einen Vorschlag: Sie zeigen mir Ihre Beweise gegen Isabelle Schwarzenberger. Entweder kann ich sie entkräften, dann können wir zusammenarbeiten. Oder ich akzeptiere sie, dann ziehe ich mich aus dem Fall zurück …«

»… und geben Frau Schwarzenberger die Möglichkeit, ihre Spuren zu verwischen. Nein. Das kommt nicht in Frage.«

»Sie müssten mir vertrauen, das ist richtig.«

»In diesem Fall reicht Ihr Ehrenwort nicht, Kant San.«

»Sie wollen mich und Herrn Kim also so lange festhalten, bis Sie Ihren Fall gelöst haben?«

»Ihren Chauffeur werden wir noch heute wieder freilassen, ich denke, wir konnten ihn überzeugen, nicht gegen uns zu arbeiten.«

»Darf ich fragen, wie Ihnen das gelungen ist?«

»Er stammt aus Korea, er hat eine Vorstellung von den Möglichkeiten ostasiatischer Großunternehmen. Bei Ihnen liegt der Fall natürlich anders. Oder könnten wir Sie einschüchtern?«

»Eher nein«, sagte ich.

»Sehen Sie. Deswegen müssen Sie leider bei uns bleiben.«

»Kann ich mit Herrn Kim reden?«

»Ja, aber natürlich nur unter Aufsicht. Er soll wissen, dass es Ihnen gut geht.« Er ging zur Tür. »Ich möchte Ihr Ehrenwort nicht auf mögliche Fluchtversuche ausdehnen, Kant San. Diese Tür ist immer verschlossen und bewacht.«

»Das dachte ich mir. Beantworten Sie mir noch eine Frage?«

»Es kommt darauf an.«

»Arnie Koppmann war nicht helle genug für dieses Spiel. Er arbeitete für jemanden. Für wen?«

»Das wissen wir nicht.«

Er klopfte gegen die Tür, die sich sofort öffnete. Nach einer letzten Verbeugung ließ er mich allein. Die Tür schloss sich und wurde verriegelt.

Tokohiro hatte mir einiges zu denken gegeben. Unter anderem die Frage, warum ich ihm auch nur ein Wort glauben sollte. Auf dem Tisch lag immer noch Friedels Aktenmappe über Schwarzenberger und die Okinumi Inc. Daneben reflektierte der verchromte Flachmann das Licht der Deckenlampe.

Vorsichtig stand ich von der Liege auf und testete meinen Gleichgewichtssinn, bis ich ihn für ausreichend befand. Dann wankte ich zu dem Edelstahlklo und kotzte hinein.

FÜNF

Trotz des Zustandes meines Gehirns, den ich für eine Erschütterung der Stärke 3,2 auf der nach oben offenen Kant-Skala hielt, las ich Friedels Akte und leerte zu meiner Unterstützung dabei den Flachmann, der erfreulicherweise mehr enthielt, als sein Äußeres vermuten ließ.

Drei Kunstwerke im Wert von anderthalb Millionen Euro, die Herr Köttinger, achtundachtzigjähriger Gründer und Hauptaktionär der gleichnamigen Maschinenfabrik gesammelt und in seiner Chefetage ausgestellt hatte, waren verschwunden, unmittelbar nachdem die Okinumi Inc. den Laden übernommen hatte. Zunächst wurde Köttinger selbst verdächtigt, der seine geliebten Sammlerstücke nur aus schierer Geldnot zusammen mit seiner Firma verscherbelt hatte. Die Vorwürfe trafen den alten Herrn derart, dass er noch am selben Tage an einem Herzversagen verschied. Trotz intensiver internationaler Nachforschungen blieben die Bilder verschollen, bis auf einen Klimt, der ein Jahr später in Australien auftauchte. Der Käufer, ein Neuseeländer japanischer Herkunft, behauptete, das Bild von Yves Schwarzenberger gekauft zu haben.

Schwarzenberger bestritt energisch jegliche Verbindung zu Bild und Käufer und verklagte den Mann, der bereits wegen Hehlerei einsaß, vor einem australischen Gericht. Da der Mann keinerlei Beweise vorlegen konnte, galt Schwarzenberger als rehabilitiert, in Deutschland hatte die Presse von dem Vorfall keine nennenswerte Notiz genommen.

Doch in Friedels Akte fand sich Material, welches das Licht auf die Geschichte erheblich verdüsterte. Der Mann hatte Beweismaterial angekündigt, allerdings wurde dies Tage vor Prozessbeginn gemeinsam mit seinem Haus und seiner Ehefrau Opfer eines Feuers, das nach Ansicht der Brandermittler durch einen defekten Kühlschrank ausgelöst worden war.

Die Okinumi Inc. war von ihrer Versicherung vollständig entschädigt worden. Man hätte den Fall also als erledigt betrachten können, aber offenbar gab es Leute, die noch immer an der Geschichte interessiert waren.

Der Versicherung wäre natürlich mit einer Aufklärung des Falles geholfen, aber die Summe von anderthalb Millionen Euro schien mir den Aufwand, den Tokohiro und seine Männer trieben, nicht wirklich zu rechtfertigen. Diese Sache konnte nur ein Teil von Tokohiros Gründen sein, Isabelle Schwarzenberger zu verfolgen.

Ich wendete die letzte Seite in der Mappe und entdeckte einen gelben Post-it-Zettel auf der Innenseite der Mappe.

»IS: LVW inoff. künstler. Berat. v. Oki! Beweise?«, hatte Friedel daraufgekrakelt.

Von Beweisen fehlte leider jede Spur, aber Friedel würde so etwas nicht ohne konkreten Verdacht geschrieben haben. Wer die Quelle IS war, konnte ich mir leicht denken. Ich würde sie danach befragen, wenn ich aus diesem Loch raus war.

Die Tür wurde entriegelt und geöffnet. Der Japaner mit dem Kaschmir-Pullover betrat den Raum, einen 38er-Colt-Revolver in der gehobenen Hand. Hinter ihm wurde Herr Kim in den Raum geschoben, zumindest vermutete ich das, denn dem Mann war ein brauner Sack über den Kopf gezogen, seine Hände waren auf dem Rücken gefesselt.

Der Japaner sagte etwas in einer asiatischen Sprache; Herr Kim nickte. Der Mann trat hinter ihn und zog ihm den Beutel vom Kopf. Herr Kim kniff ein paarmal die Augen zusammen, bevor er mich erkannte. Er sah starr nach vorn, der Japaner drückte ihm den Revolverlauf in den Nacken.

»Schön, Sie wohlauf zu sehen, Herr Kant«, sagte Herr Kim.

»Tut mir Leid, dass Sie da mit reingezogen wurden«, antwortete ich.

Er lächelte halb. »Man hat mir nichts getan, und ich habe die ganze Sache jetzt schon vergessen.«

»Ich werde mich bei Ihnen melden, wenn das hier hinter mir liegt.«

»Was soll ich unternehmen, falls Sie das nicht tun?«

»Nichts, Herr Kim. Ich werde schon auf mich aufpassen.«

Er nickte, und der Japaner zog ihm den Sack wieder über. Ich hörte noch ein gedämpftes »Viel Glück«, bevor er wieder aus dem Raum geschoben wurde.

Zehn Atemzüge lang starrte ich auf die Metalltür. Dann legte ich mich auf die Liege und schloss die Augen.

***

Ich wachte auf, als die Tür geöffnet wurde. Der Kaschmir-Japaner warf einen forschenden Blick in den Raum. Ich setzte mich auf.

»Sie was brauchen?«, fragte er

»Kaffee und eine Tageszeitung«, antwortete ich.

»Hay«, sagte er und schloss die Tür hinter sich. Wieder war ich allein. Im Raum war es totenstill. Kein Geräusch drang durch den Beton von Decke und Wänden. Nach einer Weile glaubte ich, ein Vibrieren des Bodens zu bemerken, aber ich war nicht sicher.

Als sich Schritte der Tür näherten, kamen sie mir vor wie Hammerschläge. Mein pullovertragender Freund servierte ein *continental breakfast* mit Pulverkaffee und eine bereits gelesene Rheinische Post. Er stellte das Tablett ab und verließ den Raum wieder, ohne mir einmal auch nur die Seite, geschweige denn den Rücken zuzuwenden. Aber er lächelte.

Der Kaffee war erträglich, und ich schaffte auch einen der beiden plastikverschweißten Muffins. So rüstete ich mich für das, was der Tag mir bringen mochte. Die Rheinische Post quoll über von Würdigungen des ermordeten Oberbürgermeisters durch jeden, der in Deutschland berechtigt war, seine Meinung gedruckt zu bekommen. Nur Dieter Bohlen fehlte. Die Essenz der Texte war, dass OB Lodenmeier zu Lebzeiten ein völlig unerträglicher Mensch gewesen war, dass aber niemand der Befragten bereit war, das auch hinzuschreiben. Zwischen den Zeilen einiger Lokalpolitiker war die Sorge über die Auswirkungen von Swanns Amoklauf auf das Ansehen der Weltstadt am Rhein zu lesen. Mancher dagegen schien sich zu fragen, ob der Märtyrertod Lodenmeiers Düsseldorfs Image nicht vielleicht sogar zum Vorteil gereichen möge. Aber auch das schrieb natürlich keiner hin. Ich las das Blatt tatsächlich zu Ende. Im Feuilleton fand sich der Versuch einer Kritik der durch Swanns Auftritt etwas in den Hintergrund geratenen Werke seiner Mitstudierenden. Die Klasse von Trockel kam am besten weg – leider war ich umständehalber nicht mehr dazu gekommen, ihre Räume zu besichtigen.

Ich war bereits bei den Immobilienanzeigen angekommen, als sich endlich die Schritte meines Zimmerservices näherten. Den Revolver in der Hand kam er herein und bedeutete mir, die Sachen auf das Tablett zu räumen.

»Kann ich etwas zum Schreiben bekommen?«, fragte ich. »Einen Stift und Papier.«

Zwei Sekunden sah er mich lächelnd an. »Nein«, sagte er dann und verließ den Raum wieder, ohne sich auf Diskussionen einzulassen.

Ich war allein, mir war langweilig, und das begann mir auf die Nerven zu gehen, also vertrieb ich mir die Zeit mit Gymnastik und Kraftübungen, während sich meine Gedanken pausenlos um das unvollständige Mosaik drehten, als dessen Teil ich hier eingesperrt war.

Es mochte eine Stunde oder mehr sein, die verging, bis wieder Geräusche durch die Tür drangen. Schritte von mehreren Personen, laute japanische Stimmen und dazwischen, deutlich vernehmbar, das Weinen einer Frau. Es wurde leiser, eine Tür klappte, es war verschwunden. Das Getrappel und Stimmengewirr vor meiner Tür jedoch hielt an. Von etwas weiter entfernt wurde ein japanisches Kommando gebrüllt, worauf die Schritte sich hektisch eine Treppe hinauf entfernten.

Für eine Weile kehrte die Stille in meinen Raum zurück. Ich lauschte angespannt und legte das Ohr an die Tür. Leise, aber doch deutlich meinte ich ein Wimmern zu vernehmen. Meine

Hilflosigkeit regte mich mehr und mehr auf. Ich rüttelte an der Klinke und trat gegen die Tür. Es tat weh und nutzte überhaupt nichts. Ich zwang mich zur Ruhe und zum Warten. Wenn ich mich konzentrierte, konnte ich die Frau ohne Unterlass weinen hören. Mein Zeitgefühl war völlig verloren gegangen, es schien erneut eine Ewigkeit vergangen zu sein, als Schritte die Treppe herunterkamen. Eine Tür wurde geöffnet, die Frau wurde weggebracht, ohne dass ihr Weinen nachgelassen hätte. Nach einiger Zeit kamen die Schritte zurück. Die Tür wurde aufgeschlossen, und der kaschmirtragende Zimmerkellner kam herein – unbewaffnet, was mich veranlasste eine sprungbereite Position einzunehmen.

Er sah mich mit undurchdringlichem Blick an und sagte: »Besser nicht tun, ich Kara-te.«

Dann verbeugte er sich tief und sagte einen langen Spruch auf Japanisch auf, aus dem ich die Worte »Tokohiro San« heraushörte. Er richtete sich wieder auf, verbeugte sich erneut und sagte:

»Tokohiro San sich entschuldigen für einsperren Sie. Er leider keine Zeit für herkommen. Ich Sie bringen weg. Frei lassen.«

Er wies auf die offene Tür. Wir hielten uns gegenseitig im Auge, während ich Jackett und Mantel anzog. Dann ging ich vor ihm her in den hell erleuchteten, leeren Gang. Gegenüber war eine Stahltür, ähnlich der zu meinem Verlies. Sie war angelehnt.

Der Japaner schubste mich sanft weiter in Richtung Treppe, und ich stieg hinauf. Die Diele, in die ich kam, schien die eines weitläufigen, wenn auch nicht übertrieben großen Bungalows. Kein Mensch war zu sehen. Durch eine offene Tür sah ich in einen großen Wohnraum. Licht fiel durch eine Verandatür, aber der Garten dahinter war von einer hohen, weißen Mauer umgeben. Vorn, wo ich die Straßenfront vermutete, waren alle Rollläden heruntergelassen. Mein Bewacher dirigierte mich durch eine kleine, unvollständig eingerichtete Küche zu einer weiteren Tür.

»Machen auf«, sagte er.

Sie führte in eine große Garage, in der ein Mitsubishi-Transporter stand. Der Japaner öffnete die Schiebetür. Auf dem Boden der fensterlosen Metallkiste saß Ursula Wolter in einer Ecke und kniff geblendet die Augen zusammen. Völliges Unverständnis trat in ihren Blick, als sie mich erkannte.

»Sie«, sagte sie nur. Es war nicht einmal eine Frage.

»Wir waren Zellennachbarn«, sagte ich. »Aber ich glaube, man hat uns begnadigt.«

»Wirklich?« Ihr Gesicht war von verschmiertem Make-up verunstaltet. Die rechte Seite war blaugrün angelaufen und verquollen.

»Setzen hin«, sagte der Japaner und warf die Schiebetür zu. Es wurde vollständig dunkel. Ich hörte den Mann einsteigen und das Garagentor mit einem schwachen Brummen auffahren. Der Wagen fuhr los. Ich versuchte den Türgriff, aber natürlich rührte er sich nicht.

Frau Wolter sagte leise etwas. »Sie haben Freddy …«, verstand ich.

»Wer hat Freddy? Die Japaner?«

»Ja. Sie haben ihn …«

»Was wollen sie von ihm?«

»Sie haben ihn ERSCHOSSEN!«, brüllte sie.

»Erschossen? Warum?«

»Das weiß ich nicht!« Sie atmete schwer. »Sie haben ihn an die Wand gestellt, und dann haben sie einfach geschossen.«

»Ist das Ihr Ernst?«, fragte ich.

»Ja. Ich war dabei. Sie haben ihn regelrecht hingerichtet.«

Ich schwieg. Das war starker Tobak, der nicht zu meiner Einschätzung Tokohiros passen wollte. Der Wagen hielt kurz und bog dann rechts ab. Der Verkehrslärm nahm zu, wir waren auf einer Hauptstraße.

»Wie geht es Ihnen?«, fragte ich.

»Ich lebe. Das muss reichen … Haben Sie eine Zigarette?«

»Nein. Erzählen Sie mir, was passiert ist.«

»Die Tür flog auf, sie kamen rein, Freddy hat noch versucht, seine Pistole zu ziehen, aber der Mann hat ihm den Arm auf den Rücken gedreht, und dann … und dann haben sie ihn an die Wand gestellt. Und mich haben sie hierher gebracht.«

»Haben Sie gesehen, wie er getötet wurde?«

»Gesehen nicht, aber …« Sie schniefte.

Wieder bog der Wagen ab und beschleunigte, wir schienen auf eine Autobahn aufzufahren. Der Motor dröhnte.

»Seit wann waren Sie bei Freddy?«, fragte ich.

»Seit er mich gefunden hat, am Mittwoch.«

»Er hat Sie noch am Mittwoch gefunden? Wann?«

»Kurz nachdem ich Sie angerufen hatte. Deswegen konnte ich doch nicht mehr ins ›Mühlhaus‹ kommen.«

»Sie *konnten* nicht kommen? Was soll das heißen?«

»Ich saß im Keller unter Freddys Garage in Lierenfeld, und die Tür war abgeschlossen. *Das* soll das heißen.«

Mir war sehr danach, die Stirn zu runzeln, aber es verursachte immer noch Kopfschmerzen, also ließ ich es bleiben. »Freddy hat Sie *gefangen* gehalten?«

»Ja, natürlich. Er wollte den Umschlag und den Code. Er hat mich geschlagen und … Wenn diese Männer nicht gekommen wären, hätte er mich …« Sie verstummte.

»Haben Sie ihm gegeben, was er wollte?«

»Ja. Am Ende.«

Der Wagen wurde langsamer und ging in eine Rechtskurve. Ich wurde gegen sie gepresst. Für einen Moment hielt der Wagen, wahrscheinlich an einer Ampel, dann bog er links ab.

»Woher wusste er, dass Sie den Umschlag hatten?«

Sie senkte wieder den Kopf und begann zu weinen. »Weil ich es ihm gesagt habe, ich blöde Kuh!«, stieß sie hervor. »Ich dachte doch, er sei unser Freund, meiner und Egons, aber er wollte nur den Umschlag. Ich habe ihn gefragt, ob er mir helfen könnte, und dann …«

»Wofür stehen die Zahlen auf diesem Blatt? Wer kann was damit anfangen?«

»Ich weiß es nicht. Es gab zwei Umschläge. Einen braunen, den ich Ihnen gegeben habe, und einen weißen mit dem Code. Egon hat gesagt, es sei besser, wenn ich so wenig wie möglich darüber wüsste; es sei seine Lebensversicherung gegen Yves, und wenn ihm etwas zustoßen sollte, solle ich damit zu Freddy gehen. Er hat wohl nicht damit gerechnet, dass Yves *vor* ihm stirbt.«

Erneut bog der Wagen ab. Der Verkehrslärm, der uns umgeben hatte, verschwand.

»Wie ist Ihr Mann in den Besitz dieser Umschläge gekommen?«

»Er hat sie von seiner Schwester.«

»Isabelle Schwarzenberger?«

»Ja.«

»Warum hat sie sie ihm gegeben, wenn er sie gegen ihren Mann verwenden konnte?«

»Ich weiß es nicht. Vielleicht glaubte sie, es könne einmal nötig sein. Sie tut nie etwas ohne Hintergedanken.«

Jetzt runzelte ich doch die Stirn. »Was hat Freddy mit den Umschlägen gemacht?«

»Nichts mehr. Der Japaner hat sie ihm abgenommen.«

»Auch den Code?«

»Ja.« Sie zog die Nase hoch. »Er hat mir so wehgetan«, sagte sie tonlos.

Der Wagen hielt, und die Fahrertür klappte. Sekunden später wurde die Schiebetür geöffnet. Wir stiegen aus und standen auf einem schmalen geteerten Weg. Zu sehen gab es nichts als Rübenäcker und die Dampfschwaden dreier Kraftwerke unter einem nieselgrauen Himmel. Kein Zeichen irgendwelcher Ansiedlung.

Der Japaner überreichte mir ein Bündel. Es war mein Holster, in dem die Kimber steckte, darauf lagen meine Brieftasche und mein Handy. Er zeigte in die Richtung, aus der wir gekommen waren.

»Gehen da«, sagte er und verbeugte sich zum Abschied. Dann sprang er in den Transporter und fuhr mit durchdrehenden Reifen davon.

Mit wenig Hoffnung zog ich die Kimber heraus. Das Magazin fehlte, ebenso wie der Akku des Handys. Immerhin war die Brieftasche noch voll. Ich schnallte das Holster um und steckte die Kimber hinein. Ursula Wolter stand unverändert da, wo sie ausgestiegen war, und starrte zu Boden.

Ich griff nach ihrer Hand. »Lassen Sie uns gehen«, sagte ich und zog sie hinter mir her. Sie folgte gehorsam.

Ich atmete tief und pumpte Luft in meine Lungen. Ich musste nachdenken. Während ich marschierte, versuchte ich, die Bruchstücke meiner Informationen in einen erkennbaren Zusammenhang zu bringen. Ferrari-Freddy hatte mich angelogen. Hatte Arnie für ihn gearbeitet? Das schien jetzt nahe liegend. Tokohiro und seine Truppe waren ausschließlich hinter dem Code her, die Listen hatten sie spätestens auf meiner Festplatte gefunden. Die Tatsache, dass man mich freigelassen hatte, bedeutete in Tokohiros Logik, dass er Isabelle Schwarzenberger nicht mehr verdächtigte, obwohl Wolter die Listen von ihr bekommen hatte.

Ich wusste eine Menge – aber ich wusste auch, dass ich gar nichts wusste. Ich starrte auf die graue, endlos wirkende Zuckerrübensteppe. Wir hatten einiges an Fußmarsch vor uns.

***

Frau Wolters Schuhwerk war unpassend. Nach einer Viertelstunde brach ihr ein Absatz ab. Immerhin waren wir mittlerweile in Sicht eines Bauernhofes, von dem wir allerdings durch einen überaus schlammigen Acker getrennt waren. Der Weg stieß auf eine kleine Straße. Ich bog nach links ab. Die Sonne hing grau verschleiert in halber Höhe. Immer noch hatte ich keine Ahnung, wie spät es war.

Auf der Straße fuhr kein einziges Fahrzeug. Ich fand es erstaunlich, nur fünfzehn Autominuten von Düsseldorf entfernt einen so unbelebten Ort zu finden. Erst als wir uns einer Bundesstraße näherten, kam uns ein Wagen entgegen. Auf mein Winken hielt der Fahrer sogar an und bestätigte meine These, nach der wir westlich von Dormagen waren. Der Anblick von Frau Wolters verschwollenem Gesicht beunruhigte ihn sichtlich, also erzählte ich ihm eine Geschichte von einem Fahrradunfall. Dies, im Verbund mit zwei Zwanzigern, überzeugte ihn, uns nach Düsseldorf zu bringen. Er hatte sogar eine Zigarette für Frau

Wolter. Sie saß auf der Rückbank und rauchte mit geschlossenen Augen. Aus dem Radio dudelte leise irgendwelche Top-40-Musik.

»Beim Spiel zwischen Hoffenheim und Leverkusen ist in der fünfunddreißigsten Minute das 1:0 gefallen«, sagte der Sprecher, als das Stück zu Ende war.

»Wieso ist denn am Freitagnachmittag Bundesliga?«, fragte ich den Fahrer.

»Wir haben Samstag«, sagte er. Er warf mir einen unbehaglichen Blick zu.

Ich betastete meine Beule. Arnie hatte mich also nicht vier Stunden außer Gefecht gesetzt, sondern vier plus vierundzwanzig. Kein Wunder, dass ich gekotzt hatte.

Die Musik spielte weiter, bis sie nach einer halben Minute ausgeblendet wurde und der Sprecher sich wieder meldete.

»Und jetzt eine Sondermeldung exklusiv für Sie, liebe Hörer von Antenne Düsseldorf. Wie wir gerade erfahren, ist Lothar van Wygan, weltbekannter Maler und Professor an der Kunstakademie Düsseldorf, in Köln Opfer einer Entführung geworden. Am Telefon meldet sich nun unser Korrespondent Friedel Hausmann, der Augenzeuge des Vorfalles wurde: Friedel, was kannst du uns berichten?«

»Können Sie das lauter drehen?«, fragte ich den Fahrer.

Friedels Stimme war verzerrt durch die Übertragung: »Vor wenigen Minuten, am helllichten Tage, auf einer Hauptverkehrsstraße am Rande der Kölner Innenstadt, wurde der Wagen des berühmten Düsseldorfer Kunstprofessors von einer schwarzen Limousine gestoppt. Ein zweiter Wagen blockierte van Wygans Mercedes von hinten. Zwei maskierte Männer sprangen heraus und zerrten den heftig Widerstand leistenden Lothar van Wygan aus seinem Auto. Mit vorgehaltenen Waffen zwangen sie ihn, in die Limousine einzusteigen, die daraufhin sofort mit hoher Geschwindigkeit davonraste. Die Verfolgung durch Augenzeugen scheiterte. Eben trifft die Polizei am Ort des Geschehens ein ...« – »Gibt es Hinweise auf den Hintergrund dieser Entführung?«, fragte der Sprecher. – »Natürlich ist es noch zu früh für Spekulationen, aber unbestätigten Gerüchten zufolge soll van Wygan in die zwei mysteriösen Mordfälle von Anfang der Woche in Düsseldorf verwickelt sein, aber ich muss hier betonen, dass es sich dabei nur um Gerüchte handelt. Möglicherweise liegen die Motive der Täter hier.« – »Vielen Dank, Friedel, du bleibst für uns am Ball. So viel bis hierher aus Köln. Unser Korrespondent Friedel Hausmann berichtet exklusiv für Sie auf Antenne Düsseldorf. Wir halten Sie auf dem Laufenden über die spektakuläre Entführung von Professor Lothar van Wygan ...«

Robbie Williams begann zu singen. Der Fahrer drehte wieder leiser. »Künstler«, sagte er nur.

Ursula Wolter beugte sich nach vorn. »Waren das die Japaner?«, fragte sie.

Ich nickte. Der Fahrer sah uns misstrauisch an. Er wirkte erleichtert, als er uns vor meinem Haus aussteigen ließ.

***

Ich brachte Frau Wolter hinunter zur Haustür und half ihr ins Taxi. Sie drehte sich nicht um, als sie davonfuhr. »Ich weiß es nicht«, hatte sie auf meine Frage geantwortet, was sie nun vorhabe.

Ich fuhr mit dem Aufzug wieder hoch und zog die Tür hinter mir zu. Müde stieg ich die Treppe ins Büro hinauf, holte ein neues Magazin aus dem Safe und lud die Kimber wieder. Dann ging ich hinunter zu meiner Harfe und ließ mich auf den Hocker sinken. Die Pistole legte ich auf den aufgeschlagenen Noten von »La Source« ab, die immer noch auf dem Pult lagen. Etwas schwerfällig begann ich, eine ruhige Melodie zu improvisieren, sie klang ein bisschen nach Debussy. Meine Fingernägel waren einen Hauch zu lang geworden, wie ich dabei bemerkte. Während des Spiels dachte ich über meine nächsten Schritte nach, aber meine Fingernägel störten mich, besonders der des rechten Mittelfingers. Ich stand auf, um ihn im Bad abzufeilen. Der Schuss, der mich am linken Oberarm erwischte, hätte mich sonst in den Kopf getroffen.

Ich stürzte nach hinten. Während ich fiel, kam ein zweiter Schuss durch die offene Zimmertür; er fetzte in die Besaitung und verfehlte mich knapp. Die Harfe knackte und ließ ein dunkles Brummen hören. Obwohl mein Hinterkopf auf den Beistelltisch schlug, hörte ich den dritten Schuss in die Säule treffen. Das Geräusch ließ auf einen massiven Schaden in der Mechanik schließen, was mich ernsthaft wütend machte.

Ich raffte mich auf und hechtete nach vorn. Im Sprung griff ich die Kimber vom Notenständer, der mit mir gemeinsam in den Raum krachte und den nächsten Schuss abbekam. Ich robbte an die Wand hinter der Tür und trat sie zu. Aus dem Wohnraum hörte ich schnelle Schritte – ich hob die Pistole, aber sie entfernten sich. Ich sprang auf, zumindest versuchte ich es, aber es wurde eher ein unbeholfener Versuch, auf die Füße zu kommen. Mein Schädel brummte von dem Aufprall. Für eine Minute blieb ich hocken, bis meine Koordination halbwegs zurückkehrte. Die Wunde in meinem Arm pochte, blutete aber nur mäßig. Auch der Schmerz war einigermaßen erträglich. Die Kugel musste den Knochen verfehlt haben. Ich stand auf und verband meinen Oberarm mit einem der Schweißtücher neben dem Sandsack, dann lehnte mich an die Wand neben der Tür und öffnete sie. Von draußen kam keine Reaktion, aber ich konnte dem Frieden keineswegs trauen. Wer immer geschossen hatte, konnte noch nebenan sein, und dass er es ernst meinte, hatte er bewiesen.

Plötzlich klopfte jemand an der Wohnungstür.

»Jo, bist du da?«, rief eine Frauenstimme.

Ich hoffte, dass der andere genauso überrascht war wie ich, und drehte mich mit gehobener Waffe in die Tür.

Isabelle Schwarzenberger stand mir gegenüber, eine überdimensionierte Gucci-Handtasche unter den rechten Arm gepresst, und sah irritiert auf meine Waffe. Außer ihr konnte ich niemanden im Raum entdecken. Trotzdem sprang ich auf sie zu, schubste sie seitlich zu Boden und suchte selbst Deckung.

»Was soll das?«, fauchte sie.

»Später. Bleib jetzt liegen! Wie bist du hier reingekommen?«

»Die Tür war nur angelehnt.«

Ich robbte vorwärts zum nächsten Sessel und spähte nach meinem Gegner, doch hier im Wohnraum war er nicht. Ich sprang auf und öffnete aus der Deckung heraus alle Türen, aber die Wohnung war leer. Die Wohnungstür stand tatsächlich offen. Am Schloss ließ sich nichts finden, das auf eine Manipulation hindeutete. Ich warf einen Blick ins Treppenhaus. Das Fenster an der Treppe zum Dachboden stand offen. Ich steckte die Kimber in das Holster und ging zurück in den Wohnraum, wo Isabelle immer noch gehorsam auf dem Boden lag.

»Du kannst wieder aufstehen.«

»Was ist passiert? Was ist mit deinem Arm?« Sie zog sich an der Sofalehne in die Höhe.

»Er tut weh. Ist dir im Treppenhaus irgendwas aufgefallen?«

»Nein. Nur ein Mann ... Irgendein Mann. Er kam eilig aus der Haustür, deswegen musste ich nicht klingeln. Ich hab ihn nicht näher angesehen. Er war groß.«

Ich ging die Wendeltreppe zum Büro hinauf. In das Velux-Fenster im WC war ein Loch geschnitten. Es stand offen.

Wieder unten in der Küche, schnitt ich mit einem Messer meinen Hemdsärmel auf. Isabelle kam aus dem Wohnzimmer herein.

»Du brauchst einen Arzt«, sagte sie, als sie die Wunde sah.

Ich zeigte auf eine Schranktür. »Da drin ist Verbandszeug. Es wäre schön, wenn du mir helfen könntest.«

Sie nahm das Päckchen heraus und wickelte eine Mullbinde um meinen Oberarm. Dann strich sie mit der Hand über meinen Hinterkopf. Ich zuckte zusammen. Als sie mir ihre Finger zeigte, waren sie voll Blut.

»Ich bring dich ins Krankenhaus«, sagte sie.

»Nein«, antwortete ich.

»Wer hat das getan?«

»Um das zu beantworten, hätte ich ihn erwischen müssen.«

Ich suchte überall nach meinem Handy, fand es aber erst auf dem Boden neben meiner Harfe. Mein Blick fiel auf mein altes

Mädchen. Der Einschuss in der Säule lag ganz tief, in Höhe der Gelenke der Pedalmechaniken.

Ich muss die Werkstatt in Maastricht anrufen, dachte ich, aber mein Hirn war nicht mehr so durcheinander, dass es der Idee gefolgt wäre. Isabelle hatte Recht, ich brauchte einen Arzt. Aber mit einer Schusswunde konnte ich nicht zu irgendeinem – ich hatte kein Interesse, Fahrenbach an meinen Problemen teilhaben zu lassen. Ich brauchte einen vertrauenswürdigen Arzt, und ich kannte einen, der so vertrauenswürdig war, wie man für Geld sein konnte. Ich wählte seine Nummer und störte ihn beim Fußball gucken, aber er versprach mir, in einer halben Stunde da zu sein. Isabelle trat in den Raum.

»Was willst du eigentlich hier?«, fragte ich.

»Ich habe mir Sorgen gemacht. Zu Recht, wie mir scheint.«

»Es ist alles okay. Ist nur ein Kratzer.«

Langsam näherte ich meinen Mund dem ihren, und unsere Lippen streiften einander sanft.

»Du hast mir nicht alles erzählt«, sagte ich. »Was hatten van Wygan und dein Mann miteinander zu schaffen? Du weißt etwas, das du mir vorenthältst. Das hat mich in eine unangenehme Lage gebracht. Und es könnte wieder passieren.«

»Ich will nicht über Yves reden«, sagte sie leise. »Und über Lothar auch nicht.«

Ich zog sie zu mir heran. »Wir haben eine halbe Stunde für uns«, sagte ich und öffnete den Gürtel ihres Trenchcoats. »Lass es mich dir so einfach wie möglich machen.«

***

Ich wachte schlagartig auf. Im ersten Moment glaubte ich, der Schmerz in meinem Arm hätte mich geweckt, doch wenige Sekunden später hörte ich mein Handy klingeln. Isabelle seufzte ungnädig und zog sich die Daunendecke über den Kopf. Mein Wecker zeigte zwanzig vor drei.

Ich brummte irgendwas in das Gerät.

»Kant San, ich muss Sie sprechen. Sofort.«

»Dann sprechen Sie.«

»Nein. Sie müssen herkommen. Bitte! Schnell!«

»Was wollen Sie?«

»Ich kann Ihnen das am Telefon nicht erklären, aber es ist verzweifelt wichtig. Ich brauche Ihre Hilfe, Kant San. Ich bitte Sie: Kommen Sie. So schnell es geht!«

Ich warf einen Blick auf Isabelles Rücken, sie rührte sich nicht. »Na gut. Wo sind Sie?«

»In Lörrick, auf dem Parkplatz am Strandbad. Kennen Sie den?«

Er klang erleichtert, als ich versprach, in zehn Minuten da zu sein.

Es wurde knapp, aber ich schaffte es. Bei der Geschwindigkeit, mit der ich über die Lütticher Straße fuhr, konnte ich sicher sein, nicht verfolgt zu werden.

Der Parkplatz lag leer und finster unter den riesigen Kastanien. Als ich unter der Höhenbegrenzung hindurchrollte, blinkte weit hinten einmal ein Fernlicht auf. Ich lud die Kimber durch und entsicherte, bevor ich über den holprigen Kopfsteinweg darauf zufuhr.

Der Lexus stand am hinteren Rand des Parkplatzes neben einer baufällig wirkenden kleinen Hütte. Als ich daneben anhielt, schaltete Tokohiro die Innenbeleuchtung der Limousine an und winkte mich zu sich. Ich stieg in den Wagen, die Pistole in der Rechten.

»Die werden Sie nicht brauchen«, sagte er. Er saß auf dem Fahrersitz und hielt einen schmalen, hellbraunen Aktenkoffer fest, der vor ihm auf seinen Knien stand.

»So etwas entscheide ich am liebsten hinterher.«

»Natürlich. Ich danke Ihnen, dass Sie gekommen sind.« Sein Lächeln wirkte gequält.

»Allein die Neugier hat mich her getrieben.«

»Zu irgendeinem Entgegenkommen haben Sie ja auch keinerlei Anlass. Und das tut mir Leid. Ich möchte mich bei Ihnen entschuldigen.«

»Für unsere professionellen Probleme, wie Sie es nannten?«

»Ja. Aber auch dafür, dass ich Ihnen nicht immer die Wahrheit gesagt habe, Kant San.«

»Das habe ich auch keinesfalls erwartet.«

»Streng genommen habe ich Ihnen nie die Wahrheit gesagt.«

»Auch nicht über das Mädchen? Über Yoko?«

»Die ausgenommen. Sie ist wirklich meine Enkelin. Aber was ich Ihnen über meine Arbeit erzählt habe und was ich versucht habe, Sie glauben zu machen …« Er hustete vorsichtig.

»Sie sind also kein Privatdetektiv?«

»Haben Sie mir wenigstens *das* geglaubt?« Er wandte mir den Kopf zu. Er war blass, aber in seinen Augen leuchtete kurz ein schelmisches Blitzen auf.

»Ich habe zumindest geglaubt, dass Sie über eine große Organisation verfügen.«

»Ich habe das alles nur für mich selbst getan. Und ich hatte nur drei Mann«, sagte er.

»Hatte?«

»Ja. Zwei sind tot.« Wieder hustete er. »Wir sind in eine Falle gelaufen. Ich habe geglaubt, er arbeite allein, aber er muss einen Partner haben.«

»Wer? Van Wygan?«

»Ja. Er hat uns den Safeschlüssel gegeben. Es war nicht schwer, ihn dazu zu bringen. Aber in seinem Haus wartete jemand auf uns. Als ich den Safe aufschloss, hat man auf uns geschossen. Ohne Warnung. Ich weiß nicht, wer oder wie viele. Vielleicht war es nur einer. Meine beiden Männer sind tot. Oder wenigstens schwer verwundet, ich weiß es nicht genau, ich konnte ihnen nicht helfen, ich musste sie zurücklassen.«

»Wo ist ihr dritter Mann?«

»Er bewacht van Wygan. In dem Haus, in dem auch Sie schon waren.«

»Und was wollen Sie von *mir*?«

Er hob den Koffer ein wenig an. »Ich möchte Ihnen das hier geben. Darin ist alles, was ich zu diesem Fall weiß. Und noch ein wenig mehr.«

»Warum ich?«

»Weil Sie der Richtige sind. Das Schicksal führt Männer wie uns nicht ohne Absicht zusammen.«

»Das Schicksal?«

»Sie mögen nicht daran glauben, ich tue es. Und ich bin sicher, dass es richtig ist, Ihnen zu vertrauen.«

»Und warum, Tokohiro San, sollte ich *Ihnen* vertrauen?«

Er schob mir den Koffer zu. Auf dem hellen Leder war ein großer, dunkler Fleck.

»Weil ich sterbe«, sagte er.

Er hustete und verzog das Gesicht. Ich beugte mich vor, um ihn anzusehen. Er hielt seinen Trenchcoat zu, aber das Blut hatte ihn bereits durchtränkt.

»Bauchschuss«, sagte er.

»Ich bringe Sie zu einem Arzt«, sagte ich.

Er schüttelte den Kopf. »Zu spät.«

»Wie können Sie das wissen?«

»Glauben Sie mir: Es hat keinen Zweck.«

Er sah mir in die Augen, und ich wusste, dass er Recht hatte.

»Es ist auch ein Brief an Cornelia in dem Koffer. Bitte geben Sie ihn ihr. Vielleicht können Sie ihn in einen anderen Umschlag tun, es ist Blut darauf gekommen. Erzählen Sie ihr eine schöne Geschichte, bitte. Nicht die Wahrheit.«

»Ich werde tun, was ich kann«, sagte ich.

»Danke.«

Er stöhnte auf, plötzlich und heftig.

»Sagt mir dieser Koffer auch, wer Yves Schwarzenberger und Egon Wolter umgebracht hat?«

»Nein. Das tut er nicht. Aber er wird ...«, er hustete würgend, »... er wird Ihnen helfen.«

»Wenn ich Ihnen helfen soll, müssen Sie mir noch eine Frage beantworten. Warum haben Sie Freddy Piehlmann getötet? War das wirklich nötig?«

Sein Blick verwirrte sich. »Piehlmann? Wir haben ihm nichts getan. Sie ... hat ihn ... Ich konnte ... es nicht verhindern.«

»Sie? Wen meinen Sie?«

Er schloss die Augen und sagte etwas auf Japanisch. Sein Atem ging keuchend. »Das Haus …«, stieß er schließlich hervor, »van Wygan, es steht alles da drin. Lesen Sie es, und …« Er schloss die Augen, sein Atem ging schnell und flach.

»Und?«

»Und bringen Sie es zu Ende«, sagte er.

SECHS

Die Straße lag in einer stillen Einfamilienhaussiedlung, kurz hinter der Stadtgrenze zu Neuss. Aus dem Haus drang kein Lichtstrahl. Ich zog meine Handschuhe an. Der Koffer lag neben mir auf dem Beifahrersitz. Fast eineinhalb Stunden hatte ich mich mit seinem Inhalt befasst, Akten zumeist. Aber es lag auch ein Bündel Hunderter darin, außerdem, in einem durchsichtigen Kunststoffbeutel, eine SIG-Sauer Parabellum. Es war Ferrari-Freddys Waffe, wie ich einem Aufkleber entnahm. Daneben lagen ein Schlüsselbund und eine Glock 26. Ich nahm beides heraus und steckte die Waffe in die Manteltasche, bevor ich ausstieg. Es war halb fünf. Die Straße war menschenleer. Eine Katze überquerte die Fahrbahn, grau im Licht der Laternen.

Ich ging durch den Vorgarten zur Haustür, probierte die Schlüssel durch und öffnete so leise wie möglich. Es war still. Durch den Spalt unter der Kellertür drang Licht. Im Schein der Maglite durchquerte ich die Diele. Ich zog meine Kimber. Die Wunde am Arm schmerzte, als ich mit der Linken auf die Klinke drückte. Die Tür war unverschlossen. Als ich sie aufzog, hörte ich von unten ein gurgelndes Geräusch, das sich rhythmisch wiederholte. Jemand schnarchte. Die Kimber in der Rechten, schlich ich die Treppe hinunter und lugte in den Gang. Auf einem Gartenstuhl, den Kopf mit einem dünnen Kissen gegen die Wand gelehnt, saß Arnie Koppmann.

Tokohiro hatte also auch über ihn gelogen.

Auf Arnies Schoß lag eine Heckler & Koch MP, seine Rechte lag locker darauf, der linke Arm war immer noch bandagiert. Ich trat leise zu ihm und zog ihm die Waffe weg. Mit einem schnappenden Atemholen wachte er auf und starrte mit weit aufgerissenen Augen in die Mündung meiner 1911er.

»Wa?« war ungefähr alles, was er sagte.

»Du wirst es mir bestimmt nicht glauben, Arnie«, sagte ich lächelnd, »aber ich freue mich wirklich, dich zu sehen.«

»Kant? Was machst *du* denn hier?« Nur seine Augen bewegten sich, sein Kopf lehnte unverändert an der Betonwand des Kellerflurs.

»Aufstehen, Hände an die Wand, Füße auseinander«, sagte ich und trat drei Schritte zurück.

Etwas steif kam er auf die Beine und tat, was ich ihm befohlen hatte – vorsichtig, wie es sein linker Arm zuließ. Ich tastete ihn ab und zog ein Springmesser aus seiner Gesäßtasche.

»Seit wann arbeitest du für Tokohiro?«

»Von wem redest du?« Er drehte den Kopf.

»Von deinem Chef, du Leuchte. Dem Japaner.«

»Mein Chef heißt Tanaka.«

»Mitte sechzig, Schnäuzer, trägt meist Tweed?«

»Genau der.«

Tokohiro schien zu Lebzeiten tatsächlich viel gelogen zu haben. »Also seit wann arbeitest du für ihn?«

»Seit drei Wochen. Guter Job. Hart, komisches Essen, aber er zahlt anständig.«

»Nicht mehr.«

»Was soll das heißen?« Er drückte sich von der Wand ab.

Ich hob die Kimber. »Das habe ich dir nicht erlaubt, Arnie.«

Mit einem Seufzer ließ er sich wieder gegen die Wand sinken.

»Deinen Chef und deine japanischen Kollegen hat's erwischt.«

»Erwischt? Wer war das?«

»Das wüsste ich auch gern. Auf jeden Fall bist du arbeitslos. Ich an deiner Stelle würde über einen schönen, langen Urlaub nachdenken, Arnie.«

Wütend schlug er mit der rechten Faust gegen die Betonwand.

»Wäre ja auch zu schön gewesen. Musste wohl so kommen, lief einfach alles zu glatt in letzter Zeit.«

»Hast *du* mich niedergeschlagen, in Friedels Wohnung?«

»Was sollte ich denn machen? Mich von dir da erwischen lassen? Was tauchst du auch da auf? Der Chef war echt sauer. Du hast uns eine Menge Ärger gemacht.«

»Ich hörte bereits davon. Warst du auch dabei, als Ferrari-Freddy umgelegt wurde?«

Er zog die Nase hoch. »Ja. Verdammte Scheiße, das war nicht nötig.«

»Was ist da passiert?«

»Es war im Keller unter Freddys Garage in Lierenfeld. Der Japaner sagte, wahrscheinlich sei er da drin. Sie haben das Schloss geknackt – der eine, der Jüngere, hat schwer was drauf in der Richtung – und da saß Freddy mit der Alten von Egon Wolter. Freddys Wumme lag vor ihm auf dem Tisch, aber er hat sofort die Arme gehoben, als er uns gesehen hat. Er war schließlich kein Idiot. Ich bin vorneweg die Treppe runter, ohne ihn aus den Augen zu lassen, so wie's sich gehört. Da hat Wolters Alte auf einmal angefangen zu flennen. ›Endlich! Helft mir! Ich habe solche Angst gehabt! Dieses Schwein!‹ und so weiter. Ich sag noch zu ihr, jetzt beruhig dich mal, Alte; da greift sie sich Freddys Knarre vom Tisch und pustet ihn weg. Einfach so. Bäng! ›Er hat mir so wehgetan!‹, kreischt sie. Ich hab ihr noch eine gelangt, aber da war es schon passiert. Und dann klappt sie zusammen. War nur noch am Flennen, bis wir sie hier hatten. Die Japsen waren wirklich stinkesauer. War ja auch echt nicht nötig, die Scheiße – aber ich konnte nun wirklich nichts dafür. Ich hatte nie Probleme mit Freddy. Tut mir echt leid für ihn. Dumm gelaufen. Aber was macht er auch da unten mit der Wolter?«

»Ja, was macht er?«

»Keine Ahnung. Jo … darf ich mich jetzt umdrehen?«

»Nein.«

»Na schön. Jo, ich weiß nicht genau, was hier abläuft. Ich krieg 'n Auftrag und mach das. Es geht um irgendwas Großes, aber was das ist, weiß nur Tanaka.«

»Auf wen du hier aufpasst, weißt du aber schon, Arnie?«

»Ja klar. Das ist dieser beschmierte Kunst-Heini, auf den der Irre geschossen hat.« Er sah zu der Stahltür, hinter der man auch mich untergebracht hatte. Plötzlich flüsterte er nur noch. »Der darf mich nicht sehen. Er könnte mich wiedererkennen. Wahrscheinlich hört er jedes Wort, das wir hier reden.«

»Was ist eigentlich mit deinen Gorillas?«

»Die beiden wissen nichts. Sie kennen nicht mal Tanaka. Die tun, was ich ihnen sage, wenn es nicht zu kompliziert ist, sonst nichts. Die Japaner wollten sie nicht dabei haben. Ich glaube, sie waren ihnen nicht helle genug.«

Das klang einleuchtend. Ich ging rückwärts zu der anderen Stahltür und öffnete sie. »Du gehst jetzt hier rein, Arnie.«

»Lass mich doch einfach laufen, Jo. Ich mach dir keinen Ärger.«

»Ich habe keine Ahnung, was für Waffen du oben oder in deinem Auto hast. Deshalb ist es mir lieber zu wissen, wo du bist.«

Widerwillig drehte er sich um und verschwand in dem Raum. Ich sperrte ihn ein, dann öffnete ich die andere Tür und betrat die Zelle mit gehobener Waffe. Van Wygan saß auf der Liege. Säuberlich gefaltet auf dem Stuhl lagen Mantel, Jackett und Weste. Unter den Armen zeigte sein weißes Hemd Schweißflecke. Seine Glatze war von unregelmäßigen hellen Stoppeln überzogen. In der Hand hielt er ein blau glänzendes Tuch. Äußerlich schien er unversehrt, aber die Arroganz in seinem Blick hatte gelitten, es war nun eher eine Mischung aus Furcht und trotzigem Stolz.

»Ah, der Herr Detektiv. Kommt er, mich zu befreien, oder zählt er auch zu den Schurken?«

»›Schurke‹ ist ein relativer Begriff, Herr Professor. Immerhin kann ich Ihnen mitteilen, dass Ihre Entführer tot oder gefangen sind.«

»Tot? Wie dramatisch! Wo ist denn die Polizei?«

»Haben Sie es wirklich so eilig, den Herren entgegenzutreten? Können Sie denen alle Fragen beantworten?«

»Welche Fragen sollte man mir stellen? Ich bin Opfer einer brutalen Entführung geworden. Fragen haben da wohl andere zu beantworten. Können wir gehen?« Er erhob sich und nahm seine Garderobe vom Stuhl. »Sie dürfen Ihre Waffe übrigens wieder einstecken. Ich tue Ihnen nichts.«

»Es geht durchaus nicht darum, ob Sie *mir* etwas tun wollen, Herr Professor.«

Er sah mich an, unbewegt, aber seine Augen flackerten. Er

ließ seine Sachen wieder auf den Stuhl fallen. »Was für eine Rolle spielen Sie hier eigentlich, Herr ... wie war gleich Ihr Name?«

»Vor ein paar Tagen wussten Sie ihn noch, Herr Professor. Haben Sie Ihren Entführer erkannt?«

Seine Oberlippe hob sich angewidert. »Warum sollte ich?«

»Sie haben ihn einmal künstlerisch beraten. Als seine Firma die Köttinger-Werke übernommen hat.«

Langsam kehrte der alte Hochmut in seinen Blick zurück. »Weiter«, sagte er.

»Ihre Beratung hatte man in Anspruch genommen, weil es bei dem Geschäft nur am Rande um eine Werkzeugfabrik ging. In erster Linie interessierte sich der Käufer für Köttingers Kunstsammlung.«

»Interessierte sich!«, spuckte er aus. »Genau. Man interessierte sich. Menschen, die sich für Kunst *interessieren,* widern mich an. Interesse für Kunst beinhaltet völliges Unverständnis. Ich kann jemanden ernst nehmen, der Kunst *hasst*, aber niemanden, der sich für Kunst *interessiert*! Diese Wesen *fühlen* nichts.«

»Ich denke, Sie haben den Mann unterschätzt. Er wollte Köttingers Sammlung wirklich. Und genau wie Köttinger wollte er die Werke nicht öffentlich zeigen. Er wollte sie für sich behalten. Ich finde es erstaunlich, aber es gibt solche Menschen tatsächlich. Es reicht ihnen, Kunst in ihrem Besitz zu wissen.«

»Ja! Das ist etwas, das jemand wie *Sie* niemals wird nachvollziehen können!«

»Nun, immerhin kann ich nachvollziehen, dass Köttinger nur seine Klimts aus der Chefetage zeigte.«

Van Wygans Blick schien einen weit entfernten Punkt zu fixieren. Eine Art Grinsen erschien auf seinem Gesicht. »Sechsundsiebzig Werke«, sagte er leise. »Eines größer als das andere. Nur allerhöchste Qualität. Caspar David Friedrich, Rembrandt, Turner, Pollock, Richter, er hatte sogar einen *van Wygan*!« Zum ersten Mal hörte ich ihn lachen. Es klang widerlich. »Und alle: GESTOHLEN!«, johlte er. »Eigentlich völlig unverkäuflich, weil auf der ganzen Welt als gestohlen bekannt. Dieser Mann *liebte* Kunst wirklich!«

»Aber er hat sie doch verkauft«, sagte ich.

»Ja. Köttinger hatte Probleme, die er für groß hielt. Sein Gejammer war widerwärtig.« Fast hätte er ausgespuckt.

»Ja«, sagte ich. »Köttinger brauchte Geld, sofort. Also weihte er einen befreundeten Düsseldorfer Kunstmakler ein: Yves Schwarzenberger. Er bat ihn, sich diskret nach einem Käufer umzusehen. Er fand einen in Düsseldorf ansässigen japanischen Unternehmer, der Köttingers Leidenschaft teilte. Er war sogar bereit und in der Lage, das Geschäft durch eine Firmenübernahme zu verschleiern. Alles hätte wunderbar gepasst, wenn dieser Japaner sich nicht von einem ebenso kompetenten wie skrupellosen Mann hätte beraten lassen: von Ihnen.«

Van Wygan richtete sich auf. »Es war eine gute Idee von Ihnen, die Waffe nicht wegzustecken, Herr Detektiv.« Er machte einen Schritt auf mich zu.

Ich hob die Pistole und zielte zwischen seine Augen.

»Sie würden nicht wagen zu schießen«, sagte er.

»Wollen Sie sich darauf verlassen?«

Er blieb stehen.

»Setzen Sie sich«, sagte ich. Er ließ sich langsam wieder auf die Liege sinken. Dann wischte er sich mit dem blauen Tuch den Schweiß von der Glatze, die Stoppeln erzeugten ein leise kratzendes Geräusch. »Ich werde mich dazu nicht weiter äußern.«

»Das ist auch nicht nötig. Ihr Entführer hat ganze Arbeit geleistet. Es gibt Beweise. Sie und Schwarzenberger haben Köttinger und den Japaner betrogen. Um die Sammlung und sogar um die Klimts. Köttinger verstarb plötzlich, was *derartig* gut in Ihre Pläne passte, dass man ihn bei Gelegenheit mal exhumieren sollte. Die Sammlung brachten Sie in Sicherheit: in ein Schweizer Kunstdepot, wo man auf Diskretion Wert legt. Für den Zugang benötigt man einen komplizierten Code, der aus zwei achtzehnstelligen Zahlen- und Buchstabenkombinationen besteht. Schwarzenberger traute Ihnen so wenig wie Sie ihm. Jeder kannte nur eine Hälfte des Codes, sodass Sie nur gemeinsam an Ihren Schatz kamen. Schwarzenberger hatte seine Hälfte sogar noch einmal weiter codiert. Man brauchte einen Code für den Code. Er traute Ihnen wirklich nicht. Denn Sie wollten mehr. Sie wollten auch Schwarzenbergers Hälfte für sich.«

»Schwarzenberger!«, zischte van Wygan. Ich wartete, aber es blieb bei dem einen Wort.

»Sie haben versucht, über Schwarzenbergers Frau an den Code zu kommen. Das ist Ihnen nicht gelungen.«

»Es war aber in jedem Fall die Mühe wert«, sagte er und grinste.

Ich verzichtete darauf, ihm in die Fresse zu schlagen. »Sie haben also einen anderen Weg gewählt, um an den Code zu kommen«, sagte ich stattdessen.

Wieder hob er die Oberlippe, was seinen Weltekel so hervorragend zum Ausdruck brachte. »Soll das heißen, dass *ich* Yves umgebracht habe?«

»Nein. Das traue ich Ihnen nicht zu. Sie haben ihn umbringen *lassen*.«

Er wirkte beleidigt. »Was hätte ich davon gehabt?«

»Das habe ich mich auch gefragt. Es machte nur Sinn, wenn Sie den Code schon hatten. Oder wenn sie wussten, dass Schwarzenberger ihn *nicht* mehr hatte. Und so war es: Wolter hatte ihn. Isabelle Schwarzenberger hatte ihrem Mann den Code gestohlen und ihn ihrem Bruder gegeben, weil sie wusste, dass es Spannungen zwischen den beiden gab. Und Schwarzenberger war gefährlich, nicht wahr?«

»Schwarzenberger? Pah. Und woher wusste ich, dass Wolter ihn hat? Bin ich Hellseher?«

»Ich bin sicher, Sie könnten es sein, wenn Sie nur wollten, Herr Professor.«

Er sah aus, als dächte er ernsthaft über den Satz nach.

»Sie wussten es von Ursula Wolter. Sie hat ihren Mann verraten. Ich weiß nicht, aus welchem Grund, aber sie hat es getan. Wolter hatte den einen von Schwarzenbergers Umschlägen zu Hause in seinem Safe. Den anderen hat er seinem besten Freund zur Aufbewahrung gegeben. Ferrari-Freddy. Ursula Wolter hat versucht, Freddy den Umschlag abzuschwatzen, und es ist ihr auch gelungen. Doch dann sind ihr die Japaner dazwischen gekommen, also hat sie Freddy kurzerhand umgelegt und erzählt, er hätte sie entführt. Die Japaner haben ihr geglaubt. Sogar ich hielt sie für das arme Opfer. Aber *sie* hatte den Code. Bleibt die Frage: *Wem* hat sie ihn gegeben?«

»Sie werden es mir bestimmt gleich erzählen, Herr Detektiv.«

»Hören Sie, van Wygan, Sie sollten bemerkt haben, dass Sie es weder mit einem Idioten noch mit einem Anfänger zu tun haben. Sie haben einen Partner, der für Sie die Drecksarbeit macht; der Schwarzenberger und Wolter umgelegt hat.«

»Das waren Steen und Yaco, das wissen Sie.«

»Einen Dreck weiß ich. Diese kleinen Jungs brächten so was noch weniger fertig als Sie. *Sie* haben die Spuren zu den beiden gelegt.«

»Oh nein.« In seinen Augen glomm etwas auf. »Das habe ich nicht. Das haben die beiden selbst getan. Ganz allein. Sie haben künstlerisch gearbeitet. Sie haben Möglichkeiten genutzt.« Er bleckte die Zähne. Sein Blick bekam etwas Wildes. »Und wie töricht wäre es gewesen, solche Möglichkeiten zu versäumen? Möglichkeiten, die *ich* ihnen geboten habe. Welcher Lehrer hätte so etwas gewagt? Seine Schüler den Tod, den *menschlichen* Tod, zu Kunst transformieren zu lassen.«

»Jemand hat Schwarzenberger und Wolter erschossen, und Ihre Schüler durften mit den Leichen spielen?«

»Spielen? Sie grenzdebiler Nichtswisser! Kunst! Ich rede von Kunst! Banausen überall! Sie verstehen gar nichts!«

»Wenn ich mich bemühe, verstehe ich eine ganze Menge, aber Sie machen es mir schwer, Herr Professor.«

»Sogar ein Ignorant wie Sie sollte verstehen können, welche *Gelegenheit* das war! Was wäre *das* für ein Künstler, der eine solche Gelegenheit verstreichen ließe? Er wäre *überhaupt* kein Künstler! Er wäre ein Schwächling!«

»So wie Swann?«

»Exakt! So wie Swann! Ein Schwächling. Ein Kretin! Er hat *nichts* kapiert! Weidet ein *Schwein* aus! Wie weiland die Wiener! Mühl hat so was schon anno '65 gemacht!« Er stierte mich an. »Und Kritik konnte er auch nicht vertragen«, setzte er hinzu.

»Das ist gelinde ausgedrückt.«

Schwer atmend wischte er sich den Schweiß ab und starrte zu Boden. »Scheußliche Situation«, sagte er leise.

»Sie haben Ihre Schüler aus zwei Leichen Kunst machen lassen und so gleichzeitig zwei dringend Tatverdächtige bekommen. Ich bin beeindruckt.«

»Synergien müssen genutzt werden«, zischte er.

»Wer ist Ihr Partner? Wer hat Schwarzenberger und Wolter getötet?«

Sein Mund verzerrte sich zu einem Grinsen. Er schwieg.

»Ihr Partner dürfte von Frau Wolter Schwarzenbergers Code bekommen haben. Und jetzt hat er auch Ihre Hälfte.«

Van Wygans Grinsen verblasste. »Woher sollte er die haben?«

»Er hat die Japaner an Ihrem Safe erwartet. Als der offen war, hat er sie erschossen. Ihr Partner hat den kompletten Code, van Wygan.«

Sein Blick fixierte eine Stelle auf dem Fußboden. Seine Kiefer mahlten. Für eine halbe Minute schwieg er. »Ich habe keinen Partner«, sagte er dann.

Ich steckte die Kimber in den Holster und zog Tokohiros Glock aus der Manteltasche, dann trat ich zu ihm und drückte seine Nase mit dem Lauf zu mir herum.

»Doch«, sagte ich.

»Glauben Sie, ich habe Angst vor Ihnen? Was können Sie mir schon tun? Ich bringe Sie hinter Gitter, wenn Sie mich anrühren.«

»Wie kommen Sie darauf, dazu noch in der Lage zu sein, wenn ich mit Ihnen fertig bin?«

»Sie werden mir nichts tun.«

»Oh doch, van Wygan. Ich werde.« Ich schlug ihm mit dem Lauf ins Gesicht. Er jaulte auf. Ein blutiger Kratzer zog sich über sein rechtes Jochbein. »Sie sind entführt worden, wir befinden uns im Haus Ihres Entführers, diese Pistole hier gehört ihm, und er ist tot. Wenn ich Sie erschieße, wird niemand mich verdächtigen. Ich kann Sie in aller Ruhe umlegen, van Wygan, und ich versichere Ihnen, ich werde es tun, wenn Sie nicht auspacken. Wer hat Schwarzenberger und Wolter getötet?«

Er presste die fleischigen Lippen aufeinander und sah an mir vorbei. Ich hielt die Glock neben sein Ohr und feuerte in die Decke. Sein Kopf flog zur Seite. Stöhnend hielt er sich das Ohr. Er nuschelte etwas, ich verstand »Sie erbärmlicher Wicht« und hieb ihm den Kolben in den Nacken. Er sackte von der Liege und fiel zu Boden. Ich trat ihm in die Seite, bis er sich ächzend auf den Rücken drehte, dann kniete ich mich auf seine Brust und drückte ihm die Mündung aufs Auge.

»Ich höre«, sagte ich.

***

Ich schubste van Wygan die Treppe hinunter und forderte ihn mit einer Bewegung der Waffe auf, sich auf den Stuhl gegenüber zu setzen. Daneben an der Wand war ein großer Blutspritzer, kleine rote Bröckchen klebten darin. Freddy Piehlmann hatte keine Chance gehabt. Rücksichtsvollerweise hatten Tokohiro und seine Leute ihn mitgenommen.

Van Wygans rechtes Auge war blau und zugeschwollen, und in seinem mit Packband verklebten Mund steckte eines seiner Taschentücher. Ich fesselte seine Arme und Beine an den Stuhl, so sorgfältig, dass es dauerhaft halten würde. Dann ging ich zum Wandtelefon und nahm den Hörer ab.

Ursula Wolter war tatsächlich zu Hause. Sie meldete sich nach dem ersten Klingeln.

»Jo Kant hier, Frau Wolter. Ich wollte Ihnen nur sagen, dass Sie sich geirrt haben, was Freddy angeht. Er lebt.«

»Freddy lebt? Wie kann das sein? Wo ist er?«

»Ich habe ihn im Keller seiner Garage gefunden. Man hat ihn hier liegen lassen. Er ist schwer verletzt, aber er lebt. Und ich denke, er wird durchkommen.«

»Was hat er erzählt?«

»Gar nichts, bisher. Er kann kaum sprechen.«

»Was haben Sie mit ihm vor?«

»Ich bin davon ausgegangen, dass er nicht in ein Krankenhaus will. Deswegen habe ich einen vertrauenswürdigen Arzt gerufen, der hat ihn halbwegs wieder zusammengeflickt. Aber er wird ein paar Tage hier liegen bleiben müssen, bis er transportfähig ist.«

»Ich ... äh, ich werde zu Ihnen kommen. Ich muss mit ihm reden.«

»Ich halte das für keine gute Idee. Damit sollten Sie warten, bis er wieder auf den Beinen ist.«

»Meinen Sie? ... Na gut. Werden Sie bei ihm bleiben?«

»Ich bin doch kein Kindermädchen. Er wird schon allein klar kommen müssen. Ich kann einmal am Tag nach ihm sehen, das muss reichen. Ich wollte nur, dass Sie Bescheid wissen.«

»Danke«, sagte sie, und ich legte den Hörer auf die Gabel des ölfleckig-grauen Wandtelefons.

Der Keller unter Freddys Garage war geräumig und schäbig. Vier Metallstühle standen um einen wackeligen Tisch mit ausgefranster Resopalplatte. An einer Wand war eine alte Spüle, bedeckt mit gebrauchten Tee- und Kaffeebechern, Nescafé-Gläsern und Beuteltee-Packungen. Daneben stand ein großer Schrank, in dem verölte Overalls und Handtücher hingen. Unter den offenen Stufen der Gitterrosttreppe war ein Verschlag abgetrennt, in dem Farbdosen gestapelt waren.

Ich ging zu van Wygan und riss ihm das Klebeband vom Mund. Würgend spie er das Tuch aus. Ich überprüfte noch einmal seine Fesseln. »Lassen Sie sich die Zeit nicht lang werden«, sagte ich und ging die Treppe hinauf.

»Kant! Was soll das?«, rief er mir atemlos hinterher. Immerhin war ihm mein Name wieder eingefallen. Ich drehte mich nicht um.

Ich warf einen vorsichtigen Blick aus der Stahltür, bevor ich auf den verlassen daliegenden Fabrikhof hinaustrat. Direkt vor der Tür war ein altes totes Gleis. Hinter dem rostig-grünen Maschendrahtzaun lagen die Schuttreste der Lierenfelder Schwerindustrie. Ich bog lässig um die Ecke des Backsteinbaus, aber auch hier war kein Mensch, obwohl sich hinter jedem der Stahltore eine Firma oder etwas, das eine Firma zu sein vorgab, befand. Ich stieg in meinen Quattroporte und besorgte mir in der

Erkrather Straße ein Frühstück und eine FAS. Dann fuhr ich zurück und parkte vor der Einfahrt eines Gebrauchtwagenhändlers, wo der Wagen so unauffällig wie möglich stand.

In Freddys Garage standen ein 250 GTE Baujahr '63 und ein gelber Daytona, dessen Motor neben dem Wagen aufgebockt war – Autos im Wert von einer Viertelmillion Euro, dazu jede Menge Spezialwerkzeug. Dagegen hatte Freddy am Schloss gespart. Tokohiros Mann mochte Experte gewesen sein, die Seitentür bekam sogar ich mit meinem normalen Set ohne weiteres auf. Ich ließ mich rein und schloss hinter mir wieder ab. Dann machte ich es mir in einer Nische im hinteren Teil der Garage gemütlich, außer Sicht der Türen. Meiner Schätzung nach hatte ich eine gute Stunde Zeit.

Damit lag ich ungefähr richtig. Als ich den Reiseteil der Frankfurter zuklappte, hörte ich einen Wagen vor der Seitentür halten. Der Motor wurde abgeschaltet. Ich zog meine Kimber und drückte mich in die Nische. Die Tür wurde aufgeschlossen. Schritte von zwei Personen hallten durch die Garage, die Tür zur Kellertreppe wurde geöffnet und fiel wieder ins Schloss.

Sorgsam entfernte ich die Brötchenkrümel von meiner Hose und stand auf. Ich wich einer Ölpfütze aus, durchquerte leise den Raum und öffnete geräuschlos die Tür.

»Gut, dass ihr da seid«, hörte ich van Wygan sagen. »Bindet mich los.«

»Mal langsam, Professor«, bekam er zur Antwort. »Zuerst wüsste ich gern, wie du hierher gekommen bist.«

Ich trat auf den Absatz der Gittertreppe hinaus. Ein Mann und eine Frau standen neben van Wygan und wandten mir den Rücken zu. Der Mann hielt eine Pistole in der Rechten.

»*Ich* habe den Herrn Professor hergebracht«, sagte ich. Die beiden zuckten zu mir herum. »Schön, Sie wieder auf den Beinen zu sehen, Pollack. Und jetzt brav die Waffe fallen lassen.« Ich zielte direkt auf seine Stirn. »Das gilt auch für Frau Wolters Handtasche.«

»Damit kommen Sie nicht durch, Kant.« Pollack sah mir in die Augen, hinter seiner Stirn sah ich es rechnen.

»Mag sein. *Sie* aber auch nicht. Wie geht es Ihrem Bein?«

»Ganz gut.«

»War auch nie schlechter, nehme ich an«, sagte ich.

Er zuckte die Achseln. »War doch 'ne prima Idee, oder?« Er grinste etwas angestrengt.

»In der Tat«, sagte ich. »Genug Zeit und ein Daueralibi. Wenn van Wygan nicht gesungen hätte, wäre ich nie darauf gekommen, dass Sie Schwarzenbergers und Wolters Mörder sind.«

Pollacks Kopf zuckte nach rechts, zu dem Professor.

»Er hat mich gefoltert«, sagte van Wygan, aber der Blick, den Pollack ihm zuwarf, musste ihm klar machen, dass er sich in einer klassischen *No-Win*-Situation befand. Er saß zwischen Feuer und Steinschlag. Pollack hielt noch immer die Pistole in der Rechten. Frau Wolter sagte nichts, aber ihre Hände krampften um die Riemen ihrer Handtasche.

»Wenn ich jetzt *ernsthaft* bitten dürfte, die Waffe und die Handtasche loszulassen«, sagte ich freundlich.

Pollack nickte langsam, dann bückte er sich, und legte die Pistole vorsichtig auf den Boden.

»Tu, was er sagt, Liebling«, sagte er, und Frau Wolter stellte ihre Handtasche vor sich ab.

Ich stieg die Treppe hinunter, ohne Pollack aus Kimme und Korn zu verlieren. »Zur Wand«, sagte ich, als ich unten war. Gehorsam gingen sie rückwärts. Ich öffnete die Handtasche, darin steckte ein kleiner 22er-Revolver. Die Tasche kickte ich zur Spüle, dann hob ich Pollacks Pistole auf. Es war eine kleinkalibrige Beretta. »Schwarzenberger wurde mit einer größeren erschossen«, sagte ich, »aber die Kugeln in meiner Harfe könnten zu dieser passen, Pollack.«

»Sie haben verdammtes Glück gehabt, gestern; das wissen Sie, Kant?«

»Das Glück ist mit den Tüchtigen«, sagte ich. »Aber dass Sie meine Harfe beschädigt haben, nehme ich persönlich. Es ist nicht sicher, ob die Pedalmechanik überhaupt repariert werden kann. Das hat mich *sehr* gegen Sie aufgebracht, Pollack.«

Ich warf Frau Wolter ein Paar Handschellen zu und deutete

auf Pollack. »Wenn Sie so freundlich wären, und seine Hände um das gelbe Rohr dort drüben fesseln würden?«

Mit eisiger Miene tat sie, was ich ihr befohlen hatte. Sie selbst ließ sich ohne Gegenwehr an dasselbe Rohr ketten.

»Was haben Sie mit uns vor?«, fragte Pollack.

»Abwarten.« Ich ging zu der schmuddeligen Spüle und ließ ein wenig Wasser in das verkalkte Fünflitergerät laufen. »Und Tee trinken.« Ich begann, einen der Becher zu säubern. »Was wollten Sie von Freddy, Pollack? Ihn umlegen?«

»Natürlich. Er wusste zu viel. Genau wie Schwarzenberger und Egon. Aber das werde ich niemals zugeben, Kant. Ursula und ich sind hier, weil wir Freddy helfen wollten. Dafür bin ich sogar gegen den Rat meines Arztes aus meinem Rollstuhl aufgestanden.«

»Und das hättest du wirklich nicht tun sollen«, sagte plötzlich eine Stimme von oben. Hauptkommissar Fahrenbach stand auf dem Treppenabsatz. Er trug einen hellen Mantel und einen Pepitahut, der das fette Rund seines Gesichts zusätzlich betonte. »Warum bist du nicht einfach zu Hause geblieben, Hannes?« Langsam kam er die Treppe herunter, die Hände in den Taschen seines Mantels vergraben.

»Sie hören also immer noch Wolters Telefon ab?«, fragte ich.

»Natürlich, Kant. Woher wüsste ich sonst von diesem Treffen? Was ist mit Freddy Piehlmann passiert?«

»Er ist tot. Frau Wolter hat ihn erschossen.«

»Das ist nicht wahr«, waren die ersten Laute, die sie vernehmen ließ, seit sie hier unten war.

»Halt den Mund, Ursula«, sagte Fahrenbach eisig. »Warum haben Sie mich nicht informiert, Kant? Ich entdecke hier eine ganze Reihe von Gesetzesverstößen. Unter anderem Menschenraub, Freiheitsberaubung und schwere Körperverletzung. Das sind keine Kleinigkeiten.«

»Verglichen mit Pollacks Mordserie hält es sich im Rahmen, würde ich sagen.« Das Heißwassergerät begann zu brodeln. Ich nahm einen Beutel Earl-Grey-Tee aus einer fast leeren Packung und goss mir einen Becher auf. »Möchten Sie auch?«

Fahrenbach antwortete nicht. Langsam zog er die rechte Hand aus der Manteltasche. Sie hielt eine Walther PPK. »Ich nehme Sie fest, Kant.«

Unten in der Spüle fand ich eine Pappschachtel mit Würfelzucker und einen Löffel, ich warf ein Stück in meinen Becher und rührte um. Fahrenbach trat zu mir und zog mir die Kimber aus dem Holster.

»Hände auf den Rücken!«

»Ich habe meinen Tee noch nicht getrunken.«

»Keine Faxen, Kant.«

Er schloss eine Handschelle an meine Rechte und die andere um das Wasserrohr über der Spüle.

»Schade, dass Sie auch dazugehören, Fahrenbach«, sagte ich. »Ein bisschen hatte ich gehofft, mich zu irren.«

»Irren ist menschlich, Kant.« Er steckte die PPK wieder ein.

»Und jetzt?«, fragte ich ihn. »Wie geht es weiter? Wird mir der Prozess gemacht?«

»Natürlich, was denken Sie denn?«

»Ich denke, dass Sie sich meine Aussage nicht leisten können. Dazu gibt es zu viele offene Fragen. Pollacks wundersame Heilung wäre noch die geringste davon.«

»Meinen Sie, irgendjemanden interessiert, was Sie reden?«

»Ich denke schon. Immerhin rede ich von zwei toten Japanern vor van Wygans Safe. Einer Kugel aus Pollacks Waffe in meiner Harfe. Einer umfangreichen Akte mit detaillierten Angaben über den gesamten Köttinger/Okinumi-Vorgang inklusive der Verwicklungen van Wygans und Schwarzenbergers. Von Freddy Piehlmanns Waffe, mit der er erschossen wurde und die Ursula Wolters Fingerabdrücke trägt. Es kommt einiges zusammen. Pollacks Verwicklung in den Fall wird sich schwer verleugnen lassen. Und Ihre wohl auch nicht.«

»Und was, meinen Sie, sollte ich jetzt tun?«

»Ich meine, dass Sie nicht drumherum reden sollten, sondern mich erschießen. Oder muss das schon *wieder* Pollack machen?«

»Wo ist diese Akte? Und wo ist Freddys Waffe?«, fragte Fahrenbach.

»Sie erwarten doch nicht ernsthaft, dass ich auf diese Frage antworte.«

»Er blufft«, sagte Pollack.

Fahrenbach war nicht sicher, das konnte ich sehen. Er nahm seinen albernen Hut ab und wischte sich mit dem Ärmel den Schweiß von der Stirn.

»Wie sind Sie auf *mich* gekommen, Kant? Woher wussten Sie, dass *ich* mitspiele?«, fragte er.

»Nachdem klar war, dass Pollack mit van Wygan zusammenarbeitet, erinnerte ich mich an etwas, das Carlo mir erzählt hatte: Ein sehr dicker Polizist hat sich in seiner Bar gemeinsam mit Pollack Sorgen über gefährliche Japaner gemacht. Und für Pollack gab es nur *einen* gefährlichen Japaner: Tokohiro. Aber um ehrlich zu sein: Wirklich sicher war ich erst, als Sie allein und ohne Verstärkung hier aufgetaucht sind.«

Auf Pollacks Gesicht erschien ein Grinsen. »Er ist ein heller Bursche, das muss man ihm lassen.«

»Frau Wolters Motiv lag für mich etwas im Dunkeln«, sagte ich, »aber da Pollack sie mit ›Liebling‹ anredet, scheint mir das auch geklärt. Dabei ist Pollack doch verheiratet, oder?«

»Aber nicht mehr lange«, sagte Pollack. »Was machen wir mit ihm?«, fragte er Fahrenbach.

»Er bleibt hier, bis die Akte und die Waffe auftauchen. Vorher bekommt er nichts zu essen und zu trinken. Wir haben Zeit.«

Pollack nickte nachdenklich. »Und der Professor?«

»Der bleibt auch hier. Bis er bezahlt hat.«

»Was?«, kreischte van Wygan.

»Wie viel werden Sie für den Code von ihm verlangen?«, fragte ich. »Zehn Millionen? Das müsste er aufbringen können.«

»Zehn Millionen ist eine hübsche Zahl«, sagte Fahrenbach.

»Zehn Millionen?«, krächzte van Wygan. »Ihr seid doch wahnsinnig! Das zahle ich nicht.«

»Müssen Sie auch nicht, Professorchen«, sagte Fahrenbach. »Wir werden schon einen anderen Interessenten finden. Aber dann werden Sie Ihre geliebten Kunstwerke natürlich niemals wieder sehen.«

»Ich würde Ihnen empfehlen zu bezahlen, van Wygan«, sagte ich. »Es wäre auch eine Art Lebensversicherung. Ich glaube kaum, dass man Sie sonst als Mitwisser am Leben lässt.«

»Interessanter Aspekt«, sagte Pollack.

Es hörte sich an, als knirsche van Wygan mit den Zähnen.

»Du könntest uns langsam mal die Handschellen abnehmen«, sagte Pollack.

Fahrenbach ging zu Pollack und zog seinen Schlüsselbund.

»Bemühen Sie sich nicht«, sagte ich. »Ihr Schlüssel passt nicht.«

Er versuchte es natürlich trotzdem, aber ich hatte nicht gelogen.

»Geben Sie mir den Schlüssel, Kant«, sagte er.

»Ich habe keinen«, sagte ich.

»Machen Sie keinen Quatsch. Rücken Sie den Schlüssel raus!«

»Ich sagte doch, ich habe keinen. Jedenfalls nicht hier.«

Er stürmte auf mich zu wie eine Dampfwalze, wühlte den Schlüsselbund aus meiner Manteltasche und walzte zurück, aber ich hatte wieder nicht gelogen.

»Dann schieß sie halt auf«, sagte Pollack.

»Sie wissen, dass das ein Gasrohr ist?«, fragte ich freundlich.

Fahrenbach sah das Rohr unsicher an. »Er hat Recht. Die gelben sind Gasrohre. Ich habe keine Lust, in die Luft zu fliegen.«

»Oben ist Werkzeug«, sagte Pollack.

Fahrenbach ging zur Treppe.

»Gehärteter Stahl«, sagte ich. »Das dauert.«

Mit entnervtem Gesicht drehte Fahrenbach sich zu mir um. »Wo *sind* die Schlüssel?«

»In meinem Auto. Steht rechts raus, um die Ecke, fünfzig Meter weiter. Sie liegen in der Mittelkonsole.«

»Wo ist der Autoschlüssel?«

»An meinem Bund.«

»Bin gleich wieder da.« Fahrenbach stapfte die Treppe hoch.

Als die Tür hinter ihm zugefallen war, wartete ich noch eine halbe Minute, dann sagte ich: »Okay, du kannst rauskommen.«

Die Tür unter der Treppe öffnete sich quietschend, und Friedel Hausmann kam aus dem Verschlag.

»Super«, sagte er. »Alles drauf. Sogar das Licht war okay. Das Video wird der Knaller.«

»Beeil dich, er wird nicht lange weg sein«, sagte ich.

Friedel zog einen kleinen Schüssel aus der Tasche und schloss mich los. »Ich freu mich auf Fahrenbachs Gesicht, wenn er wiederkommt.«

»Ich auch«, sagte ich.

Die Tasse in der Hand ging ich zum Tisch. Ich nahm Pollacks Beretta, lud durch und entsicherte sie. Dann probierte ich den Tee.

Er schmeckte entsetzlich.

MARTIN SCHÜLLER
Die Seherin von Garmisch
KRIMINALROMAN
emons:

WDR

Martin Schüller
TEMPELRÄUBER
Kriminalroman nach der gleichnamigen ARD-Serie »Tatort«
© Das Erste, WDR
Agentur: WDR mediagroup licensing GmbH
Nach dem Tatort-Krimi von Magnus Vattrodt
Broschur, 160 Seiten
ISBN 978-3-89705-733-3

WDR

Martin Schüller
MOLTKE
Kriminalroman nach der gleichnamigen ARD-Serie »Tatort«
© Das Erste, WDR
Agentur: WDR mediagroup licensing GmbH
Nach dem Tatort-Krimi von Axel Götz, Jan Hinter und Thomas Wesskamp
Broschur, 160 Seiten
ISBN 978-3-89705-734-0

WDR

Martin Schüller
DIE BLUME DES BÖSEN
Kriminalroman nach der gleichnamigen ARD-Serie »Tatort«
© Das Erste, WDR
Agentur: WDR mediagroup licensing GmbH
Nach dem Tatort-Krimi von Thomas Stiller
Broschur, 160 Seiten
ISBN 978-3-89705-658-9

»Viel mehr als eine bloße Drehbuch-Niederschrift: fesselndes Kopfkino für ›Tatort‹-Fans!« Hörzu

BR

Martin Schüller
A GMAHDE WIESN
Kriminalroman nach der gleichnamigen ARD-Serie »Tatort«
© Das Erste, BR, Lizenz durch Telepool GmbH
Agentur: WDR mediagroup licensing GmbH
Nach dem Tatort-Krimi von Friedrich Ani
Broschur, 160 Seiten
ISBN 978-3-89705-664-0

»Und die Sympathie für die kleinen Leute schimmert in Martin Schüllers Romanfassung vielleicht sogar etwas stärker als im Film durch. ›A gmahde Wiesn‹ ist ein guter Krimi.« Kriminalakte